KB248456

작가 프로필.

송현우(宋炫雨) – 1973년 5월 생
중앙대학교 영화과 졸업
출간작 : 다크엘프, 거시기(巨始記), 종횡무진

연재사이트 : 문피아(www.munpia.com), 다술(www.dasool.com)
카디날 랩소디 제작노트 : http://blog.naver.com/shinyrain73
블로그 : http://blog.dasool.com/shinyrain
미니홈피 : http://www.cyworld.com/hustler

일러스트 작가 프로필.

연우 – 1982년 생
2006.8 홍익대학교 회화과 졸업
작가의 미술전공 경험을 바탕으로 만화를 기획
2007.5 네이버 〈도전! 만화가〉 코너를 통해
〈핑크레이디〉로 정식 데뷔
2008년 현재 [네이버 웹툰]에서 〈핑크레이디〉 연재 중

서나 – 1986년생
핑크레이디의 편집 겸 어시를 맡고 있음
경기대 애니메이션과 휴학 중
무림천하 일러스트제작.
롯데 오데뜨 싸이클럽에서 〈신백조의 호수 오데뜨〉 연재로 데뷔

연우&서나
예쁘고 멋진 캐릭터들을 마음껏 그릴 수 있어서 즐거운 작업이었습니다.
앞으로도 기대해 주세요!
이런 기회를 마련해주신 송현우 작가님과 청어람에 감사드립니다.

표지 디자인 : 장형준
표지 컨셉 제안 : 오안

송현우 판타지 장편 소설

카디날 랩소디

Rhapsody Of Cardinal

FANTASY FRONTIER SPIRIT

카디날 랩소디 2

송현우 판타지 장편 소설

초판 1쇄 찍은 날 § 2008년 3월 7일
초판 1쇄 펴낸 날 § 2008년 3월 17일

지은이 § 송현우
펴낸이 § 서경석

편집장 § 문혜영
편집책임 § 이재권
편집 § 조수희

펴낸곳 § 도서출판 청어람
등록번호 § 제1081-1-89호
등록일자 § 1999. 5. 31
어람번호 § 제1-0951호

주소 § 경기도 부천시 원미구 심곡1동 350-1 남성B/D 3F (우) 420-011
전화 § 032-656-4452 팩스 § 032-656-4453
http://www.chungeoram.com
E-mail § eoram99@chollian.net

ⓒ 송현우, 2008

ISBN 978-89-251-1221-3 04810
ISBN 978-89-251-1219-0 (세트)

송현우 판타지 장편 소설

2

Rhapsody Of Cardinal

FANTASY FRONTIER SPIRIT

카디날 랩소디

[순정의 하온]

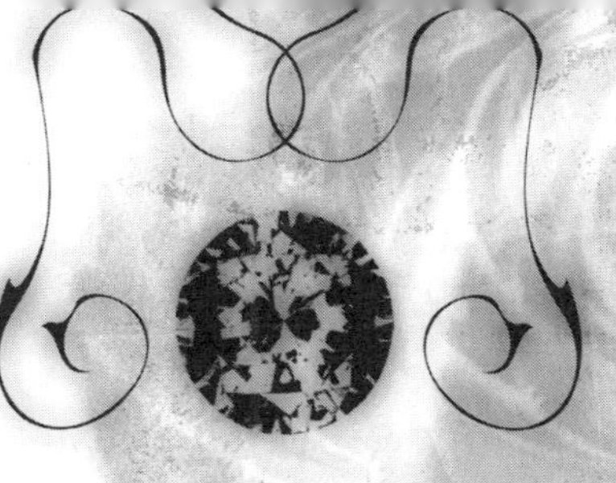

Chapter

뭐라고?

어째 전부 여자 얘기뿐이냐고?

말했잖아.

그 양반의 어린 시절은 여자를 유혹하면서 보낸 게 다라니까.

하지만 그게 전부는 아니지.

그 이면에 대해서 계속 말해줬잖아.

뭔 말인지 모르겠다고?

이야기를 좀 더 들어보면 알게 될 거야.

<u>호호호!</u>

너도 알다시피 내가 워낙 이야기를 쉽게 풀어가잖아.

그러니 설령 당장 파악이 안 되더라도 이야기를 듣다 보면 언젠가는 다 알게 되지.

뭐?

솔직히 내 이야기가 어렵다고?

에라이!

좀 더 듣고 난 후에 어려운지 쉬운지 말해라, 이 녀석아!

그렇게 참을성이 없어서야……. 쯧쯧!

참을성이 없는 게 아니라 좀 더 시원하고 통쾌한 활약이나 모험에 대한 이야기를 듣고 싶은 것뿐이라고?

말했지?

차근차근 기다리라고.

그 양반 자체가 태어날 때부터 특별했던 다른 영웅과 다르다고 얘기했잖아.

그러니까 자연히 보통의 영웅담과 내용이 다를 수밖에 없는 거지.

이제부터는 본격적으로 그 양반의 모험담을 풀어놓을 작정이니 귀를 후벼 파고 잘 들어둬.

이제 이야기가 시작된 것에 다름없다고.

한 번 말할 때 잘 들어둬야 하는 거 알지?

난 리바이벌은 절대 안 한다고!

Chapter 1

1

반투명한 순정의 하온 외피가 책상에 축 늘어져 있
다.

그것을 바라보는 사람의 표정은 제각각이었다.

로베른 베이 공작은 참담하기 이를 데 없는 얼굴이었다.

요첸 바탈의 안색은 더없이 창백했다.

"정말 죄송합니다. 저희로서는 최선을 다했고, 성공이 눈
앞에 이르렀다고 생각했는데……. 순정의 하온이라는 것이
작은 충격에도 손상되는 건지는 미처 몰랐습니다."

샤렌은 베이 공작과 요첸의 표정을 보며 즐기는 내심을 감
춘 채 침통한 어조로 변명과 같은 말을 늘어놓았다. 그저 임

무의 실패에 대해서만 안타까워하는 모습을 연기하는 것이다.

"꽤 중요한 물건인 것 같은데 파손되었으니 어떻게 하면 좋겠습니까?"

샤렌은 시치미를 뚝 뗸 채로 물었다. 두 눈에는 걱정을 가득 담고서.

"맞네. 상당히 중요한 물건이었지. 하지만 이제 와서 뭘 어쩌겠나? 이 물건이 트라시아 놈들에게 이용당하지 않게 된 것만으로 만족해야지."

애써 태연한 척 말하는 로베른의 목소리였다.

하지만 그의 어조에는 평소와 같은 강인함도 확신도 엿보이지 않았다.

샤렌은 그의 목소리에서 묻어나는 후회와 분노, 그리고 질책의 감정을 느낄 수 있었다.

그중 베이 공작의 질책이 집중되는 사람은 당연히도 자신과 친구들이 아니었다. 애초 이번 임무를 자신들에게 떠넘기자고 제안했을 요첸을 향한 감정이리라.

"혹시 임무 수행 중에 누군가에게 들키거나 하는 일은 없었나?"

스스로의 감정을 억누른 로베른은 현실적인 문제를 되짚었다.

"트라시아에서는 저항군이 이 물건을 훔쳤을 거라 생각하기 힘들 겁니다. 현장에 디아니스를 던져 두고 왔으니까요.”

“디아니스라면… 꽃 이름을 말하는 건가?”

“네. 야왕(夜王)의 상징이기도 하죠.”

“아!”

로베른은 그제야 디아니스에 대해 기억해 냈다.

야왕, 혹은 ‘밤의 군주’ 라 불리는 자.

대륙 최고의 도둑인 사이브라가 물건을 훔친 곳에 두고 가는 게 바로 디아니스, 혹은 디오모네라 불리는 붉은 꽃이었다.

밤의 군주 사이브라에 관해서는 알려진 사실이 거의 없다.

심지어는 그가 남자인지 여자인지조차 불분명하다. 야왕을 남자라 여기는 사람은 그가 남긴 꽃을 디아니스라 부르고, 여자라 여기는 사람은 디오모네라 부를 뿐이다.

대륙 전역에 떠도는 전설 속에서 디아니스와 디오모네는 서로를 지극히 사랑하는 연인이었다.

안타깝게도 디아니스를 사랑하는 한 명의 여인이 더 있었다. 그녀는 디아니스의 사랑을 갈구했지만 디오모네를 사랑하는 디아니스는 그녀에게 눈길조차 주지 않았다.

시기와 질투에 사로잡힌 그녀는 사악한 마법으로 두 사람에게 저주를 걸었다. 헤어지지 않으면 고통 속에 죽어가야 하는 저주였다.

디아니스와 디오모네는 저주에 굴복하지 않았다.

　죽음조차 자신들을 갈라놓을 수 없다는 듯 하나의 검으로 두 사람의 몸을 꿰뚫어 목숨을 끊었다.

　훗날 그들의 붉은 피가 흩뿌려진 땅에 한 송이 붉은 꽃이 피어올랐다. 그것이 바로 디아니스, 혹은 디오모네라 불리는 선혈의 흔적이었다.

　밤의 군주가 그 꽃을 상징으로 삼고 있는 만큼, 트라시아에서는 순정의 하온을 훔쳐 간 자가 사이브라임을 믿어 의심치 않을 것이다.

　"정말이지, 자네들의 능력은 기대 이상이군. 순정의 하온이 이렇게 파손된 것은 안타깝기 그지없는 일이지만 자네들과 같은 인재를 얻게 되었으니 우리로서는 큰 손해가 아닌 셈이야."

　그것이 마지못한 로베른의 정리였다.

　"천만의 말씀입니다. 저희의 부족한 능력으로 인해 순정의 하온을 못 쓰게 되어 폐를 끼친 것은 아닐까 걱정되는군요."

　"이미 지나간 일일세. 자네들이 안전하게 돌아온 것만으로도 축하해야 할 일이 아닌가?"

　찔리는 게 있는 로베른이었다. 자신은 이 청년들을 의심해 사지로 몰아넣은 장본인이다. 성공이 본연의 목적이 아닌 임무를 떠맡겼던 것이다.

　이에 올곧은 성정의 로베른으로서는 양심의 가책 때문에라도 샤렌과 친구들에게 순정의 하온 파손에 대한 책임을 물을 수가 없었다.

"너그럽게 이해해 주셔서 감사합니다."

샤렌은 천연덕스레 사과를 했다.

그렇게 서로가 겉치레에 불과한 대화는 몇 분에 걸쳐 더 지속되었다.

이후 짤막한 인사와 함께 자리를 정리한 샤렌 일행은 로베른의 서재를 빠져나왔다.

뒤돌아선 샤렌의 입가에 걸린 만족스러운 미소를 로베른과 요첸은 미처 보지 못했다.

2

샤렌 일행이 서재를 나가고 약간의 시간이 지난 뒤.

로베른은 손바닥을 들어 거칠게 책상을 내려쳤다.

콰앙!

"대체 이게 얼마나 큰 손실이란 말인가?"

호통의 대상은 당연히 요첸이었다.

"그, 그게… 저들이 설마 성공하리라고는……."

평소와 달리 요첸은 말을 더듬거릴 수밖에 없었다. 모든 게 틀어졌고, 그 틀어진 정도가 지나쳤기 때문이다.

"만약 우리가 저 청년들을 믿었다면 어땠겠나? 조금만 지원을 해줬더라도 순정의 하온을 안전하게 가져올 수 있었다는 이야기가 아닌가?”

“…….”

요첸은 침묵했다.

사실 이번 일은 베이 공작도 동의했던 사안이다.

하지만 애초부터 베이 공작이 저 청년들을 의심한 것은 아니었다. 그들이 죽어야 할 필요성을 강변한 것은 자신인 것이다. 저들의 죽는다 해도 순정의 하온이 실제로 트라시아 측에 있는지만 알아내도 큰 이익이라 생각했던 것이다.

한데 계산이 완벽하게 틀어졌다. 저 청년들의 능력은 자신이 상상했던 것보다 한참을 웃돌았다. 순정의 하온을 실제로 탈취해 낸 것이다.

그것도 엉뚱한 야왕에게 죄를 뒤집어씌우는 치밀한 마무리까지 함께였다.

자신의 판단이 틀림으로 해서 대세에 막대한 영향을 끼치고 만 것이다.

그러니 공작의 호통 정도는 당연히 감수해야 했다. 요첸의 침묵에는 책임의 통감이 함께하고 있는 것이다.

“저 빌어먹을 흘라덴과의 거래 없이 우리 손으로 독립을 쟁취할 기회를 잡을 수 있었거늘…….”

책상을 짚은 로베른의 손이 떨리기 시작한다. 손등 위의 힘줄이 마구 꿈틀댄다.

“죄송합니다. 사람을 제대로 보지 못한 저의 불찰입니다.”

요첸의 사과에도 로베른은 입을 굳게 다물었다.

그는 좀처럼 샤렌과 친구들에게 한 것처럼 괜찮다는 말을 요첸에게 할 수가 없었다. 방금 전의 노기 어린 말 몇 마디만으로는 감정의 정리가 쉽게 되지 않았기 때문이다.

로베른은 꽤 오랜 시간이 흐르고서야 고개를 저었다.

"후우……! 자네 탓만은 아니지. 나 역시 자네의 의견을 수락하지 않았나. 우리 둘 모두의 잘못이야."

"……."

"이 일에 대한 이야기는 서로 함구하도록 하세. 자칫 에슬란 역사에 길이 남을 바보들이 될 수도 있으니 말이야."

"뭐라 드릴 말씀이 없습니다."

로베른은 양쪽 관자놀이를 문지르며 의자에 몸을 깊숙이 묻었다. 순정의 하온을 허망하게 잃어버린 데 대한 상실감이 그의 피로를 가중시켰다.

"앞으로는 그 청년들의 보호에 힘쓰게. 꽃 한 송이만 믿고 있을 수는 없으니까. 저 정도의 인재를 잃게 된다면 우리는 또 한 번의 커다란 실수를 하게 되는 걸세."

"알겠습니다."

요첸은 깊숙이 허리를 숙였다.

일부러 순정의 하온을 파손했다는 것을 모르는 이들에게 샤렌과 친구들은 저항군 측에서 손꼽히는 인재로 여겨지게 된 것이다.

똑똑.

칼스타인의 작업실 문을 두드리는 노크 소리였다.

작업실의 주인 행세를 하는 샤렌은 문을 열었다. 문 앞에 서 있는 것은 예상했던 대로 이사벨이다.

하지만 모든 것이 샤렌의 예상대로였던 것만은 아니었다.

상기된 얼굴의 그녀는 두 눈을 날카롭게 빛내는 중이다. 얼굴에는 결연한 무엇인가가 가득했다.

슬픔과 안타까움에 가득 찬 이사벨을 떠올렸던 샤렌의 기대가 여지없이 무너진 것이다.

그녀가 바라카를 운용할 줄 안다는 것을 알고 있는 샤렌은 섬뜩한 느낌이 들었다. 어디를 향하는 것인지 모를 이사벨의 분노가 느껴졌기 때문이다.

'설마 들킨 건가?'

그녀와의 마무리를 위해 이 작업실에 남아 있던 샤렌이다.

이사벨에게 슬픔을 줄지언정 배신감은 남겨주고 싶지 않은 그였다. 종국에는 남았던 하온을 소진하고 만 칼스타인이 죽음을 맞이함으로써 그녀에게 아름다운 추억만을 남겨주려 했던 것이다.

한동안 시름에 겨워하겠지만 그녀는 곧 극복하리라 생각

했다. 이사벨은 똑똑하고 아름다웠으며 강했기 때문이다.

그런데 저런 모습이다.

샤렌의 눈에 꽉 말아 쥔 그녀의 주먹이 보인다.

저 주먹을 휘두르기라도 한다면 자신의 생명은 끝이 날 터였다.

'튈까?'

짧은 순간 머릿속을 스치는 생각이다.

하지만 상황이 좋지 않다. 입구를 가로막고 있는 이사벨인 것이다.

게다가 그녀는 초인의 범주에 속한다. 바라카를 운용할 줄 아는 그녀를 밀쳐 내고 도망친다는 것은 불가능한 일이다.

무엇보다 지레 겁을 집어먹고 섣부른 행동을 하는 건 샤렌에게 맞지 않았다.

일단 샤렌은 '태연'이라는 가면을 뒤집어쓴 채 버티기로 했다.

"이사벨, 밤이 새도록 당신을 걱정했어요."

샤렌은 이사벨의 몸을 살피는 척했다. 행여 다친 데가 없나 염려하는 모습을 보이는 것이다.

"전 괜찮아요, 칼스타인. 걱정하게 해서 미안해요."

어딘가 모르게 비장한 표정과는 달리 그녀의 목소리는 한없이 부드러웠다.

'역시 들킨 건 아니야!'

이사벨의 목소리를 듣고서야 샤렌은 확신했다.

그녀가 무엇인가에 크게 화를 내고 있는 것은 분명하다.

아마도 순정의 하온이 도난당했기 때문이리라.

적어도 자신을 향한 분노는 아니었다.

그것만으로도 평정심을 되찾기에는 충분했다.

'그런데 왜 저렇게 각오를 거듭하는 모습인 거야?

샤렌은 의문을 가슴에 깊숙이 밀어 감춘 채 입을 연다.

"어서 들어와요."

샤렌의 안내에 이사벨은 망설이지 않고 작업실 내부로 들어섰다.

그녀의 뒷모습을 확인한 샤렌은 미리 피를 묻혀둔 손수건을 꺼내 입을 가린 후 밭은기침을 시작한다. 계획했던 대로 행동하는 것이다.

"칼스타인!"

놀란 이사벨이 샤렌의 어깨를 감쌌다.

샤렌은 이사벨의 손을 부드럽게 밀쳐 내며 연신 기침을 토해냈다. 진짜로 목이 찢어지는 느낌이 들 정도로 혼신의 연기를 펼쳤다. 이사벨에게 이미 한차례 놀란 터라 더욱 완벽한 연기를 구사하려는 것이다.

기침은 한참이나 계속되었다.

꽤 오랜 시간이 지나서야 샤렌은 굽혔던 허리를 세웠다.

"칼스타인… 미안해요."

이사벨의 난데없는 사과였다.

샤렌은 지친 표정으로 이사벨의 얼굴을 응시한다.

"…그 구슬에 문제가… 생겼군요."

아직까지 호흡이 가라앉지 않아 샤렌의 말이 중간 중간 끊긴다.

"……."

이사벨의 얼굴에 짙은 그림자가 드리워진다.

샤렌은 억지로 미소를 띤다.

"역시… 어제 그 폭발은……."

중얼거리듯 말한 샤렌이 이사벨의 어깨를 감싸 안는다.

"이사벨, 그런 표정 짓지 말아요."

"미안해요. 정말 미안해요."

결국 이사벨의 얼굴이 촉촉이 젖는다. 고혹적인 눈이 깜빡일 때마다 투명한 유리알 같은 눈물이 방울째 흘러 그녀의 얼굴 위를 달린다.

"사랑하는 사람끼리는 미안하다는 말… 하지 않는 거라고 당신이 말했잖아요."

샤렌의 엄지가 이사벨의 얼굴을 훑어 올라간다. 눈물 자국이 엄지의 움직임을 따라 지워진다.

"하지만… 하지만!"

순정의 하온을 사용해 살 수 있다는 희망을 심어준 건 이사벨 자신이다. 죽음을 눈앞에 둔 사람에게 살 수 있다는 희망을 주었다가 그 희망이 무산되었음을 말해야 하는 게 얼마나 잔인한 짓인지 그녀는 알고 있었다.

그래서 미안하다는 말을 하지 않을 수가 없었던 것이다.

이사벨이 폭발하는 감정을 이기지 못해 말을 멈춘 틈을 타 샤렌이 나선다.

"당신을 걱정하던 지난밤, 난 많은 생각을 했어요."

울음으로 인해 코끝이 붉어진 이사벨의 얼굴을 부드럽게 매만지는 샤렌의 말은 계속된다.

"이제는… 설령 작품을 완성시키지 못한다 해도… 미련을 버릴 수 있다고 결론을 내렸어요. 당신과 함께한 소중한 시간, 그 시간을 가득 채운 추억이야말로 집착과도 같은 마지막 작품의 완성에 대한 욕망보다 소중하다는 것을 알게 되었으니까요."

"칼스타인……!"

"절대로 내게 미안해하지 말아요. 잠시나마 당신과 평생을 함께할 수 있다는 꿈을 꾼 그 시간 또한 내게는 더없이 소중하니까요. 그 가치를 당신만의 죄책감으로 폄하하지 않았으면 해요."

샤렌의 말이 끝나자 이사벨의 표정이 돌변한다.

조금 전 작업실에 들어섰을 때의 그 표정으로 돌아간 것이다.

"칼스타인, 절대 포기하지 말아요."

"이사벨, 나는 이미……."

"아뇨! 절대로 포기해서는 안 돼요. 우린 순정의 하온을 가져간 범인이 누군지 알아요. 그는 멍청하게도 자신이 누군지를 스스로 밝히는 버릇이 있더군요."

"스스로를 밝히는 범인이라고요?"

"사이브라! 스스로를 야왕이라 부르는 도둑놈이에요. 그는 당신과 내가 돌아오는 동안, 폭발을 일으켜 시선을 주목시켰어요. 그다음 물건을 훔쳐 간 거지요."

"아! 그렇군요."

샤렌은 그제야 앞뒤 상황을 이해할 수 있다는 표정을 지었다.

"제 딴에는 신출귀몰하다 자신하는 모양이지만… 흥! 나 이사벨에 대해 몰랐던 것을 땅을 치고 후회하게끔 해주겠어요."

"에? 당신을 몰랐던 것을 후회한다고요?"

"반드시 그를 잡겠어요! 그리고 순정의 하온을 되찾아 당신을 살려낼 거예요. 그러니 날 믿고 조금만 더 버텨요. 결코 포기해서는 안 돼요, 칼스타인!"

"……!"

아까 전 느꼈던 불안감의 정체가 밝혀졌다. 이사벨이 샤렌의 예상에서 벗어난 분위기와 표정을 보인 이유가 드러난 것이다.

그녀가 자신과 함께 슬퍼하며, 마지막 시간을 충만한 사랑으로 보내고, 결국에는 칼스타인의 죽음을 받아들일 거라는 예상은 여지없이 빗나갔다.

'설마 야왕을 추적하겠다고 나설 줄이야……!'

애초 이사벨이 바라카를 익힌 것을 몰랐듯, 그녀의 강인함이 단지 슬픔을 극복하는 정도에 머무르지 않을 정도라는 것까지는 알 수 없었던 샤렌이다.

"이사벨, 그 사이브라라는 도둑은 여태껏 아무도 모습조차 보지 못했잖아요. 그런 자를 어떻게……."

"칼스타인, 이래 봬도 저는 트라시아에서 손가락에 꼽힐 만큼 머리 쓰는 데에 있어서는 자신이 있어요. 아무리 대단하다고 해봐야 고작 물건을 훔치는 도둑놈일 뿐. 제게서 도망칠 수는 없을 거예요."

눈물을 흘려내던 이사벨의 고혹적인 눈이 자신감으로 빛난다. 그 안에 담긴 결연한 각오와 확고한 신념이 샤렌에게 고스란히 전해진다.

천하의 샤렌이라 해도 말로 어떻게 해서 바꿀 수 있는 상황이 아닌 것이다.

"저도 많이 생각했어요. 하지만 이곳에서 막연히 당신이 약해져 가는 모습을 보고만 있을 수는 없어요. 칼스타인! 저를 믿어줘요. 그리고 반드시 기다려 줘요. 무슨 일이 있어도 순정의 하온을 되찾아올 테니까요!"

말을 마친 이사벨은 조금 전보다 더 비장한 표정을 짓고는 몸을 돌렸다.

"저……."

"칼스타인, 반드시 살아 있어야 해요. 알았죠? 그것만이 당신의 사랑을 제게 증명하는 거예요."

등을 돌린 채 말하는 이사벨의 목소리는 단호하기만 했다.

이어 그녀는 샤렌은 아랑곳하지 않고 작업실을 나섰다. 이사벨은 흔들리는 마음을 다잡기 위해 샤렌의 말을 듣지도 않고, 그를 돌아보지도 않은 채 걸음을 재촉한 것이다.

샤렌은 이사벨을 향해 내밀었던 손을 거두며 한숨을 쉬었다. 포장되지 않은 길바닥에서 고무공이 튀어 오르듯 결과가 엉뚱한 쪽으로 튀어버린 것이다.

하지만 혼란은 잠시뿐이었다.

샤렌은 곧 상황을 정리할 수 있었던 것이다.

'뭐, 어쩌면 잘된 일일 수도 있겠군. 그녀가 사이브라를 쫓는 사이, 칼스타인이 죽은 걸로 처리하면 될 테니까. 그나저나 사이브라인지 뭔지 하는 도둑놈만 불쌍하게 된 셈이네.'

이사벨은 트라시아의 보석이라 불리는 여자다.

지금이야 사랑에 눈이 멀어 잠시 판단이 흐려졌을 뿐, 총명하다 못해 천재라 불리기에 손색이 없다.

　그런 이사벨이 트라시아의 전폭적인 지원하에 사이브라를 쫓는다면 제아무리 밤의 군주라 해도 벗어나기 힘들 것이다.

　더구나 이사벨은 바라카의 운용이 가능한 초인이기까지 하다.

　결국 야왕의 체포는 시간문제인 것이다.

　'그때 가서 붙잡힌 야왕이 순정의 하온을 훔친 범인이 자기가 아니라고 해봐야 믿어줄 사람이 있겠어?'

　일이 요상하게 꼬이긴 했지만 그다지 나쁜 결말은 아니었다. 눈물 속에서 슬퍼하는 것보다 강한 목적 의식하에서 사이브라를 쫓는 게 이사벨에게도 훨씬 좋은 일이 될 것이기 때문이다.

　아쉬운 게 있다면 보다 멋지게 이사벨과 이별을 고하지 못했다는 것뿐이다.

　"그동안 고마웠어요, 이사벨! 언젠가 더 좋은 인연으로 만나기를 고대할게요. 안녕, 짧았던 시간 속의 내 사랑!"

　이사벨에게는 들리지 않을 목소리.

　하지만 그 말을 하는 샤렌의 붉은 눈은 더없이 반짝이는 중이었다. 감정을 드러낸 그의 표정에는 미련마저 엿보였다.

　그렇게 이사벨과의 이별을 고하는 지금의 샤렌은 미처 상상치 못했다. 나름대로 뛰어난 관찰력과 판단력을 소유한 그라지만 미래를 내다볼 수 있는 능력이 있는 것은 아니었다.

따라서 이 일로 인해 디오모네를 남기고 가는 도둑, 밤의 군주인 사이브라와 더없이 복잡한 인연의 사슬에 얽히게 되리라는 것까지는 전혀 알 수 없었던 것이다.

Chapter 2

1

"**흠**, 과연 대단한 여자군."

며칠간 죽은 듯 잠에 빠졌다가 외출한 드리튼은 샤렌의 설명을 듣고 고개를 끄덕였다.

"저 사이브라를 잡을 생각을 하다니……!"

이시스도 드리튼의 말에 동조하며 감탄을 했다.

"그나저나 앞으로는 어떻게 할 거야? 이쯤 되면 저항군들이 우리를 완전히 아군이라고 믿게 된 거 아냐?"

"뿐만 아니라 엄청 뛰어난 인재라 여기겠지."

드리튼의 질문과 이시스의 대답이었다.

"내 생각에는 당분간 이곳을 떠나 있는 게 좋을 거 같아."

샤렌이 자신의 생각을 말했다.

"흠, 그것도 하나의 방법이겠지. 이참에 여행도 하고 말이야. 그런데 저항군 측에서 가만히 있을까?"

"그러게. 우리의 능력을 인정한 이상, 뭔가 또 임무를 맡기려고 안달을 할 텐데 말이야."

드리튼과 이시스의 우려에 샤렌이 씨익 입술의 양끝을 당겨 웃었다.

"아직 카드 하나가 남아 있잖아. 그걸 활용하면 되지."

"카드?"

"그게 뭔데?"

드리튼과 이시스가 동시에 물었다.

일단의 위기에서는 벗어났다지만 저항군과의 복잡한 인연은 아직까지 끝이 난 게 아니었다. 생명과 직결되는 문제인만큼 그들의 조급함은 당연한 것이었다.

"청염(青焰)의 성위!"

샤렌의 짧은 대답이었다.

"청염의……? 너 설마 이오나 네이를 말하는 거야?"

"그, 그 생각을 아직도 하고 있었어?"

펄쩍 뛰는 드리튼과 이시스였다.

"한 번 찍은 여자를 포기하면 샤렌이 아니지."

팔짱을 끼며 의자에 등을 기대는 샤렌의 표정에는 여유가 넘쳤다.

“무슨 방법이라도 생각해 둔 거야?”

드리튼이 걱정스러운 표정으로 물었다.

사실 불가능에 가깝다고 여겼던 임무를 샤렌은 손쉽게 해결했다.

그것도 자신이 원하는 방향 속에서 완벽하게.

해서 이번에도 혹시 샤렌에게 무슨 방법이 있을까 기대감이 생기는 것이다.

하지만 샤렌의 대답은 드리튼의 기대를 한 방에 날리기에 부족함이 없었다.

“일단 부딪치고 보는 거지, 뭐.”

“……!”

잠시간 멍해 있는 드리튼과 이시스였다.

이시스가 먼저 충격에서 깨어났다.

“일단 부딪쳐서 뭘 어떡하겠다는 건데?”

“어떻게 하긴, 얼굴 익히는 거지. 여자는 말이야, 한 번이라도 더 만난 사람에게 호감을 느낄 확률이 높아진다니까. 게다가 그때 너도 들었잖아. 나보고 재미있다고 한 말. 그 말인즉 내가 싫지는 않다는 뜻인 거고, 계속 보면 안 보는 것보다는 훨씬 유리해진다니까.”

“아무리 그래도 그렇지…….”

“뭐, 당장 그녀의 마음을 얻어내겠다는 건 아니니까 걱정하지 마. 우리가 이 나라를 뜰 수 있는 계기가 없을까 하는 것만 찾아보려는 거니까."

여전히 여유만만한 샤렌이었다.

하지만 드리튼과 이시스의 표정은 어둡기만 했다. 내용을 말해주진 않을지언정 계획이 있으면 있다고 밝히는 샤렌이었다.

다시 말해, 지금의 샤렌은 그야말로 대책없이 부딪치고 본다는 심산인 것이다.

자기 스스로 이사벨보다 어렵다고 말한 저 이오나 네이를 향한 무모한 도전.

드리튼과 이시스로서는 염려가 되지 않을 수 없었다. 애초부터 그녀를 방패막이로 삼는다는 샤렌의 계획이 어처구니없기만 했기 때문이다.

'이 자식이 이오나 네이에게 들이대기 전에 크샤트린을 떠날 다른 방법을 찾아야겠어.'

침묵 속에 다짐하는 이시스였다. 샤렌의 성격을 알기 때문이다. 여자 문제에 있어서는 불가능을 말할수록 더욱 불타오르는 샤렌인 것이다.

'역시 이 자식, 저항군은 핑계일 뿐, 그저 이오나 네이를 꼬셔보고 싶은 거라고!'

드리튼의 얼굴이 파랗게 질려가는 데는 이와 같은 이유가 있었다.

하지만 두 사람에게는 그와 같은 여유가 허용되지 않았다.

2

이시스와 드리튼은 감히 이오나와 샤렌이 만나는 자리에 동석할 엄두조차 내지 못했다.

둘은 샤렌이 이오나를 불러내 술집으로 오는 내내 뒤를 졸졸 따라왔다.

그리고는 샤렌과 이오나의 옆 테이블에 자리한 것이다.

"결국 저지르고 말았군. 어떻게 해서든 시간을 끌어보려 했는데……."

이시스가 제 손으로 자신의 머리카락을 움켜쥐며 한숨을 내쉬었다.

"그러게. 설마하니 말 나오자마자 들이댈 줄이야……!"

당황스럽기는 드리튼도 이시스에 못지않았다.

"젠장! 그럼 제대로나 하던가. 분위기 좋은 술집이 널렸는데 왜 이런 허름한 펍으로 오냐고?"

"샤렌이 그랬잖아. 저 여자는 꾸미는 데 관심이 없다고. 그러니까 이런 곳에 온 거 아닐까?"

드리튼은 나름의 추론을 펼쳤다. 일단 벌어진 일이었다. 그러니 샤렌이 이사벨에게 그랬던 것처럼 다시 한 번 기적을 행하기만을 바라야만 하는 것이다.

그사이 샤렌과 이오나의 대화가 막 시작되고 있었다.

"불러낸 이유가 뭐지?"

여유와 권태가 동시에 묻어나는 이오나 특유의 음성이었
다.

샤렌은 한차례 미소를 지은 후 입을 연다.

"술 한잔하고 싶어서."

이오나와 마찬가지로 반말로 응대하는 샤렌이었다.

건너편 테이블에서 드리튼과 이시스의 얼굴이 새파래지는
것과 달리 이오나는 샤렌의 반말에 그다지 불쾌한 기색을 떠
올리지 않았다.

외려 흥미가 생긴 듯 흑진주와 같은 검은 눈을 빛냈다. 이
대륙에서 고작 술이나 한잔하자고 자신을 불러낼 남자가 있
으리라고는 생각지 못했던 것이다.

물론 자신이 누군지 모른다면 그럴 수도 있다.

하지만 이 남자는 자신에 대해 명확히 알고 있다.

이는 지금껏 이오나가 알아온 그 어떤 남자와도 다른 행동
이었다.

그렇기에 샤렌의 호기로운 행동이 무례가 아닌 흥미로 다
가오는 것이다.

"술?"

"술 싫어하나?"

"아니."

짧은 대답이었다.

이에 샤렌은 다시 한 번 웃는다.

역시 이 여자를 상대하는 것은 흥미롭다.

그렇게 생각하는 것이다.

"주량은?"

이번에는 이오나가 피식 웃는다. 자신을 자극하는 샤렌임을 느낀 것이다.

"쉽게 취하진 않지."

"아, 다행이군. 뭐라 해도 여자니까 염려가 되어서 말이야. 술 한잔 함께하려다 상대가 먼저 쓰러져 버리면……."

이오나가 표정을 굳힌 채 샤렌의 말을 자르고는 바 안쪽을 향해 외쳤다.

"여기! 위스키 한 병 가져와!"

와인만이 허용되는 사제들과는 달리 홀라덴의 성위 기사들은 술을 가리지 않는다. 신을 위해 목숨을 내놓은 자들이기에 갖는 특권이었다.

어린 시절부터 술을 즐겨온 이오나 네이다.

평소 그녀는 홀로 술을 마신다. 자신만 보면 슬슬 빼는 남자들이 꼴 보기 싫어서이기도 하지만 기본적으로 대작의 상대가 되지 않기 때문이다. 늘 그녀가 채 취기를 느끼기도 전에 상대가 뻗어버렸던 것이다.

그런 이오나에게 여자라 미리 취해 버릴 것을 염려한다고 말하니 발끈할 수밖에 없었다.

샤렌은 이오나의 반응에 흡족해했다. 예상했던 대로 호승심이 강한 여자였다.

'걸렸어!'

남에게는 들리지 않는 샤렌의 외침이 터져 나왔다.

3

"저것들이… 사람인 거 맞냐?"

두 눈을 휘둥그레 뜬 드리튼이었다.

허름한 펍에 온 지 세 시간가량이 지났다.

그사이 샤렌과 이오나는 다섯 병의 위스키를 비웠다.

그럼에도 둘 다 얼굴만 살짝 붉어졌을 뿐, 전혀 취기를 내비치지 않고 있다. 드리튼의 눈에는 그런 샤렌과 이오나가 인간같이 보이질 않는 것이다.

"이상한데? 샤렌의 주량이 적은 편은 아니지만 위스키를 두 병 반이나 마시고도 저렇게 멀쩡할 정도는 아니잖아?"

이시스가 고개를 갸웃거렸다.

"설마 여자에 대한 집념으로 취기를 이겨내고 있는 건 아닐까?"

"아무리 정신력이 대단하다 해도 그게 말이 되냐?"

"저기 지금 말이 되고 있잖아."

드리튼이 턱짓으로 샤렌을 가리켰다.

이시스는 달리 답변할 말을 찾지 못했다. 자신이 아는 샤렌의 주량은 위스키 두 병 정도다. 그쯤 되면 적어도 눈이 풀리고 혀가 꼬인 다음 잠이 들고 만다.

한데 주량보다 반병을 더 마신 지금까지도 샤렌은 멀쩡하기만 했다. 눈빛도 또렷했고, 꼿꼿이 앉은 자세에는 흐트러짐이 없었다.

"저 자식, 대체 또 무슨 수작을 부리고 있는 거지?"

이시스가 신음성을 흘리듯 홀로 중얼거렸다.

한편 이시스와 드리튼의 의문 어린 시선을 한 몸에 받고 있는 샤렌이 자리에서 일어섰다.

"실례 좀 하지."

"화장실을 너무 자주 가는군."

이오나가 살짝 불만을 드러냈다.

"후훗! 앉아 있기만 하면 내 스스로 얼마나 취했는지 알 수 없으니까. 큰소리 쳐놓고 당신보다 먼저 취하면 곤란하잖아?"

그렇게 답변한 샤렌은 걸음을 옮겼다. 조금의 흔들림도 없는 걸음걸이였다.

화장실에 도착한 샤렌은 거울에 자신의 얼굴을 비춰봤다. 약간의 홍조가 피어올랐지만 술을 마신 것치고는 멀쩡한 얼굴이었다.

"후훗! 제아무리 술이 세다고 해도 언젠가는 취하겠지."

이오나와의 승부에서 이미 승리의 미소를 짓고 있는 샤렌이었다.

여자를 취하게 한 다음 음흉한 수작을 부리는 걸 싫어하는 샤렌이다.

하지만 적절한 취기가 경계심을 완화시키고 친밀감을 높이는 데 효과적인 것을 알고 있다. 음흉한 수작이 전제되지 않는다면 여자의 취기는 관계의 빠른 진전에 유용한 도구가 되어주는 것이다.

문제는 지금처럼 자신보다 술을 잘 마시는 여자를 만났을 때다.

그렇게 되면 여자 쪽이 적당히 취하기도 전에 자신이 먼저 취해 버린다. 빠른 관계 진전을 이루고자 하는 목적을 이룰 수가 없는 것이다.

샤렌에게는 그럴 때를 위해 준비해 둔 해법이 있었다.

상황에 따라 해법은 달랐다.

여자가 자신보다 조금 더 술이 강할 때라면 배를 든든하게 채운 후 마시면 된다. 위에 음식이 가득 차 있으면 평소보다 많은 양의 술을 마실 수 있기 때문이다.

또한 우유를 미리 마셔도, 계란 반숙을 먹어두는 것도 술에 취하지 않고 버티는 데 상당한 도움이 된다. 계란의 경우, 집이 아니라면 반숙을 구하기 쉽지 않다. 그럴 때는 베이커리에서 구입한 슈크림이 잔뜩 든 빵을 먹어두면 유리하다.

그 외에도 여러 방법이 있지만 대개는 술이 취하는 속도를 늦추는 것뿐이다.

하지만 지금과 같이 극단적인 상황에는 적합하지 않다. 이오나 네이의 주량은 자신보다 조금 더 강한 정도가 아니기 때문이다.

따라서 방법을 달리해야만 했다. 좀 더 극단적인 수단이 필요한 것이다.

이번에 샤렌이 선택한 방법은 음주 중 많은 양의 물을 섭취하는 것, 그리고 마신 술이 체내에 흡수되기 전에 토해내는 것이다. 그가 아는 한 이 방법이야말로 술에 취하지 않는 최고의 수단이었다.

변기로 간 샤렌은 검지와 중지를 입 안으로 밀어 넣었다.

깊숙이 들어간 손가락이 목구멍에 닿을 정도가 되자, 손가락으로 혀의 시작 부분을 눌렀다.

곧바로 구토가 치밀어 오른다.

"우욱!"

위에 담겨져 있던 술이 그대로 변기에 쏟아졌다.

지저분한 방법이지만 효과만큼은 다른 어떤 방법에도 비할 바가 아니었다. 술이 위에 흡수되기 전에 토해내는 셈이니 아무리 술을 마셔도 절대 취할 리가 없는 것이다.

구토를 통해 위를 깨끗이 비워낸 샤렌.

그는 세면대로 돌아와 냄새가 충분히 가실 만큼 입을 헹

켰다.

이와 같은 방법은 식도와 위에 손상을 줄 수도 있다.

하지만 저 이오나 네이를 상대하기 위해서라면 이 정도의 희생은 아무것도 아니었다.

샤렌은 다시 한 번 거울을 보며 머리를 매만진 후 화장실을 나섰다.

4

"말도 안 돼!"

불신에 가득 찬 이시스의 시선이 샤렌이 앉은 테이블 위에 고정된다.

테이블 위에는 바닥을 드러낸 병이 무려 열 개.

샤렌과 이오나가 서로 한 잔씩 주고받았으니 1인당 다섯 병의 위스키를 마신 것이다.

"보통 사람이 저 정도 마시면 죽을 텐데……."

드리튼은 걱정스러운 시선으로 샤렌을 바라봤다. 치사량에 가까운 술을 마시고 있으니 걱정이 될 수밖에 없었다.

하지만 그의 염려와 달리 샤렌은 너무나 멀쩡한 모습이었다. 소량의 술이 흡수되는 건 어쩔 수 없는 일이지만 위로 들어온 대부분을 토해내고 있는 터라 취하질 않는 것이다.

위태로워 보이는 것은 외려 이오나였다.

이제 그녀의 얼굴에는 홍조가 가득했다.

고혹적이며 커다란 눈의 깜빡이는 속도도 늦어졌다.

동공의 크기도 살짝 커졌다.

취기가 올라오고 있는 것이다.

"괜찮아?"

샤렌이 여유만만한 미소와 함께 물었다.

"당… 연하지!"

이오나의 호기로운 대답이었다.

"그럼 한 병 더?"

"응!"

숨 쉴 틈조차 주지 않는 대답이었다. 살짝 올라온 취기가 그녀의 호승심을 부추겼다.

그뿐만이 아니었다.

이오나로서는 처음으로 자신과 대작할 수 있는 상대를 만난 셈이다.

혼자가 아닌 상태에서 취기를 느낀다는 것.

누군가와 이야기를 하며 취기에 몸을 맡긴다는 것.

누군가인 상대가 자신의 흥미를 자극하는 인물이라 것.

그 모든 게 이오나를 즐겁게 하고 있었다.

한 병의 위스키 병이 본연의 투명한 색을 드러냈을 때, 샤렌은 시기가 무르익었음을 깨달았다.

발그레 달아오른 이오나의 얼굴.

그 안에서 느껴지는 길들여지지 않은 자유분방함.

근거가 충분한 자신감에서 비롯된 여유.

거칠 것 없는 오연함이 그녀에게서 물씬 느껴진다.

트라시아의 보석이라는 이사벨 미타가 아니고서야 이오나 네이와 비견될 여자를 만나기란 쉽지 않을 것만 같았다.

그런 이오나가 지금 경각심을 풀고 있다. 약간의 취기로 인해 샤렌이 비집고 들어갈 틈을 내비치고 있는 것이다.

이 호기를 놓칠 샤렌이 아니었다.

"우리 내기나 한번 할까?"

"내기?"

샤렌은 호주머니에서 은화 하나를 꺼내 들었다.

"……?"

"이 동전이 내 양손 중 어디에 있는지 알아맞히면 되는 거야."

"속임수는?"

이오나가 물었다.

"물론 없지."

샤렌은 당연하다는 표정으로 대답하고는 말을 이어 붙였다.

"세 판을 하도록 하지. 그중 단 한 판이라도 맞히면 승부는 내가 진 걸로 하고."

“그건 불공평하지 않나?”

이오나가 고개를 갸웃거렸다.

“난 보통 사람보다 운이 훨씬 좋거든. 그러니 이 정도는 되어야 공평한 거야.”

샤렌의 되도 않는 허세에 이오나는 결국 피식 웃음을 터뜨리고야 말았다. 아무리 생각해도 샤렌이 자신감을 가질 일이 아니다. 확률상 자신이 훨씬 유리한 내기였다.

“뭘 두고 내기를 하자는 거지?”

“글쎄……?”

샤렌은 잠시 고심을 했다.

그리고는 입을 연다.

“들어줄 수 있는 범위 내에서 요구 한 가지?”

“들어줄 수 있는 범위 내에서?”

이오나의 질문에 샤렌은 고개를 끄덕였다.

그녀는 잠시 생각에 잠겼다. 자신으로서는 크게 고심할 이유가 없는 내기의 조건이었다. 부당한 요구를 해오면 들어줄 수 없는 범위라고 해버리면 그만이다.

게다가 세 번 전부 자신이 지리라고는 결코 생각할 수 없었다.

“내게는 나쁘지 않은 조건이군. 아니, 지나칠 정도로 좋은 조건이랄 수 있겠어.”

‘걸렸어!’

자신이 바라는 대로 연이어 반응을 해주는 이오나였다.

샤렌은 내심 쾌재를 불렀다.

"그럼 내기 성립? 여자라고 나중에 딴소리하기 없기!"

"훗!"

여자 운운하며 자신을 자극하는 샤렌이 이오나는 같잖을 뿐이다.

누가 자신의 앞에서 스스로 '남자임'을 자부한단 말인가?

어떤 남자가 자신을 연약한 여자로 대할 수 있겠는가?

그녀는 이미 자신의 승리를 확신했다.

해서 어떤 요구를 하면 이 대책없는 남자를 골려먹을 수 있을지부터 생각하기 시작했다.

"자, 그럼 시작한다!"

샤렌은 양손을 몸 뒤로 했다. 어느 손으로 동전을 옮기는지 이오나가 보지 못하게 하기 위함이었다.

그리고는 한 손에 동전을 쥔 다음, 양손을 이오나의 앞쪽으로 내밀었다.

"동전이 어느 쪽에 있을까?"

샤렌은 미소와 함께 물었다.

"이쪽!"

이오나는 망설이지 않고 샤렌의 왼손을 가리켰다.

아무리 그녀라 해도 투시력을 발휘할 수는 없는 일이다. 설령 그런 능력이 있다 해도 정당한 승부에서 부정한 방법을 사용할 리 없는 이오나였다.

이오나가 왼손을 가리키자 샤렌의 입가가 당겨진다.

그는 왼손을 뒤집은 후 이오나의 앞에 펼쳤다.

손은 비어 있었다.

그리고는 오른손을 뒤집은 다음 펼쳤다. 은화는 그의 오른손에 있었다.

"흠……!"

이오나의 낮은 신음성.

아무리 취기가 올라왔다지만 대륙의 정상을 넘보는 검사의 안력이다. 속임수를 썼다면 단박에 밝혀낼 수 있다.

하지만 샤렌의 손동작은 깔끔하기만 했다. 속임수가 없다고 큰소리쳤던 그대로인 것이다.

그러니 분명 이번 승부는 정당했다.

"내가 말했지? 난 운이 좋다고."

샤렌은 싱긋 웃어주고는 다시 양손을 몸 뒤로 감췄다.

그리고 동전을 섞은 후 손을 내미는 샤렌.

"자! 이번에는 어느 쪽에 동전이 있을까?"

두 눈을 부릅뜨고 샤렌의 손등을 바라보던 이오나.

결심을 굳힌 이오나가 입을 연다.

"여기!"

그녀는 이번에도 왼쪽을 골랐다.

“흐음……!”

신음성과 함께 샤렌이 미간을 찌푸렸다.

“이번에는 맞힌 건가?”

이오나의 입꼬리가 말려 올라갈 그 순간, 샤렌은 동시에 양손을 뒤집어 펼쳤다.

“미안해서 어쩌지?”

“……!”

동전은 이번에도 오른쪽에 있었다.

“하하하핫! 자! 벌써 내가 두 판을 이겼어. 이번이 마지막이야!”

샤렌은 웃음과 함께 마지막 판을 위해 손을 뒤로 감췄다.

이오나의 얼굴이 살짝 굳었다. 여유 넘치는 승부라 여겼건만 벌써 두 판이 훌쩍 지나갔다.

이제 그녀에게 남은 건 단 한 번의 기회뿐.

유리한 조건은 사라지고 공평한 가운데 승부가 가려지는 것이다.

승부에 지기 싫어하는 이오나로서는 보다 집중을 하지 않을 수 없었다.

그사이 손을 앞으로 내민 샤렌이 묻는다.

“자! 마지막 판! 과연 어느 손에 은화가 있을까?”

“…….”

이오나는 두 눈을 부릅뜬 채 샤렌의 좌우 손을 번갈아 살폈

다. 설마하니 세 번을 내리 지겠는가마는 긴장이 되지 않을
수 없는 것이다.

쾌나 신중한 표정을 짓던 그녀가 샤렌의 왼손을 가리켰
다.

"이번에도 왼쪽!"

"정말?"

샤렌이 빙글빙글 웃으며 물었다.

"그래!"

"후회 안 하지?"

"안 해!"

이오나는 단호했다.

"그럼 편다!"

샤렌의 양손이 뒤집힌다. 그리고 꼭 쥐었던 두 손이 펼쳐졌
다.

"……!"

이오나는 고운 미간을 찡그렸다. 은화는 이번에도 오른쪽
에 있었던 것이다.

"너무 기분 나빠하지 마. 그저 운일 뿐이니까."

"……."

이오나는 꽃잎 같은 입술을 굳게 다물었다.

사소한 내기였다지만 승부는 승부였다. 샤렌의 예상대로
라면 그녀가 살아오는 중 승부에 있어서 패배란 손에 꼽을 정

도일 것이다.

'그래서… 삐졌군. 훗! 귀엽네.'

삐죽 나온 이오나의 입술을 보며 이럴 때는 여느 여자와 다름없다고 생각하는 샤렌이었다.

"요구 사항이 뭐지?"

이오나는 새롭게 주문한 위스키 병의 뚜껑을 돌려 따며 물었다. 다소 거친 동작이었다. 지는 데 익숙하지 않았기 때문이다.

하지만 분명 정당한 내기였다. 패배를 인정하지 않을 수 없었다.

"흠… 글쎄? 뭘 요구하면 좋을까?"

이오나가 자신의 잔을 채우는 사이, 샤렌은 턱을 매만지며 고민하는 척을 했다.

그의 입가에 떠오른 장난기 가득한 미소는 이오나를 자극하기에 충분했다.

이오나는 샤렌을 보며 단숨에 잔을 비웠다.

샤렌도 자신의 찬을 채우고 이오나처럼 잔을 비웠다. 술을 마시는 것 역시 또 하나의 승부였다. 공평한 승부를 위해 마시는 양을 맞추는 것이다.

"요구 사항은 화장실에 다녀와서 말하도록 하지."

"무슨 화장실을 그렇게 자주 가?"

이오나의 언성이 살짝 높아졌다.

"하핫! 생리 현상이니 어쩔 수 없는 일이잖아?"

이오나의 반응과 달리 승자인 샤렌의 태도에는 여유가 넘쳐흘렀다.

Chapter 3

1

"저 자식, 이번 내기에서는 또 무슨 수작을 부린 거지?"

두 사람의 살인적인 음주량을 보고 미리 질려 버린 이시스와 드리튼이었다. 그래서 알코올 함량이 가장 낮은 칵테일을 주문해 마시는 중이었다. 한데도 두 사람의 얼굴은 이미 벌겋게 달아올라 있었다.

"그러게? 샤렌의 표정으로 미루어 분명히 내기에서 이길 확신이 있었던 것 같은데?"

드리튼이라고 해서 샤렌이 이번 내기에서 이긴 원인을 알 리 없었다.

하지만 분명한 것은 샤렌이 이길 수 있다는 확신을 가지고 있다는 사실이었다.

"그러니까 말이야. 샤렌이 저런 건방진 표정을 하고 있으면 분명히 이긴다고 생각할 때니까 말이야."

이시스가 드리튼의 말에 동조하고 나섰다. 샤렌과는 수많은 내기를 해왔다.

그렇기에 이시스도 샤렌이 분명히 이길 수 있다는 확신을 가졌다고 본 것이다.

"2분의 1인 확률의 내기잖아. 그런 세 판이 겹쳐질 때면 이길 확률이 얼마나 되는 거지? 거기서 이길 수 있다고 큰소리를 치다니 대체 뭐가 어떻게 돌아가는 거야?"

이시스는 신경질적으로 자신의 머리를 흐트러뜨렸다. 아무리 머리를 굴려봐도 지금의 현상을 이해할 수 없었다. 그래서 절로 짜증이 치밀었던 것이다.

"샤렌이 말한 대로 내기 운이 정말 강한 건 아닐까? 생각해 보면 저 녀석, 우리하고 내기할 때도 진 적이 없잖아."

"그걸 지금 말이라고 하냐? 저 독사 같은 놈이 자기 운만 믿고 저 여자와의 내기에서 반드시 이길 거라 생각할 거 같아?"

이시스의 핀잔에 드리튼은 고개를 끄덕였다. 확실히 자신의 발언은 억측에 불과했다.

"그런데……."

“……?”

“조금 이상한 게 있어.”

“이상해? 뭐가?”

이시스는 습관적으로 헝클어진 머리를 매만졌다. 짜증이 났던 것은 잠시, 어디서 누가 볼지 모르는 상황이니 이미지 관리를 할 필요가 있었다.

“사실 나도 세 번 모두 샤렌이 왼쪽에 은화를 감췄을 거라고 생각했거든.”

“……!”

드리튼의 말에 이시스가 눈을 크게 떴다. 놀랐기 때문이다. 자신 역시 똑같았다. 설마 세 번 연속 오른쪽에 감추겠냐 싶기도 해 마지막에는 왼쪽을 골랐다지만, 결과적으로 처음부터 샤렌이 계속 왼쪽에 은화를 감췄다고 생각했던 것이다.

이시스의 표정을 읽어낸 드리튼이 굳은 표정으로 입을 연다.

“너도… 구나!”

이시스는 고개를 끄덕였다. 뭔가 으스스한 느낌이 드는지라 붉게 달아올랐던 그의 얼굴이 다소 창백해졌다.

“저 자식, 대체 뭐야?”

“세 명이 똑같은 생각을 했다면 역시 샤렌이 무슨 수작을 부린 건 분명하네. 대체 무슨 방법을 쓴 거지?”

“역시 속임수가 있었던 걸까?”

이시스가 떠올릴 수 있는 마지막 가능성이었다.

"막연히 속임수는 아닐걸. 저 여자가 누군지 잊은 거야? 도박꾼들도 바라카를 운용하는 검사 앞에서는 속임수를 못 쓴다고. 아무리 손이 빠르다고 한들 바라카를 운용하는 검사들의 검보다 빠르겠어?"

"흐음, 혹시 너무 취해서 못 본 건… 아니겠지?"

이시스는 스스로 자신의 가정이 그르다고 결론을 내리며 말을 돌렸다. 아직 그 정도까지 취해 보이지 않는 이오나였다.

게다가 아무리 취중이라 해도 그녀는 청염의 성위인 것이다. 샤렌의 어설픈 속임수 따위를 알아채지 못할 리가 없었다.

"그럼 대체 뭐인 거야? 저 자식이 사람의 마음을 조정하기라도 한다는 거야?"

이시스가 포기하는 심정으로 던진 말이었다.

그 말을 들은 드리튼은 미간을 찌푸렸다.

되도 않는 가능성이라는 식으로 말한 이시스였다.

하지만 드리튼의 생각에는 마냥 허황된 소리만이 아니었다.

'여자들을 제멋대로 주무르는 녀석이니까. 사실 그 정도면 마음을 조정한다고 볼 수도 있지. 결국… 샤렌이 사용하는 여러 가지 방법들이 남자들에게 통할 때도 있다는

건가?'

여전히 샤렌의 능력은 드리튼에게 있어서 풀리지 않은 숙
제였다.

2

"요구 사항은?"

이오나는 샤렌이 자리에 앉자마자 물어왔다. 여전히 내기
에 졌다는 사실이 유쾌하지 않은 듯한 분위기였다.

"응? 아! 맞다!"

샤렌은 마치 잊고 있었다는 듯 능청을 떨었다.

그리고는 별달리 신경 쓰고 싶지 않다는 표정으로 입을 연
다.

"이건 어때? 최하 일주일에 한 번씩 나와 술을 마시는 거.
한 달 정도는 할 수 있지 않겠어?"

"술?"

이오나는 샤렌의 대답을 전혀 예상치 못했다는 표정이다.
그녀의 표정 안에는 다소의 불쾌함까지 담겨 있었다.

당연한 일이다.

홀라덴의 사대성위 중 하나로 꼽히는 이오나 네이다.

누군가 그녀에게 뭔가를 요구할 기회가 생긴다면 어떻겠
는가?

당사자에게 있어서는 소원에 가까운 것이라 할지라도 이오나에게 있어서는 충분히 들어줄 수 있는 요구가 될 가능성이 높은 것이다.

"응."

샤렌은 재확인을 시켜줬다.

"나 이오나 네이에게 요구하는 게 고작 그거란 말이야? 원한다면 트라시아를 발칵 뒤집어엎어 줄 수도 있어."

괜스레 스스로 미련을 갖는 이오나였다. 사정이야 모르지만 일단 샤렌이 저항군에 가담한 것을 알고 있는 그녀였다.

그렇기에 저와 같은 예를 든 것이다.

"훗! 트라시아를 뒤집어엎어서 뭐 하게? 난 그저 당신과 술이나 한잔할 수 있으면 그걸로 족해."

샤렌은 초지일관이었다.

이오나는 의자에 등을 기대며 팔짱을 꼈다.

굳었던 표정을 푼다.

'역시… 재밌는 남자라는 건가?'

흑진주처럼 반짝이는 이오나의 눈에 광채가 짙어졌다.

"그 정도야… 못할 이유가 없지."

이오나의 대답에 샤렌이 재빨리 잔을 들어 올린다. 다른 말이 나올 여지를 막는 것이다.

"자, 짧았던 '승부'를 위해서 건배!"

이오나는 순순히 팔짱을 풀고 샤렌과 건배를 했다. 그녀는 이번에도 단숨에 술을 들이켰다.

빈 잔을 테이블에 내려놓으며 이오나가 문득 생각났다는 듯 입을 연다.

"참! 그리고 보니 그 요구를 들어주는 데에는 조금 문제가 있는데……."

"문제?"

"우리는 며칠 뒤 이곳을 떠날 예정이거든."

"흐음? 그래서 요구 사항을 받아들일 수 없다는 건가? 트라시아를 발칵 뒤집는 건 가능해도 나와 술 마시긴 힘들다?"

샤렌은 한쪽 입꼬리를 당겨 웃으며 물었다.

"누가 힘들다고 했어? 사정이 그렇다는 거지."

"뭐… 도저히 들어줄 수 없는 요구였다면 없었던 일로 해도 좋아. 별거 아닌 '승부' 였으니까 말이야."

샤렌은 가볍게 손사래를 쳤다.

이오나의 표정이 다시 굳어졌다. 샤렌이 벌써 두 번째에 걸쳐 연속으로 '승부' 라는 말을 거론했기 때문이다.

작은 내기라지만 확실히 승부는 승부다.

게다가 자신이 패배한 승부였다.

마음만 먹으면 못 들어줄 리 없는 승부의 대가였건만 괜스레 자신이 진 승부에 대해 핑계를 대고 있는 상황이 되어버렸다.

인정할 수 없었다. 이오나는 괜한 핑계를 대고 있는 게 아니었던 것이다.

"내가 도저히 들어줄 수 없어서가 아니잖아! 정히 나와 술을 마시겠다면 그대가 우리와 동행을 하든가!"

다소 격앙된 이오나의 말에 샤렌의 붉은 눈에 빠르게 광채가 스쳐 간다.

바로 저 말이었다.

애초 그녀와의 동행을 목적으로 한 샤렌이었다. 저와 같은 말을 듣기 위해 은화를 꺼내 들고 이오나를 자극해 내기를 했던 것이다.

하지만 원하던 먹이가 눈앞에서 흔들린다 해서 덥석 물 샤렌이 아니었다.

"동행이라……."

이오나의 강수에 고심을 하는 척 샤렌은 고개를 살짝 숙인 채로 턱을 매만졌다.

그리고는 걱정스러운 표정으로 나직한 말을 흘린다.

"당신의 일행이 우리의 동행을 허락하지 않을 수도 있는데……."

"흥! 내가 그대와 동행하겠다는 데 누가 감히 막는다는 거야?"

"호오?"

샤렌은 그저 믿기 힘들다는 식의 감탄사를 내뱉었다.

Rhapsody Of Cardival

그런 샤렌의 반응은 이오나를 더욱 자극했다. 모처럼 취기가 오른 이오나였기에 논리적 판단보다는 들끓는 감정이 우선시 되고 있는 것이다.

"좋아! 어떻게 해서든 내가 상황을 만들어주지. 그대가 나와 한 달간 술을 마실 수 있도록 말이야. 대신 나중에 술자리에서 나온 이야기였을 뿐이라고 딴소리할 생각은 하지 마!"

"내가 지금 술에 취한 걸로 보여? 게다가 남자는 한입으로 두말하지 않는다고."

이미 얻고자 하는 모든 걸 얻은 샤렌은 여유만만 그 자체였다.

그는 새롭게 채운 잔을 이오나에게 내밀었다. 이오나의 조건 수락을 위한 건배였다.

"흥!"

또다시 거론된 남자 운운에 이오나는 코웃음을 쳤다.

건배 이후로 두 사람이 술을 마시는 속도는 점점 빨라졌다.

이미 승부에서 패한 바 있는 이오나는 주량에서만이라도 승리를 쟁취하고 싶었다. 연신 남자 어쩌고 하는 샤렌의 코를 납작하게 하려는 것이다.

샤렌은 그런 이오나의 급한 음주에 호응했다. 어차피 질 리가 없는 승부인 것이다. 물론 중간 중간 화장실에 가서 술을 토해내는 것도 잊지 않았다.

결국 두 사람은 세 병의 위스키 병을 더 비우고서야 승패를 가를 수 있었다.

이오나 네이가 그 아름다운 얼굴을 테이블에 가져다 댔다. 급격히 오른 취기를 이기지 못해 잠에 빠져 버린 것이다.

샤렌의 눈부시게 하얀 치아가 고른 치열을 드러냈다. 지금까지보다 환한 미소였다.

그것은 승리의 미소라기보다는 안도의 미소다.

사실 계속해 구토를 하는 것은 그에게 있어서도 곤욕이 아닐 수 없었던 것이다. 나중에는 위장 자체가 넘어올 것 같은 느낌이 들 정도였다.

뿐만 아니었다.

아무리 여자를 상대하는 데 능숙한 샤렌이라지만 상대가 이오나인 이상 긴장하지 않을 수 없었다. 단 하나의 실수가 목숨과 직결될 수 있음을 알기 때문이다.

"이 정도면 첫 데이트치곤 훌륭한 성과인걸?"

샤렌 스스로 생각해도 만족스러운 결과를 만든 술자리였다.

3

"그냥 저렇게 보내도 되는 거야? 이번 기회에 아예 확……!"

"시끄러! 내가 언제 술에 취한 여자 건드리는 거 봤어?"

아쉬운 표정의 이시스에게 샤렌이 일침을 가했다.

"그래도 천하의 이오나 네이를 손에 넣을 기회인데……."

샤렌이 이오나를 곱게 숙소로 돌려보낸 것에 대해 여전히 미련이 남는 이시스였다.

"넌 아직도 여자가 자신의 몸을 한번 허락했다고 해서 모든 걸 남자에게 바칠 거라는 환상에서 못 벗어났냐? 여자의 마음이란 그렇게 호락호락한 게 아니야. 더구나 이오나 네이 정도라면 두말할 나위도 없지."

샤렌이 그렇게 단정을 짓자 이시스는 쩝, 하고 입맛을 다시고 말았다. 반론의 여지가 없었던 것이다.

"그나저나 샤렌."

드리튼이었다.

"……?"

"대체 어떻게 술을 그렇게 마셨는데도 멀쩡한 거야? 네 평소 주량보다 몇 배는 더 마셨는데 아직까지도 괜찮아 보이는데?"

"후훗, 잔꾀 좀 부렸지, 뭐."

샤렌의 말에 드리튼과 이시스는 '역시나' 하는 표정이었다. 정상적인 방법으로 이렇게까지 술을 마시고 안 취할 수는 없었던 것이다.

샤렌은 자신이 어떤 방법으로 술에 취하지 않았는지 간단히 설명했다.

드리튼과 이시스는 그런 샤렌을 질린 표정으로 바라봤다.

하지만 잠시뿐이었다. 이오나 네이 정도의 여자를 상대하기 위해서 억지로 토하는 것쯤은 얼마든지 감수할 희생이라는 데 동감했기 때문이다.

"그럼 그 내기는 어떻게 된 거야?"

"은화가 어느 손에 있는지 맞히는 내기?"

샤렌이 진짜 독심술을 익힌 적은 없지만 드리튼과 이시스가 무엇을 궁금해하는지 정도는 훤히 보였다.

"그래, 그거! 내가 보기에는 네 표정이 분명히 이긴다고 확신했던 거 같은데?"

"당연히 내가 이길 거라 생각했지."

샤렌은 거침없이 대답했다.

"그러니까 왜 이긴다고 생각했냐고?"

이시스가 바싹 다가붙으며 물었다. 도대체 이번에는 무슨 수작을 부린 건지 궁금하기 짝이 없었던 것이다.

"후후훗!"

붉은 입술 사이로 가볍게 웃음을 흘린 샤렌이 설명을 시작했다.

"사실 아주 간단한 방법이야. 그저 어느 쪽 손에 있을지 물어볼 때, 동전을 쥐고 있지 않은 손을 살짝 들어 올려주면 되는 것뿐이거든."

"뭐?"

이시스가 인상을 찌푸렸다. 그의 표정은 샤렌의 설명을 납득하고 있지 못하고 있음을 분명히 드러냈다.

"뭐랄까……. 암시라고 해야 하나? 여자들은 남자보다 훨씬 시야가 넓거든. 그래서 내가 어느 손에 있을까 하는 질문 중에 오른손을 미미하게 들어 올리는 것만으로도 충분히 그 움직임을 파악하는 거야. 그러니까 어느 손에 있다라는 암시와 아주 작은 변화에 여자들의 무의식이 반응할 수 있는 거지. 대신 내 쪽에서는 일부러 손을 들어 올린 티를 내면 안 돼. 나도 모르게 살짝 움직인 정도여야 하는 거지."

"고작 그 정도만으로 된단 말이야?"

이시스는 아직까지도 납득하기 힘들었다. 지나칠 정도로 쉽고 단순한 방법이기에 실제로 효과가 있다고 믿기도, 납득하기도 힘든 것이다.

어쩌면 뭔가 대단한 비법이라도 있을 거라 생각했는데, 기대에 못 미치는 단순한 방법이라 실망감이 드는 걸지도 몰랐다.

"상대가 예민할수록, 스스로 날카롭다고 자부할수록 잘 먹히는 수법이야."

"하지만 옆쪽에서 지켜보는 우리까지도 계속 왼쪽을 골랐다고."

드리튼이 아까 전에 품었던 의문을 꺼내들었다.

"에? 흠… 그건 아마도 거리 때문이 아닐까? 원래는 너희가 바로 내 옆에 있었으면 느끼지 못했을지도 모를 움직임이었지. 하지만 충분한 거리를 두고 봤으니 내 손동작까지 한 시야에 잡혔나 보네. 게다가 너희도 나름 예리한 면모가 있는 편이잖아.”

“겨우 그 정도만으로 세 판을 내리 이길 거라고 생각했다는 거야? 행여 상대가 알아채지 못할 수도 있고, 기분에 따라 엉뚱한 고집을 피울 수도 있잖아.”

드리튼은 샤렌의 대답에 재차 의문을 제기했다.

“맞아. 애초 못 알아차리는 여자가 없는 것도 아니지. 열 번에 한두 번은 그런 여자도 있었으니까. 사실 한 번이라면 몰라도 연속으로 사용하기에는 무리가 있었어. 사람에 따라 왼쪽이라 생각이 들어도 괜스레 반대인 오른쪽이라 말할 가능성이 있으니까 말이야.”

샤렌은 일단 드리튼이 제기한 의혹에 동의를 표했다.

그리고는 설명을 이어갔다.

“하지만 이오나의 성격이라면 왼쪽으로 밀고 나갈 가능성이 커 보였거든. 고집이랄까, 뭐, 그런 면이 강한 여자잖아. 그렇지만 무엇보다 중요한 것은 내기에서 이기는 게 아니라, 내기 자체였으니까 승패는 별로 상관하지 않았어.”

“승패에 구애받지 않았다고?”

“응. 어차피 들어줄 수 있는 요구라고 제한을 지었으니 그녀가 내게 별다른 걸 요구할 리 없잖아?”

“흐음…….”

샤렌의 말은 틀리지 않았다. 천하의 이오나 네이가 샤렌이라는 평범한 남자에게 얼마나 대단한 일을 부탁하겠는가.

"그리고 난 작은 승부가 가져오는 홍분, 그 자체가 필요했었거든."

"홍분……?"

"그래. 너희도 알고 있잖아. 여자를 만나면 놀이기구를 타거나 말을 타고 빠르게 달리거나… 하면 훨씬 빨리 가까워질 수 있다는 거 말이야."

"야, 우리가 그 정도도 모를 거 같아?"

샤렌에 비해 떨어질 뿐, 이시스나 드리튼도 화류계 바닥에서 여간해 누구에게도 밀리지 않는다. 상식에 가까운 사실을 모를 리 없는 것이다.

"알겠지. 하지만 여기서 봐야 할 건 '왜 그런가' 인 거야."

덧붙여진 샤렌의 말에 이시스는 침묵했다. 일련의 방법이 여자들의 호감을 사는 데 효과적이라는 사실은 경험적으로 습득하고 있었다.

하지만 정작 왜 그런 건지까지는 알지 못했던 것이다.

"왜 그런 건데?"

호기심을 참지 못하고 드리튼이 물었다. 원리를 알아야 응용이 가능한 법이기에 궁금하지 않을 수 없었다.

"놀이기구를 타거나 말이나 마차를 통해 스피드를 즐기면 보통 심장 박동 수가 빨라지지. 그러니까 일종의 홍분 상태에 접어드는 거야. 여자들은 자기도 모르게 그런 감정의 원인을 함께 있는 사람에게서 찾는 법이거든. 감정의 전이랄까? 쉽게 말하자면 무의식중에 내가 지금처럼 흥분하고 있는 원인이 함께하고 있는 이 남자 때문이다… 라고 착각을 해버리는 거야.”

“아하! 그런 거였군. 여자들에게 손장난에 불과한 마술 같은 걸 보여주면 급격히 친해지는 게 그거 때문이었어. 신기한 현상에 의한 두근거림이 상대에 대한 호감으로 전이되는 거네.”

드리튼은 그제야 이해가 간다는 듯 고개를 끄덕였다.

“보통의 여자라면 그런 수법이 먹혀들겠지만 저 이오나 네이가 놀이기구나 말을 탄다고 심장이 두근거릴 일이 있겠어? 검을 들고 정면 승부를 할 때도 긴장하지 않을 텐데. 그녀의 안목이라면 속임수가 통할 리 없을 테니 어줍지 않은 마술을 보여줄 수도 없고 말이야.”

“그거야 그렇지.”

“오히려 이런 작은 내기에 더 긴장을 하고 흥분을 할 거란 게 내 생각이었어. 작든 크든 승부는 승부고 호승심이 강한 그녀라면 꼭 이기고 싶었을 테니까.”

“그러니까… 내기의 승패에 상관없다는 게 맞는 말이네. 일단 그녀의 가슴이 두근거리면 그걸로 목적을 이룬 셈이니까.”

드리튼이 상황을 정리하듯 말했다.

“하지만 그녀가 내기에서 이긴 다음 예상외로 엉뚱한 요구를 해오면 어쩌려고? 이길 자신이 있었다고는 하지만 반드시 이길 수 있었던 내기는 아니잖아?”

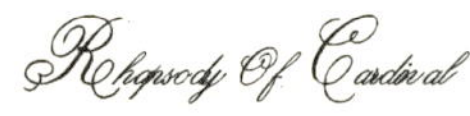

침묵하고 있던 이시스는 아직까지도 은화를 맞히는 내기 자체에 집착을 하고 있었던 모양이다.

"후훗! 승부는 그것뿐이 아니었지. 내가 만약 내기에서 졌다면 술 내기를 이겨서 요구 사항은 없던 걸로 만들면 될 일인데 뭐가 걱정이야."

샤렌의 대답에 이시스는 감탄을 했다. 상상치도 못한 방법으로 샤렌은 결국 이오나 네이를 카드로 써먹을 기반을 만들어낸 것이 사실이기 때문이다.

그에 반해 드리튼은 어쩐지 등골이 서늘해지는 느낌을 받았다.

'아무 계획도 없다더니……. 그녀와 술을 마시는 동안 거기까지 생각했다는 거야?

결과적으로 어떤 상황이 벌어지든 샤렌으로서는 손해날 게 하나도 없었다. 그 모든 상황은 샤렌의 의도대로 만들어진 것이었다.

이는 샤렌이 임기응변만으로 상황 자체를 조정할 수 있다는 뜻이다.

설명을 들을 때는 언뜻 쉽게 여겨질 수도 있다. 고작 작은 암시와 함께 손을 한 번 들어주고, 마신 술을 토해내고, 앞뒤 계산을 조금 빠르게 했을 뿐이기 때문이다.

인간의 심리에 대한 조예가 있다면 샤렌이 아니더라도 저 정도는 쉽게 행할 수 있을지도 모른다.

하지만 막상 이오나 네이라는 엄청난 거물 앞에 선다면 이
야기가 다르다. 그녀의 존재감 하나만으로도 숨이 막힐 지경
일 수밖에 없다. 그 압박 속에서 이 모든 것을 자연스레 이끌
어가는 대범함이란 보통 사람에게는 불가능에 가까운 일인
것이다.

최근 들어 샤렌이 보여주는 모든 것들이 새롭기만 한 드리
튼이었다. 감탄에 감탄을 거듭하다 보니 받아들여지는 느낌
의 정도가 충격에 가까워지더니 이제는 무섭다는 생각까지도
들었다.

'샤렌, 이 자식! 어쩌면 생각보다 엄청난 인물이 되어버리
는 건 아닐까?

드리튼에게 있어서 근래 며칠은 샤렌이라는 친구를 재발
견하는 시기라 여겨질 정도였던 것이다.

4

이오나 네이는 술자리에서 벌어진 내기에 대해 명확히 책임
을 졌다. 무슨 핑계를 댔는지 몰라도 홀라덴에서 온 일행의 허
가를 득하고, 저항군에게까지 샤렌 일행과의 동행을 통보했다.

공작과 요첸은 위험한 업무를 수행한 후라 잠시 크샤트린
을 떠나 있는 게 좋을 수 있다며 흔쾌히 이오나의 요청을 수
락했다.

저항군이 쉽게 허락한 것은 홀라덴과의 밀약과 청염의 성 위라는 엄청난 이름에 대한 배려일 수도 있었다.

하지만 표면상의 명분은 '샤렌과 그 친구들의 안전을 위해서' 였다.

"결국은 원하는 대로 되었잖아."

샤렌은 그 한마디로 모든 상황을 정리했다.

일단의 안전을 확보한 드리튼과 이시스도 환하게 웃으며 상황을 반겼다. 샤렌의 무모한 행동을 찬성했던 것은 아니지만, 그가 주장한 대로 이오나 네이가 최후의 카드로써의 가치를 톡톡히 해낸 것이다.

크샤트린의 수도인 레비크를 떠나며 그들은 웃었다.

이로써 직접적인 죽음의 위협에서 크게 한발 벗어난 것이다.

적어도 그 순간, 이 세 명은 그렇게 생각했다.

외부의 위험을 자처하는 사람은 있을 수 없다고 모두가 그렇게만 믿었던 것이다.

Chapter 4

1

레비크를 떠난 지 5일째.

덮개가 있는 고급 마차의 안락함도, 창밖으로 보이는 풍광도 이제는 지루함의 한 요소일 뿐이었다.

하루가 멀다 하고 술과 여자, 음악과 춤을 즐기던 이시스와 드리튼에게 있어서 홀라덴 사절단과의 여정은 끔찍하게까지 느껴졌다.

일정 거리를 이동하고, 요기를 하고, 또 이동하고, 자고, 또 이동하고…….

닷새에 걸쳐 반복되는 일정에 둘 다 질려 버린 것이다.

"미치겠군. 이제는 엉덩이가 아파서 앉아 있기조차 힘들어."

이시스가 몸을 좌우로 비틀었다. 푹신하고 고급스러운 쿠션이 깔린 마차의 의자였음에도 엉덩이가 배겨오는 것이다.

"이젠 자는 것도 지겹네."

이시스보다는 진득한 성격인 드리튼마저 불평이 절로 흘러나왔다.

"우리가 지금… 위험을 피해서 도주 중이란 거 몰라?"

고작 닷새 만에 저항군과 트라시아 사이에서의 위험한 줄타기에 대해 까맣게 잊어버린 두 친구에게 샤렌이 일침을 가했다.

"알기야 알지. 하지만 이건 좀 심하잖아. 사제들은 물론이거니와 성위들, 하다못해 그 여자마저 우리에게는 말 한마디 안 건네고 말이야. 물건 취급을 하는 것도 아니고……."

샤렌의 한마디에 입을 꾹 다문 드리튼과 달리 이시스는 연신 불평을 토해냈다.

"쯧쯧……!"

샤렌은 더 이상 말해봐야 소용없음을 알고는 눈을 감아버렸다.

드리튼은 그런 샤렌을 보고 이시스에게 눈짓을 했지만 소용없었다.

이시스는 있는 불만, 없는 불만을 모두 꺼내들어 연신 떠들어댔다. 한번 봇물이 터지자 걷잡을 수가 없었던 것이다.

그때였다.

마차가 잠시 흔들리는가 싶더니 곧 움직임이 멎었다. 뒤쪽에서의 소란과 함께였다.

"응?"

아직 저녁을 먹기엔 이른 시간이었다. 지겨울 정도로 움직이기만 하던 사절단인만큼 아무런 이유도 없이 마차가 멈출 리 없었다.

이시스는 호기심 어린 시선으로 마차의 창밖으로 고개를 내밀었다.

서늘한 바람이 얼굴에 와 닿는 것을 느끼기도 전, 요란한 외침이 이시스의 귀를 파고들었다.

"거치적거리지 말고 길을 비켜라!"

명령조의 강압적인 목소리였다.

그 목소리가 어쩐지 이시스의 귀에 익숙하게 느껴졌다.

이는 마차의 내부에 있던 샤렌과 드리튼에게도 마찬가지였다.

"이 목소린……?"

"그 자식이군."

샤렌은 귀찮은 표정을 지으며 마차의 의자에 깊숙이 몸을 기댔다. 그는 지금의 상황에서 목소리의 주인공과 마주치면 피곤한 일이 생긴다는 것을 알고 있었던 것이다.

하지만 이시스는 달랐다.

자신이 알고 있는 누군가로 인해 사절단의 행렬이 멈췄다. 무슨 일이 생긴 건지 호기심이 생겼다. 지루하기 이를 데 없는 이 여정에 작은 활력이 주어질지도 모른다고 생각한 것이다.

그는 마차 문을 열고 밖으로 몸을 내밀었다.

드리튼은 잠시 샤렌의 눈치를 살피다가는 이시스의 뒤를 쫓아 마차를 나섰다. 그 역시 호사가 기질을 억누르지 못하는 것이다.

"어서 길을 비켜라. 우리는 트라시아의… 응?"

무게를 잔뜩 실어 호기롭게 외쳐 대던 목소리의 흐름이 끊겼다.

마차에서 내린 두 사람을 발견했기 때문이다.

"이게 누구야?"

말 위에 앉아 세 명을 내려본 준미한 남자가 피식 웃음을 터뜨렸다.

말 위의 사내는 가스란 페노이.

이시스, 드리튼과 보탄 아카데미의 동창인 사이였다.

"아는 사이인 건가?"

말을 가스란의 옆쪽으로 몰아 다가온 한 남자가 물었다.

밝은 갈색 머리에 삼십 초반 정도로 보이는 그는 날카로운 눈매를 가지고 있었다.

어깨의 견갑(肩甲)에 새겨진 문양이 유독 눈에 띄었다.

문양은 발톱에 한 자루의 검을 움켜쥔 독수리였다.

세 개의 머리를 가진 독수리는 트라시아 기사의 상징이었다. 기사의 작위를 받은 자만이 세 머리 독수리가 새겨진 견갑을 찰 수 있다.

"상급 아카데미 동창입니다, 트루신 경."

"아! 그럼 우리가 지나갈 수 있도록 양해를 부탁드리게."

트루신 경이라 불린 기사는 앞을 가로막고 있는 행렬 중에 가스란의 아카데미 동창이 있다는 말에 처음의 기세를 조금 누그러뜨렸다.

트라시아 전체를 놓고 보자면 크샤트린은 변방에 위치한 식민지일 뿐이다. 그 중심 도시인 레비크 역시 촌구석에 불과하다.

하지만 보탄 상급 아카데미의 출신들은 함부로 무시할 바가 못 되었다.

크샤트린은 트라시아는 물론 대륙 전체를 두고 봤을 때도 경시할 수 없는 전략적 요충지였다.

이는 무게 있는 중앙의 귀족들이나 군부 고위직의 파견 근무가 잦은 곳이라는 뜻이다.

그들의 후손 중 상당수가 보탄 아카데미에서 수학한다.

가스란 역시도 그 한 예였다.

중앙의 귀족 중 막강한 영향력을 가진 도프린 페노이 후작이 가스란의 백부다. 도프린 페노이 후작이 스스로 후견인을 자처하고 나선 가스란이니만큼 그의 동창이라 하니 어떤 배경을 지녔을지 모른다.

이에 한 수 접어주는 분위기로 나선 것이다.

"훗! 같은 아카데미 출신이라고는 해도 여자 뒤꽁무니나 쫓아다니는 쓰레기들일 뿐입니다. 양해를 부탁드릴 일이 아니라 길에서 쓸어내야 하죠."

제 딴에는 나직하게 말한다고 했을지 모를 정도의 크기였다.

하지만 그다지 작다고 할 수는 없어서 이시스에게는 똑똑히 들렸다.

"뭐라고?"

이시스가 와락 인상을 쓰며 외쳤다.

"아? 들려 버렸나?"

가스란이 어깨를 한 번 으쓱였다.

그리고는 한쪽 입꼬리를 당겨 올렸다.

"뭐, 들렸다고 해도 별수없지. 틀린 말은 아니잖아? 최근까지도 잘난 돈을 뿌려대며 술집 여자들과 시시덕거린다는 소문이던데 말이야."

"너, 이 자식!"

밉살맞게 이죽대는 가스란을 향해 이시스가 주먹을 말아 쥐었다.

"호오? 감히 내 앞에서 주먹을 쥐어? 주먹을 쥐고 뭘 어쩌겠다고? 설마 그 솜뭉치 같은 주먹을 내게 휘두를 작정인 거 야?"

이시스의 이마에 푸른 혈관이 도드라졌다. 잔뜩 화가 치민 것이다.

그런 이시스에게 드리튼이 속삭였다.

"참아, 이시스. 지난번 저 자식 발검하는 거 봤잖아."

"……!"

발끈한 탓에 가스란의 실력에 대해 잠시 잊었던 이시스는 얼마 전에 본 장면이 떠올랐다.

이오나를 처음 본 그날.

자신과 드리튼은 가스란의 발검조차 눈으로 쫓지 못했다. 보탄 아카데미 시절과는 또 다른 경지에 오른 가스란임을 확인했던 것이다.

그러니 지금의 상황에서 가스란과 폭력으로 문제를 해결하려 드는 것은 무모하기 짝이 없는 일이다.

이시스는 원래부터 무모함과는 거리가 있는 성격이었다.

하지만 끓어오르는 노기는 어쩔 수 없는 터.

그의 턱 근육이 꿈틀댔다. 어금니를 악다문 채 힘을 준 탓이었다.

"푸훗! 막상 일이 벌어지면 벌벌 떠는 건 여전하군. 보탄 시절과 조금도 변한 게 없어."

가스란의 어조, 그의 표정, 시선, 모두가 멸시의 의미를 담고 있다.

"이, 이 자식! 말 다했냐?"

"이시스!"

드리튼의 만류는 한발 늦었다. 이시스의 폭발이 먼저였던 것이다.

"이 자식?"

가스란의 고개가 옆으로 살짝 기울었다.

"훗! 몇 푼 안 되는 재산을 모은 장사꾼 아들놈의 간이 배 밖으로 나왔군, 그래."

비틀린 입매가 그려내는 것은 호선.

가스란은 가소롭다는 표정으로 이시스를 조롱했다.

하지만 거기서 끝이 아니었다.

"이시스! '기사'에게 욕을 할 때는 그만한 각오가 되어 있는 거겠지?"

"기사……?"

이시스의 안색이 창백해졌다.

아무리 아카데미의 동창이라 해도 기사 작위를 받은 자에게 욕을 해서는 안 된다. 상대가 모욕이라고 받아들이는 순간, 응징을 위한 빌미가 되기 때문이다. 정식으로 결투를 신청할 충분한 이유가 되는 것이다.

하지만 그도 잠시.

재빨리 상황을 정리한 이시스가 언성을 높여 말한다.

"허, 헛소리 마! 아직 황립 아카데미를 졸업조차 못했잖아?"

가스란이 벌써 기사가 되었을 리 없다.

지난번 이오나 앞에서 망신을 당할 때, 가스란이 한 말을 똑똑히 기억하는 이시스였다. 당시 그는 분명 자신의 입으로 아직 기사 작위를 받지 못했다고 말한 것이다.

"이런! 떠들썩하지는 않았어도 레비크 사람이라면 누구나 알 만한 서임식이었는데… 보지 못했나 보군."

"서임식? 어, 어떻게 졸업도 못했는데 서임식을 한다는 거지?"

이시스의 눈이 흔들렸다. 조금 더 생각해 보니 마냥 허황된 거짓말일 수가 없는 상황이다.

가스란의 옆에 있는 자.

그리고 말에 올라탄 뒤쪽의 사람들.

분명 모두가 트라시아의 기사들이다. 가스란이 아무리 배짱이 좋다 해도 기사들 앞에서 기사를 사칭할 리가 없는 것이다.

이시스의 혼란에 대한 답은 뒤쪽에서 들려왔다.

"어디서 전쟁이라도 났나 보군."

마차에서 내리는 샤렌의 한마디가 가스란이 기사 서임을 할 수 있는 이유를 정확히 짚어낸 것이다.

황립 검술 아카데미의 학생이라도 특별한 경우라면 기사

서임을 할 수 있다.

검술 대회의 수상이 그 대표적인 예였다.

전쟁 역시 특별한 경우 중 하나다. 황립 아카데미 고학년 생 중, 참전 희망자는 기사 작위를 받을 수 있는 것이다.

이시스도 그제야 앞뒤의 상황을 짐작할 수 있었다.

가스란의 난데없는 레비크 방문.

그것은 아마도 부친에게 참전 결정의 허락을 받기 위한 귀가였을 것이다. 허락을 득한 가스란이 호들갑스레 서임식을 치렀을 것은 두말할 나위가 없었다.

"어라? 너도 여기 있었냐?"

샤렌을 발견한 가스란이 미간에 골 깊은 주름을 만들어냈다.

샤렌 크라슈.

승승장구하던 보탄 아카데미 시절, 유일하게 자신의 발목을 잡았던 놈이다.

공부도 검술도 보잘것없었다.

하지만 이상할 정도로 존재감이 강했던 녀석.

자신에 비해 내세울 것이 없었기에 더욱 불쾌하게 느껴지는 샤렌이었다.

하지만 그것도 옛날이야기다. 지금의 자신과 샤렌은 어느 면에서도 비교 불가인 것이다.

"훗! 아직도 이런 쓰레기들과 함께 어울리고 있었던 거냐?

너라면 조금은 기대를 했었는데 말이야.”

힐난의 의미가 다분했다.

하지만 이시스, 드리튼을 대할 때보다는 다분히 완곡한 어투였다.

그것은 한때의 라이벌에 대한 나름의 인정이 아니었다.

레비크를 넘어 크샤트린 전체에서 제법 유명하다고 할 수 있는 프레이안 상회나, 데이슨 운송이다.

하지만 대륙 전체를 아우르는 크라슈 가의 케신 철강과는 뚜렷한 구분이 있었다.

샤렌의 부친이 가진 재력이란 막강하기 짝이 없다. 대륙 전역의 재계는 물론, 트라시아의 중앙 정부에까지 영향력이 미치지 않는 곳이 없는 것이다.

오죽하면 케신 철강의 황금은 죽은 자도 부린다고 하는 이야기가 떠돌겠는가?

심지어 백부이자 후견인인 도프린 페노이 후작조차 케신 철강의 금력에서 자유롭지 못해 보일 정도였다.

그것만이 전부가 아니다.

케신 철강에는 샤렌의 형인 케이온 크라슈가 있다. 그는 황립 아카데미를 수석으로 졸업했고 기사의 작위를 받았다.

더구나 황제 직속의 특권기관이랄 수 있는 특무과의 관리직까지 꿰어찼다.

결국 지금에 있어서 크라슈 가는 단순히 돈만 많은 장사치의 가문이 아닌 것이다. 막강한 재력과 권력이 공존해 무한대의 성장을 기대할 만한 가문이 되어버렸다.

가스란은 트라시아에서 지내는 동안 조금이나마 권력의 흐름과 그 막강한 위력을 엿봤다. 나름 수재임을 자부하는 그인만큼 한마디의 말에도 계산이 설 수밖에 없었다.

권력에 대한 갈망과 명성에 대한 욕구로 충만한 가스란이었기에 더욱 그랬다. 샤렌에 대한 완곡한 어조는 그와 같은 나름의 계산에서 비롯된 것이었다.

"쓰레기라……."

샤렌의 고개가 삐딱해진다. 울컥 치미는 화를 작은 동작으로 풀어내는 것이다.

억제가 필요한 시점이다.

여자를 다루는 방법에 비해 남자를 대하는 방법에 능숙하다고 말할 수 없는 샤렌이다.

그렇다고는 해도 매끄러운 혀와 감정의 조절, 표정과 동작의 제어가 능숙한 그인만큼 여간한 설전에서는 뒤처지지 않았다.

화를 내는 것은 상대여야 한다. 이성을 잃는 쪽이 불리하다. 샤렌은 그것을 알고 있었다.

"그런 쓰레기들과 한데 어울려 공부한 넌 뭐냐?"

꿈틀.

샤렌의 말에 가스란의 눈썹 끝이 거친 움직임을 보인다.

거기까지는 샤렌의 예상대로였다.

하지만 튀어나온 말은 지금껏 샤렌이 알아온 가스란의 행동 양식과는 사뭇 달랐다.

"훗! 여전히 그 입은 살아 있군."

매섭게 굳어진 눈매와 달리 가스란의 입술은 호선을 그려 낸다. 감정을 억누른 채 억지로 만들어 지어 보인 미소였다.

그것은 샤렌에게 있어서 꽤나 의외의 장면이었다. 가스란이 보탄 아카데미에서 제법 인정받던 녀석이라는 것은 당연히 잘 알고 있다.

하지만 샤렌에게 있어서 가스란은 언제나 한 수 아래였다. 스스로의 욕심과 자부심이 지나쳤기 때문이다.

작은 모욕에도 본성을 드러내고 수치심을 참아내질 못하는 성격의 가스란이었다.

샤렌은 가스란에게 그런 한계가 있는 한, 제아무리 뛰어난 검술을 지니고 높은 자리에 올랐다 하더라도 손쉽게 상대할 수 있으리라 여겨왔다.

'변했다는 건가?'

샤렌이 의아해하는 그 순간이었다.

"하지만 이제는 그 입을 놀리는 것도 조심해야지. 너나 나나 아카데미의 학생 신분에 머물러 있는 게 아니잖아? 사회에 나온 이상 말이야."

'신분'이라는 말에 힘을 주는 가스란.

자신이 기사의 작위를 받았다는 사실을 새삼 강조하는 것
이다.

트라시아에서 기사의 작위는 세습되지 않는다.

따라서 귀족과 기사를 구분한다. 귀족이되 기사가 아닐 수
도 있었다.

형이 기사라고 해서 동생까지 기사인 것은 아니다. 즉, 샤
렌과 가스란 사이에는 명백한 신분의 차이가 존재하는 것이
다.

이에 가스란은 기사의 작위로 인한 자신과 샤렌의 격차를
재인식시키며 우쭐해하는 것이었다.

샤렌이 보기에도 가스란이 변하긴 했다. 예전처럼 얼굴을
붉히고 목에 핏대를 세우지 않는 것만으로도 가스란은 성장
했다고 말할 수 있다.

하지만 그렇다고 천성은 쉬이 변치 않나 보다. 여전히 자신
의 잘난 부분을 드러내 보이길 좋아하는 성격에는 변함이 없
었던 것이다.

'일단은 그걸로 충분하지.'

가스란의 성격 중 변하지 않은 부분이 있는 만큼 빈틈은 여
지없이 생긴다. 스스로를 조절하는 능력이 있는 자와 그렇지
않은 자의 차이는 바로 여기에 있었다.

'애써 버티는 모양인데, 빈틈을 보여줬으니 내 쪽에서 파
고들어 주지.'

붉은 눈을 날카롭게 빛낸 샤렌은 가스란의 성질을 긁기 위한 작업에 들어갔다.

일단 허리를 꼿꼿이 세우고 어깨를 폈다. 움츠린 자세는 상대에게 불쾌감을 줄 수 없다.

샤렌이 원하는 것은 가스란의 성질을 폭발시키고자 하는 것.

보다 도전적인 느낌을 전해야만 했다.

샤렌의 자세는 몸을 세우는 것에 그치지 않았다.

쫙 편 어깨에서 이어지는 팔꿈치를 바깥쪽으로 펼치고, 엄지를 벨트 앞쪽에 걸어 나머지 손가락을 앞쪽으로 내밀었다.

사실 이런 자세는 손가락이 액자처럼 사타구니를 강조하기 때문에 여자들에게 당당하고 강한 남자로서의 이미지를 전할 수 있다.

말 그대로 섹스어필을 위한 한 자세였다.

하지만 이 자세가 드러내는 본연의 의미는 상대를 공격할 만반의 준비가 끝났다는 것.

벨트를 찰 리 없는 원숭이들조차 이런 자세를 취해 자신의 영역을 표시하거나 상대에게 겁을 먹지 않았음을 드러낸다.

결국 남자의 입장에서 바라보자면 의식적이든 무의식적이든 다분히 호전적이고 도전적으로 받아들일 자세인 것이다.

샤렌은 그런 자세를 유지한 채로 가스란을 자극했다.

"아! 물론 사람이라면 항상 말을 조심해야지. 하지만… 기사 작위를 받지 않은 사람은 질문조차 못한다는 건가, 가스란?"

샤렌은 어처구니없다는 표정과 괜스레 머리카락을 한차례 쓸어 올렸다.

그 동작에는 가스란을 향한 또 다른 도발이 숨어 있었다. 새끼손기락을 접은 채로 머리카락을 쓸어 올린 샤렌이었다. 크샤트린에서 손등을 보이는 상태에서 새끼손가락을 제외한 세 손가락을 세워 내미는 것은 지독한 욕설의 포즈다.

샤렌은 가스란을 자극하기 위해 일부러 그와 같은 손 모양을 유지해 보여준 것이다. 물론 트라시아의 기사들은 그와 같은 포즈가 무슨 뜻인지 알 리 없었다.

결국 지금 샤렌이 취한 자세는 가스란만이 모욕감을 느끼게 하기 위함이었다.

"아니면 갑작스레 지위가 높아지신 분께서는 신분의 차이가 너무 벌어져 버린 평범한 사람들의 말을 못 알아듣는 걸지도 모르겠군."

피식거리며 혼잣말처럼 중얼거리는 샤렌이었다. 가스란이 충분히 들을 수 있는 크기의 중얼거림이었다.

샤렌이 보여준 일련의 동작들은 무의식중에서도 가스란을 불쾌하게 했다.

동시에 던져진 말들에 돋친 날카로운 가시는 보다 명확히 가스란을 자극했다.

가스란으로는 울컥 화가 치밀 수밖에 없었다.

하지만 함부로 성질을 부리기엔 보는 눈이 너무나 많았다.

일단 말만을 놓고 따져 봤을 때 샤렌이 옳았다.

처음의 말에서 샤렌은 단지 질문을 던졌을 뿐이다. 쓰레기들과 함께 수학한 자신이 뭐냐고 물었지 자신을 직접 쓰레기라고 거론치는 않았다.

또한 평범한 사람들의 말은 못 알아들을지도 모르겠다고 했지 못 알아듣는다고 단정 짓지도 않았다.

게다가 마치 괜한 말을 했다고 후회를 하는 듯 홀로 중얼거린 것뿐이었다.

교묘한 비틀림이지만 차이는 매우 컸다.

단지 기사가 불쾌함을 느꼈다고 해서 기사를 모독한 행위가 되진 않는다. 기사의 모독과 그에 대한 응징에는 정확한 근거가 있어야만 한다. 잘못하면 외려 기사의 권위를 이용, 힘없는 자를 핍박한다는 오명을 뒤집어쓸 수도 있는 일인 것이다.

샤렌이 파고드는 바는 그 부분이었다.

그의 세 치 혀에 놀아난 기억이 한두 번이 아닌 가스란이었다. 선배랄 수 있는 기사들이 이 모든 장면을 지켜보고 있는 상황에서 이대로 물러날 수는 없었다.

"흥! 네놈이라면 조금 다를 거라 생각했던 게 내 실수였던 것 같군. 쓰레기와 함께 어울릴 때는 스스로 쓰레기라는 자각이 우선했을 텐데 말이야.”

애써 억누른다고는 해도 이미 크게 기분이 상한 가스란의 어조가 격해졌다. 크라슈 가라는 샤렌의 배경에 대한 염두마저도 배제한 발언이 튀어나갈 수밖에 없었던 것이다.

“아, 아! 질문에 대한 대답은 피하고 이제는 모두를 쓰레기 취급을 하시겠다 이건가? 결국 여기에 있는 우리 모두가 다 쓰레기라는 말인 건가?”

여유만만한 샤렌.

그의 입매에 걸린 얄미운 미소.

도전적인 느낌으로 건들대는 자세까지.

무엇 하나 가스란의 성격을 자극하지 않는 것이 없었다.

가스란은 부글부글 끓어오르는 화를 점점 주체하기 힘들어졌다.

울컥하는 심정에 자기도 모르게 말이 튀어나간다.

“당연하지!”

가스란의 한마디에 샤렌의 입가에 걸린 미소의 농도가 짙어졌다.

결국 원하는 말을 이끌어낸 것이다.

난데없는 소란에 뒤쪽으로 몰려든 홀라덴의 수위성단원들과 성위 기사들의 기세가 변한 게 확연히 느껴질 정도다. 가스란의 발언은 그들마저 쓰레기 취급을 한 것이기 때문이었다.

샤렌은 곁눈질로 이오나의 접근을 살폈다.

로브의 후드를 깊게 눌러쓴 그녀는 이미 샤렌의 옆에 와 있었다.

잔뜩 흥분한 가스란은 후드 아래로 살짝 보이는 이오나를 알아보지 못한 상태.

샤렌은 자신의 의도보다 상황이 더 좋게 흘러가고 있음을 확신했다.

"그래서? 참전 결정으로 서임식을 하신 기사 양반께서는 우리·같은 쓰레기들은 길에서 치우고 지나가시겠다… 이런 말이 하고 싶으신 건가?"

'우리'와 '쓰레기'에 강한 악센트를 주며 말하는 샤렌은 다시 한 번 머리카락을 쓸어 올렸다. 아까 전과 똑같이 세 손가락을 세운 포즈로.

제대로 된 영문도 모른 채 가스란이 울컥하는 심정을 느끼는 것은 당연한 일이었다.

화가 치민 그에게 있어서 샤렌의 말은 자격도 없는 놈이 참전만을 통해 작위를 받았다는 식으로만 받아들여졌다.

더불어 샤렌이 마치 해볼 테면 해보라는 식으로 말하는 것처럼 들리기도 했다.

또 한 번 울컥하는 심정에 이성을 잃어버린 가스란이 재빠른 동작으로 말에서 내렸다.

검의 힐트에 손을 얹은 그가 시뻘겋게 달아오른 얼굴로 외쳤다.

"내가 너희 같은 쓰레기들을 치우지 못할 것 같냐?"

기사가 되어 한껏 고무된 가스란의 눈에 샤렌의 일행 따위가 눈에 들어올 리가 없었다.

더구나 이곳은 레비크 부근이다.

레비크에서 자라온 가스란이 모르는 뛰어난 검사는 없었다. 샤렌 일행 중 검을 소지한 몇 명이 보이긴 했지만 모두 생판 모르는 얼굴들이다. 가스란이 조심해야 할 얼굴이 없었던 것이다.

"아, 아! 맞다! 나 역시 오래되어서 잊어버리고 말았군. 우리의 기사님께서는 뭔가 성질대로 풀리지 않으면 언제나 힘으로 해결하려는 성격이었다는 걸 말이야. 너희도 기억나지?"

샤렌은 은근슬쩍 드리튼과 이시스를 끌어들였다.

두 사람은 당연히 고개를 끄덕여 샤렌의 말에 동의했다.

이로써 한순간 가스란의 과거가 규정지어졌다. 앞뒤 구분 없이 힘만 믿고 친구들을 억압했던 아카데미 시절이 되어버린 것이다.

화가 치민 가스란은 자신의 오명을 벗기 위해 버럭 소리를 질렀다.

"훙! 내가 언제 매사를 힘으로 해결하려 들었다는 거야? 그리고 언제나 여자 뒤에 숨어 있던 놈이 할 소리냐?"

“후후훗! 맞아, 맞아! 그러고 보니 우리 기사님 말씀이 맞네. 나도 이제야 제대로 기억이 나는군. 아카데미를 졸업한 지 꽤 오래되어서 잊고 있었지 뭐야.”

샤렌은 난데없이 가스란의 말에 동의하고 나섰다.

그러더니 곧바로 말을 이었다.

“우리 기사님께서는 힘으로 해결하려 들다가 결국 검은 뽑아 들지도 못하고 도망치곤 했었지? 우리 편에서 기사님을 나무라던 여자들은 모두 기사님께서 좋다고 쫓아다니던 그 여자들이었으니까 말이야.”

“푸훗!”

“헤헷!”

샤렌의 말에 드리튼과 이시스가 결국은 웃음을 참지 못했다.

“누가 누굴 좋아했고 또 도망을 쳤다는 거냐? 내가 여자 따위에게 도망을 칠 것 같아?”

가스란이 발작적으로 소리를 질렀다.

힐트에 얹어진 손에는 어느새 힘이 잔뜩 들어가 있었으니 발검은 확정된 것과 다름없었다.

하지만 가스란의 발검보다 샤렌의 혀가 더 빨랐다.

“여자 따위에게는 등을 보이지 않는다고?”

“그걸 말이라고 하는 거냐? 이 몸은 대트라시아의 기사란 말이다!”

목에 핏대를 세운 가스란의 외침에 샤렌의 고개가 좌측으로 돌아갔다.

그곳에는 로브를 뒤집어쓴 이오나가 서 있었다.

"그렇다네? 전부 들은 거지?"

"들었다. 쓰레기란 말도! '여자 따위'에게 등을 보이지 않는다는 말도."

이오나의 더없이 딱딱한 대답이었다.

Chapter 5

말을 마친 이오나는 성큼 걸음을 옮겨 가스란의 정면에 대치해 섰다.

후드 아래의 모습이 눈에 들어오자 가스란은 눈앞의 여자를 어디선가 본 듯하다는 것을 깨달았다.

이오나가 손가락으로 후드의 끝부분을 살짝 밀어 올렸다.

"……!"

드러난 이오나의 얼굴을 확인한 가스란의 안색이 창백해졌다. 그로서는 도저히 잊을 수 없는 얼굴이었던 것이다.

'대체 언제 이 여자까지……?'

모든 면에서 샤렌보다 뛰어나다 자부하는 가스란이었다.

하지만 여자 문제에 있어서 샤렌은 언제나 자신보다 한 발짝 앞서 있었다. 인정하기 싫은 그 사실이 아카데미를 졸업한 지금까지도 계속되고 있는 것이다.

문제는 그게 전부가 아니다.

눈앞의 여자는 상상을 초월하는 쾌검술을 익히고 있다. 저 영악한 샤렌의 수작으로 인해 자신이 그녀마저 쓰레기라 모욕한 셈이 된 것임을 가스란은 잘 알고 있었다. 자신의 상대가 아닌 여자를 건드리고 만 것이다.

"트라시아의 기사가 되면 없던 실력도 생기나 보지? 여자 '따위' 는 무시하고, 길 가는 사람들이 전부 쓰레기로 보일 정도로 말이야."

여인의 목소리는 냉랭하기만 했다.

가스란의 입술이 달싹인다. 뭐라 변명을 하고 싶어서다.

하지만 입술이 떨어지질 않는다. 뒤에 있는 선배 기사들 때문이다. 여기서 구차한 변명을 한다면 앞서 샤렌이 말한 대로의 멍청이가 되어버린다. 선배 기사들이 괴물 같은 이 여자의 실력을 알 리 없기 때문이다.

가스란은 어금니를 악물었다.

일단은 검이라도 뽑아 들어야만 한다. 이제 막 트라시아의 기사가 된 자신이 여자에게 겁을 먹고 물러서는 모습을 보일 수는 없는 것이다.

그가 막 힐트를 쥔 손에 힘을 불어넣는 순간, 나른하면서 여유 넘치는 목소리가 귓가에 맴돌았다.

"그 검을 뽑는 순간… 넌 죽는다!"

흠칫.

가스란의 몸이 그대로 굳었다.

창백해진 안색이 고스란히 드러났다.

샤렌은 그런 가스란의 표정을 놓치지 않았다.

'뽑지 못해, 녀석은!'

샤렌은 그렇게 가스란의 반응을 확정 지었다.

가스란도 검에 인생을 맡겼으니 필경 죽음을 마냥 두려워할 리는 없다.

하지만 어린 시절부터 주변으로부터 인정을 받아온 가스란이다. 이름을 알리고, 칭찬만을 받으며 살아왔다.

그런 가스란이 무엇을 바라왔는지 샤렌은 잘 안다.

기사가 되고 전장에 나가 공을 세운 후, 스스로의 힘으로 제국의 작위를 받는 것.

그래서 트라시아 전역에 자신의 명성을 떨치는 것.

사람들이 자신을 우러러보고, 자신의 앞에서 머리를 숙이는 것.

가스란의 바람이자 염원은 그런 것이었다.

그런 녀석에게 기회가 왔다.

평생을 꿈꿔온 모든 것을 이룰 호기.

그것은 성전(聖戰)의 개시였다.

신과 제국을 위한 전투.

그 안에서라면 가스란 역시 당당히 죽음을 맞이할 수 있을지도 모른다. 가스란 자신이 충분히 수긍할 수 있는 명예로운 죽음이니까.

하지만 적어도 여기는 아니다.

이름도 없는 레비크의 외곽.

한적한 길바닥에서의 죽음은 가스란에게 그 어떤 의미도 되어주지 못하기 때문이다.

'가진 게 많은 놈이니까……!'

가진 게 많다는 것은 잃을 것도 많다는 뜻.

이런 연유로 인해 샤렌은 가스란의 반응을 쉽게 단정 지을 수 있었다.

샤렌의 예측대로였다.

가스란은 비 오듯 땀을 흘릴 뿐, 어떤 동작도 취하지 못했다.

그런 상대를 향해 이오나가 한 걸음을 더 내딛는 순간, 가스란에게 구원의 손길이 내뻗어졌다.

햇볕에 반짝이는 금발에 하얀 피부를 가진 트라시아의 기사 한 명이 주위의 시선을 끌기에 충분할 만큼 요란을 떨며 말에서 내렸다.

그는 귀족 특유의 품위있는 걸음걸이를 옮겨 가스란의 옆쪽으로 다가섰다. 기사의 견갑에는 세 개의 화살을 움켜쥔 세 머리 독수리 문양이 아로새겨져 있었다.

샤렌은 잔뜩 멋을 부리는 기사의 의도가 훤히 보였다.

보통 남자는 시선 관리에 약하다.

저 기사 역시 스스로 의식하지도 못한 채, 걸음을 옮기며 이오나의 전신을 훑어봤다.

이오나가 후드를 살짝 들어 올렸을 때, 그녀의 얼굴을 확인했을 터.

뻔한 수작을 부리기 위해 나선 것이 분명했다.

"하핫! 이렇게 아름다운 숙녀 분께 쓰레기라고 말하다니……! 가스란, 자네의 말이 조금 심했던 것 같네."

금발의 기사는 가스란의 견갑을 툭툭, 치며 진정하라는 표정을 지어 보였다. 가스란의 견갑에는 한 개의 화살을 움켜쥔 독수리가 새겨져 있었다.

"게다가 트라시아의 기사가 숙녀 분께 검을 뽑아 들어서야 되겠는가?"

턱을 살짝 치켜든 채, 오연한 미소와 함께 말하는 기사를 보며 샤렌은 실소를 터뜨렸다.

제 딴에는 이오나에게 점수를 따기 위한 말이었을 것이다.

하지만 저 기사는 극단적으로 상대를 잘못 골랐다. 이오나는 저 기사가 상대해 온 귀족가의 영애들과는 차원이 다른 여자였던 것이다.

이어진 이오나의 대응은 샤렌의 기대를 충족시켜 주기에

남는 바가 있었다.

"넌 빠져."

기사를 향한 그녀의 간단한 한마디였다.

금발의 기사, 테네시 도란의 미소가 딱딱해졌다. 아니, 그저 표정이 굳는 것에 그치지 않았다.

준수한 용모로 귀족가의 영애들의 주목을 한 몸에 받으며 살아온 그다. 여자에게서 지금과 같은 말을 들을 거라고는 평생토록 단 한 번도 상상치 못한 것이다.

테네시의 오른쪽 얼굴이 푸들푸들 떨린다. 미소를 유지하려는 의지와 내심 가득 느끼는 수치심이 반발해 만들어낸 결과였다.

그럼에도 테네시는 끝까지 굳은 의지와 나름의 수양을 보여주었다. 당장 폭발하지 않는 모습을 견지한 것이다.

기사 서임을 위해서는 물리적인 시간이 필요하다. 기사 작위를 받기 위한 자격을 갖추기 위해서다.

그 시간은 황립 아카데미 졸업 이전에 기사가 된 가스란과의 차이를 명백해 보여줬다. 가시란과 달리 쉽게 발끈하는 모습을 보이지 않고 오히려 차분하게 이오나를 달래려 드는 바가 바로 그 차이점이었다.

"아름다운 숙녀 분께는 어울리지 않는 말투를 계속……."

하지만 테네시의 의지와 수양은 이오나를 상대하기에는 턱없이 부족했다.

이오나는 이와 같은 부류를 처음 상대하는 것이 아니었다.

그녀에게 있어서 무릇 사내들이란, 특히 기사라 거들먹거리는 놈들이란 대개 하나의 방법으로 다뤄지는 존재다.

하나의 방법은 단순하다.

자신이 가진 힘을 드러내면 된다.

그것도 지닌바 힘의 일부면 충분했다.

지금이 바로 그 방법을 쓸 때임을 이오나는 알고 있었다. 치근대는 사내와 귀찮게 말을 섞는 건 그녀로서는 질색인 것이다.

이오나의 의지를 쫓아 미간에 축적된 바라카가 움직이고, 그녀의 몸과 하나가 된 지 오래인 검이 뒤따른다.

사대성위의 발검이자 공격이라지만, 단 한 번에 불과한 찌르기다.

준비 동작조차 필요치 않은 단순한 움직임이었다.

하지만 그녀에게서 시작된 동작은 인간의 한계 밖에 있는 가공할 맹격(猛擊)!

그것은 모든 움직임에 존재해야 할 시작의 점과 도착의 점을 연결 짓는 선마저도 생략한다.

간격을 무시하고 시간마저 참(斬) 하는 이오나의 검.

쾌속(快速)을 넘어 신속(神速)의 영역에서만 허용되는 검격이다.

단지 속도에 의해 더해진 에너지만으로도 하늘마저 뚫을

듯한 기세가 트라시아 기사를 상징하는 견갑의 문양을 격(擊)
한다.

그것은 이오나의 의지에서 한 치의 어긋남도 없었다.

신속의 영역에서 움직이는 동작은 검에서 이는 바람[劍風]조
차 허용치 않나 보다.

이오나의 애검(愛劍)은 검신을 드러냈던 것만큼이나 빠르
게 그 모습을 감췄다.

하지만 미풍(微風)조차 일지 않는다.

"……?"

테네시는 말을 하는 중간에 눈앞의 여인이 뭔가를 했다는
것을 어렴풋이 느꼈다. 말을 멈춘 것은 그 때문이다.

하지만 정확한 사정을 알지 못하는 그의 눈에는 의아함만
이 맺힌다.

그리고 잠시 후.

쩌엉.

기이한 금속성과 함께 금발 기사의 견갑에 갑작스런 변화
가 생긴다.

쩌쩌적!

요란한 소리를 내며 철제 견갑이 갈라지기 시작하더니 본
연의 모습을 상실하고 부서져 내린다.

그저 구멍이 뚫리거나 갈라지는 게 아니었다.

견갑은 명백히 수백의 조각으로 잘게 갈라져 지면을 향해

쏟아져 내리는 중이었다.

투투투툭.

금속의 조각들이 땅에 닿는 소리를 듣고서야 테네시의 안색이 새하얘진다.

그제야 무슨 일이 벌어진지 깨달았다.

테네시의 얇디얇은 입술이 충격과 공포로 인해 벌어질 때, 이오나가 말한다.

"그게 마지막 경고였다."

이오나의 음성은 낮고 조용했다.

그것으로도 충분했다.

눈으로도 쫓을 수 없는 검을 경험한 이상, 상대가 꼼짝조차 못하는 것은 당연한 일.

테네시는 이오나가 평소 겪어온 사내들과 다르지 않았던 것이다.

이오나가 다시 가스란과의 문제로 돌아가려 할 때였다.

아직까지 말안장 위에 있던 제트본 트루신이 땅 위에 내려섰다. 가스란이 더없이 공경하는 자세로 대했던 기사였다.

말에서 내린 제트본의 표정은 더없이 신중했다. 이전까지 보여주었던 특유의 오연함도 찾아볼 수 없었다. 방금 전, 로브의 여인이 보여준 한 수에 담긴 여러 가지 의미를 읽었기 때문이다.

"설마하니 청염의 성위라 칭송받는 네이 경께서 이런 곳에 계신 줄 몰랐습니다."

한 손을 가슴에 얹어 정중하게 허리를 숙이는 제트본 트루신이었다.

이오나의 시선이 아주 짧은 시간 제트본에게 향했다가 돌아왔다.

그녀가 확인한 것은 사내의 견갑에 새겨진 문양.

예상했던 대로 세 머리 독수리가 쥐고 있는 것은 한 개의 검이었다.

견갑의 문양은 트라시아 기사의 신분과 실력을 뜻한다.

독수리가 화살이 아닌 검을 쥐고 있다는 것은 바라카의 운용이 가능하다는 의미.

적어도 자신의 검로를 눈으로는 쫓을 정도의 실력이 된다는 말이었다.

그렇기에 이오나는 낯선 기사가 자신을 알아보는 것에 대해 아무렇지도 않게 생각할 수 있었다.

이오나의 짐작은 정확했다.

제트본은 수유의 시간이라는 단어조차 무색한 미망(迷妄) 속에서 환상처럼 피어올랐다 사라지는 푸른 불꽃을 봤다.

형상화된 바라카가 불꽃을 이뤄내고, 그 짙푸른 색채 속에서 오직 죽음만을 떠올리게 하는 한 여자.

그녀의 정체를 추론해 내는 것은 경험이 풍부한 제트본에게 어려운 일이 아니었다. 저 홀라덴의 자랑인 청염의 성위만

이 가능한 신위(神位)이기 때문이다.

한편 제트본의 말을 들은 가스란과 테네시는 사색이 되었다. 이제야 자신들이 누구를 건드렸는지 깨달았다. 그들이라해서 대륙 전역을 위진하는 청염의 성위에 대한 명성을 듣지못했을 리 없었던 것이다.

"네이 경께서 이곳에 계신 것을 모르고 저희가 그만 커다란 실수를……."

정중하고 공손하기 이를 데 없는 제트본의 사과는 끝맺음을 하지 못했다. 이오나가 시선조차 주지 않은 채 손을 들어올려 말을 막았기 때문이다.

"기사와 기사 간의 모욕에 관한 계산을 마치는 거다. 끼어든다면 죽음을 각오해야 할 거야!"

이오나의 한마디에 제트본은 침묵을 지킬 수밖에 없었다. 금발의 기사 테네시 도란의 견갑을 구멍 내지 않고 잘게 부순것은 청염의 성위의 의지였다. 죽음을 암시하는 무력의 시위인 것이다.

그것은 명백하고도 분명한 경고이자 협박이었다.

모욕적인 위협이었음에도 제트본과 일행은 감히 불쾌한심정을 드러내지 못했다. 이오나에게는 자신들에게 경고와협박을 할 자격이 있음을 알기 때문이다.

더구나 그녀의 명분은 너무나도 정당했다.

일련의 정황은 홀라덴의 성위 기사가 트라시아의 기사에

게 모욕을 받은 사건이라 규정지어질 수 있다. 그로 인해 벌어진 정당한 결투에 개입하자면 그녀의 말대로 죽음을 각오한 일전을 불사해야 한다.

홀라덴의 성위 기사들과 수위성단원들이 분명한 그녀의 일행과의 전면전마저도 고려해야만 했다. 아니, 솔직히 말하자면 다른 성위 기사나 수위성단은 염두에 둘 필요도 없다.

저 이오나 네이 한 명만으로도 자신이 이끄는 열두 명의 기사들은 '격발(擊發)의 청염'에 의해 재가 될 것이기에.

제트본에게 있어서는 더없이 곤란한 상황이었다.

손익은 분명하다. 기사 대 기사의 결투로 사건을 축소하는 게 유리한 상황인 것은 두말할 나위가 없는 것이다.

냉철한 판단하에 결론을 내린 제트본은 한숨 섞인 음성을 토해낸다.

"이제 막 서임식을 마친 친구입니다. 트라시아와 홀라덴의 우애를 고려해서라도 너그러운 처우를 부탁드립니다. 아우티카의 은혜 안에서 모두 형제가 아니겠습니까?"

이오나의 아량을 구하는 게 제트본의 최선이었다. 가스란 하나를 위해 성전에 나서야 할 기사 전원을 죽일 수 없는 일인 것이다.

제트본의 말에 담긴 뜻을 파악한 가스란의 얼굴이 무참히 일그러진다.

제트본은 바라카를 운용할 줄 아는 기사다. 자신은 감히 넘보지도 못하는 선배인 것이다.

그런 제트본이 저렇게나 순순히 물러날 줄은 몰랐다.

"자신의 형제를 쓰레기 취급하는 자에게 베풀 너그러움 따위……."

이오나는 한 걸음을 성큼 내디뎌 가스란의 바로 앞까지 다가섰다.

옆에 선 테네시는 안중에도 없다는 듯 그녀가 말을 이었다.

"가져 본 적 없다!"

차가운 마지막 말은 평소보다 빠르게 마쳐졌다.

그리고 이오나는 손을 휘둘렀다.

짜악!

날카로운 소리와 함께 가스란의 고개가 모로 돌아갔다.

얼얼한 통증.

그리고 통증보다 더한 수치심으로 인해 가스란의 얼굴이 붉게 달아올랐다. 입술에서 시작된 붉은 피가 선을 그려내며 턱을 타고 흘렀다.

고개가 돌아간 쪽에 제트본이 서 있다.

미간에 주름을 잡은 그가 눈으로 가스란에게 말을 전해온다.

참아라.

잠깐의 수모일 뿐이다.

네 인내가 우리 모두를 구할 것이다.

Rhapsody Of Cardinal

이 자리의 누구도 너를 비웃지 않고 있다.

그와 같은 메시지가 너무나 명확하게 전달된다.

짜악!

다시 한 번의 타격음과 함께 가스란의 얼굴이 반대편으로 돌아갔다. 흐르던 피의 양이 많아졌는지 핏방울이 튀어 올랐다.

"쓰레기에게, 더구나 여자에게 맞아서 억울한가?"

짜악!

더 많아진 양의 선혈이 허공에 기하학적 문양을 그려낸다.

그럼에도 이오나에게는 단 한 방울도 묻지 않았다. 그녀의 바라카가 핏방울을 밀어내고 있었기 때문이다.

"그럼 검을 뽑아라!"

짜악!

이오나의 손바닥이 허공을 갈랐다.

그다지 빠르지 않은 속도임에도 가스란은 피할 엄두를 내지 못했다. 이미 이오나 네이라는, 청염의 성위라는 엄청난 이름에 위축되어 버린 것이다.

"기사답게 죽을 기회를 주마."

이오나의 말에도 가스란은 큰 동작을 취하지 못했다. 부어오른 얼굴을 땅으로 향할 뿐이었다. 이 수치스러운 순간이 한시라도 빨리 끝나기만을 기다리는 듯한 태도였다.

그런 가스란은 이오나의 심기를 더욱 긁었다.

이오나의 손이 이전보다 높게 들려진다.

짜악, 소리와 함께 가스란의 신형이 크게 흔들렸다.

이오나의 손에 여태와는 다른 힘이 실린 탓이다.

비틀거리며 물러서는 가스란을 향해 이오나가 말한다.

"이게 네놈이 자랑하는 트라시아의 기사다운 행동인 건가? 타인을 쓰레기 취급했던 놈이 자신보다 강한 자 앞에 서자, 스스로가 쓰레기임을 자처하는 것이냐?"

순간 가스란의 두 눈에 분노가 피어올랐다. 한계치를 넘어선 모욕에 저도 모르게 본연의 감정이 드러나고 만 것이다.

하지만 이오나의 검게 빛나는 눈에 담긴 기세를 감당하기엔 역부족이었다.

가스란은 새삼 눈앞의 여인이 누군지 상기했다. 그는 참아야 한다고 끊임없이 종용하는 제트본의 시선을 핑계 삼아 빠르게 노기를 흩어뜨렸다.

"흥!"

이오나의 손이 다시 올라간다. 이번에는 기세부터가 범상치 않았다. 비겁함으로 일관하는 모습에 대한 분노가 행동으로 드러나는 것이다.

막 그녀의 손이 휘둘러지려는 순간이었다.

"이오나!"

멈칫.

그 누구도 감히 멈춰 세울 수 없을 것만 같던 이오나의 손이 허공에 정지했다. 들려온 목소리가 귀에 익기 때문이었다.

이오나의 고개가 소리의 진원을 향해 돌아간다. 여유로운 만큼 느린 동작이었다.

예상대로 그가 서 있다.

샤렌 크라슈.

이 남자가 자신의 행동을 가로막고 나선 것이다.

초승달처럼 휘어져 길게 뻗은 이오나의 눈썹 끝이 살짝 들린다.

질책과 의문을 포함한 다의적 시선이 샤렌에게 향했다.

샤렌은 그녀의 시선을 담담히 받아낸다. 조금의 흔들림도 엿보이지 않는다.

피식.

이오나는 결국 웃고 만다.

'역시 이 남자, 재밌군.'

웃음이 터진 이유였다.

사실 샤렌이 그녀의 행사를 가로막은 것은 누가 보기에도 주제를 모르는 행동이다. 앞쪽의 호화로운 마차에 타고 있는 대주교 베트론이라 할지라도 감히 시도조차 못할 일이다.

그것은 다소의 친분이 생겼다고 해도 예외는 아니었다. 교황이 아닌 그 누구도 막을 수 없는 이오나 네이인 것이다.

저 남자 역시 그 정도는 충분히 생각하고 있을 것이다.

그럼에도 나섰다.

만용에 대한 질책의 시선이 정해진 수순처럼 던져졌다.

대륙 최강을 자부하는 트라시아의 기사들조차 감히 자신과 눈을 마주치지 못하는 중이다.

한데도 검을 쥐는 법조차 모른다는 이 남자는 너무도 당당히 자신의 시선을 받아내고 있다.

그런 샤렌의 당당함이 이오나로서는 흥미롭지 않을 수 없는 것이다.

"날 말리고 싶은가? 이 애송이가 과거에 친구였다는 이유로?"

이오나는 내심을 감춘 채 다소의 노기를 담아 샤렌에게 물었다. 이 남자의 한계가 조금은 궁금했던 것이다.

샤렌은 대답에 앞서 큰 걸음을 성큼 옮겨 이오나의 곁으로 다가섰다.

그리고는 목소리를 한껏 낮춰 속삭인다.

"날 쓰레기로 여기는 놈을 친구로 생각하진 않아."

"그럼?"

왜 갑자기 끼어든 건지 묻는 거였다.

샤렌은 여유 넘치는 태도로 대답한다. 여전히 작은 목소리로.

"그대에게 묻고 싶은 게 있어서."

"……?"

어느새 눈썹 끝을 제자리로 되돌린 이오나가 고혹적인 눈매에 의문을 담아 시선을 던진다. 지금의 이런 상황에서 대체 무엇이 묻고 싶은 건지 알고 싶은 것이다.

"여기 있는 자들, 전부 죽일 건가?"

난데없는 질문이었다.

제멋대로에 거칠 것 없는 이오나라지만 일단은 성국 홀라덴의 성위 기사다. 신의 뜻을 수호하는 기사인 것이다.

그러니 모욕을 가한 당사자라면 몰라도 그 일행까지 몰살시키는 취미가 있을 리 없다.

"그럴 리가……!"

이오나가 되도 않는 말을 들었다는 표정을 짓자, 샤렌이 계속해 이오나의 귀에 대고 속삭인다.

"저 멍청한 녀석을 핑계로 저들에게 맹세를 하게 할 필요가 있지 않겠어?"

"맹세?"

"저들은 여기서 보지 말아야 할 것을 봤다고. 그대와 그대의 일행은 지금 비밀 협상을 하고 돌아가는 길이잖아!"

"……!"

이오나는 새삼스러운 눈으로 샤렌을 쳐다봤다.

만용을 즐기거나 지나칠 정도로 무모하기에 흥미롭다고 생각했던 샤렌이다. 자신과 즐기며 술을 마실 수 있다는 것도 이오나에게 있어서는 커다란 장점으로 다가왔다.

하지만 이처럼 냉철한 판단력까지 가진 남자라는 것은 미처 알지 못했다.

아카데미 동창이라는 자에게 쓰레기라 모욕을 받았고, 목숨의 위협까지 받은 후, 대륙 최강자 중 하나로 손꼽히는 자신이 누군가를 상대하고 있는 상황이다.

분노와 수치, 긴장, 위기감 등 복합적인 감정이 격할 정도로 고조될 수밖에 없는 샤렌이다. 그런 와중에 사태의 앞뒤 흐름과 결과를 명확히 읽는 것이란 쉬운 일이 아니었다.

'한데도 거기까지 계산이 선다는 건가?'

이오나로서는 샤렌이라는 남자에 대한 새로운 면모를 발견하게 된 계기였다.

"흐음……."

침음성과 함께 이오나의 표정이 풀린다.

그 모습을 본 트라시아의 기사들은 저마다 이오나의 반응을 보고 놀라는 중이었다.

가스란에게 쓰레기라는 소리를 듣고도 별다른 대응조차 못하고 말뿐이었던 붉은 머리의 청년이었다. 그런 청년의 말 몇 마디에 교황조차 감당하기 힘들어한다는 소문인 이오나 네이가 표정을 푸는 것이다.

'대체 누구기에……?'

'설마 저 이오나 네이의 연인? 얼마나 대단한 사람이기에……?'

저마다의 추측 속에서 남들에 비해 덜 의아해하는 한 명이 있었다. 이 무리를 이끄는 제트본이었다. 그는 깊게 가라앉은 시선으로 샤렌을 더욱 세밀하게 살필 뿐, 의문과는 거리가 먼 표정인 채였다.

"일단은… '그대'의 말대로 여기서 멈추기로 하지."

이오나는 조금 전까지와는 달리 사람들이 충분히 들을 수 있는 목소리로 말을 시작했다.

그녀의 말에 샤렌은 싱긋 웃었다.

역시 이 여자는 애초 자신이 교묘한 언변을 통해 일부러 끌어들였음을 알고 있었다. 그녀 역시 모욕의 대상에 포함되었다고 생각해서 무작정 화를 내며 나선 게 전부가 아닌 것이다.

그녀는 다소의 친분이 있는 자로서 자신을 배려하고 있는 거라 생각했다. 지금의 발언으로 샤렌은 그와 같은 추측이 옳았음을 확신했다.

이오나는 일부러 언성을 높여 가스란과 트라시아의 기사들에게 자신으로 인해 곤란한 상황에서 벗어날 수 있었음을 알리고 있는 것이다.

샤렌에게 공을 떠넘기는 이오나의 발언은 계속되었다.

"애송이! 네가 쓰레기라 여긴 아카데미 동창 덕에 그 구차한 목숨을 건질 기회를 얻었군."

가스란에게 던져진 말이었다.

이에 가스란은 고개를 숙였다. 형편없이 뭉개진 자존심 때문이었다.

"만약……."

이오나의 시선이 가스란의 뒤쪽을 향했다. 제트본을 비롯한 트라시아 기사들 쪽이었다.

"당신들이 나와 우리 일행을 여기서 본 것에 대해 죽을 때까지 비밀을 지킨다고 맹세한다면 이 애송이의 목숨을 살려주지. 어때?"

이오나의 말을 들은 기사들의 시선이 제트본을 향했다.

제트본에게는 선택의 여지가 없었다. 이대로 가스란의 목숨을 그녀에게 내줄 수도 없거니와, 만약 제안을 거절한다면 무슨 일이 또 벌어질지도 모르는 일이었다. 늘 폭주하는 야생마에 비견되는 이오나 네이인 것이다.

빠른 판단하에 제트본이 입을 열었다.

"이 자리에 있는 전원은 네이 경을 이 자리에서 본 것을 죽을 때까지 입에 담지 않겠습니다. 만약 이 맹세를 어길 시, 우리는 더 이상 아우티카의 피조물이 아닐뿐더러 황제 폐하의 기사가 아닐 것입니다."

그는 오른손을 말아 쥐고 왼손에 가슴을 대고 있었다.

제트본의 맹세가 이어질 때, 나머지 기사들도 전부 오른 주먹을 왼 가슴에 얹었다. 심장에 주먹을 둔다는 것은 목숨을 걸겠다는 맹세의 표시인 것이다.

가스란 역시 고개를 숙인 채 주먹을 가슴에 대고 맹세에 동참했다.

"흠, 뭐 그 정도에서 믿어주도록 하지. 전선(戰線)에 서면 어차피 아군이 될 테니 말이야."

말을 마친 이오나는 샤렌을 힐끗 쳐다봤다.

그리고는 휙하니 몸을 돌렸다. 상황을 정리하는 것이다.

사실 그녀에게 밀담이니 비밀이니 하는 건 크게 중요한 일이 아니었다. 맡은바 직위가 있으니 책임감을 가질 뿐이다.

저들이 자신을 여기서 봤다고 떠들고 다니면 골치가 아플 사람은 저 앞의 마차에 타고 있는 대주교 베트론일 것이다.

이오나가 몸을 돌리자, 트라시아의 기사들은 안도의 한숨을 쉬었다. 가스란과 테네시가 큰 수모를 당하긴 했지만, 청염의 성위 이오나 네이를 모욕하고도 이 정도로 끝난 게 그들로서는 다행일 수밖에 없었다.

"힘을 가졌다고 남을 쓰레기 취급하면 자신보다 더 강한 힘을 가진 사람에게는 자신 역시 쓰레기 취급을 받을 수밖에 없지. 그게 세상의 이치야, 가스란!"

샤렌이 가스란에게 한마디를 던졌다. 짐짓 근엄한 척하며 어린아이에게 훈계를 하는 듯한 어조였다.

그리고는 재빨리 이오나의 뒤를 쫓았다.

와중에도 시뻘겋게 달아오르는 가스란의 얼굴을 확인하는 것은 놓치지 않았다.

드리튼과 이시스도 샤렌의 뒤를 쫓았다. 샤렌처럼 가스란에게 한마디를 더 쏘아주고 싶었으나, 저쪽의 흉흉한 기세에 감히 엄두가 나지 않았던 것이다.

썰물이 빠지듯 홀라덴 측도 물러섰다.

툭.

저마다 갈 길을 재촉할 때, 가스란의 부츠 옆에 작은 혈화(血花)가 피어올랐다. 방울져 떨어져 내린 선혈이 땅을 적신 것이다.

그것은 터진 입에서 흐른 피가 아니었다. 말아 쥔 가스란의 주먹에서 떨어지는 피였다.

수치와 모욕을 참기 위해 쥐고 있던 주먹의 힘이 샤렌의 한마디와 더불어 강해졌다.

결국 손톱이 손바닥 살을 파고들어 피가 흐르기 시작한 것이다.

'샤렌 크라슈, 이 개자식! 악마에게 영혼을 팔아서라도 오늘의 수모는 갚아주마!'

꾹 다문 가스란의 입술 안쪽에서는 오늘의 복수를 다짐하는 외침이 소리없이 메아리치고 있었다. 저 이오나 네이는 감히 복수의 대상에 넣을 수 없을지라도 샤렌에게만큼은 오늘의 일을 되갚고자 하는 것이다.

"잘 참았네."

어느새 가스란의 옆으로 다가선 제트본의 말이었다.

"……"

"현명함과 인내 역시 기사의 소양일세. 그녀와 맞서지 않은 자네가 옳았던 거야. 우리는 신께 받은 사명을 수행해야 할 몸일세. 일시적인 억압에서 한 걸음 물러서는 것 역시 큰 용기가 필요한 일. 우리 모두는 자네의 그런 용기에 감탄하고 있네."

제트본은 가스란의 어깨를 두들기며 말했다. 뒤늦게나마 가스란에게 명분을 세워주어 그의 명예에 손상이 없음을 알려주는 것이다.

제트본의 말 몇 마디에 가스란의 주먹에 들어갔던 힘이 빠지기 시작했다.

일단 선배 기사들 앞에서 고개를 못 들 상황에서는 벗어난 것이다. 상대가 이오나 네이였고, 모두가 물러설 수밖에 없는 상황이었기에 가능했다. 체면과 남들에게 내비친 스스로의 자부심에 손상이 적었다는 사실만으로도 가스란에게 있어서는 더없이 다행한 일인 것이다.

"아, 그리고 자네에게 물을 게 있네."

"……?"

"아까 그 붉은 머리 청년의 이름이 뭔가?"

"샤를로엔, 샤를로엔 크라슈입니다."

가스란은 미간을 찌푸리며 대답했다.

"샤를로엔 크라슈? 혹시 케신 철강의 그 크라슈 가란 말인가?"

“네. 크라슈 가의 차남입니다.”

“흐음……!”

크라슈 가의 장남인 케이온 크라슈에 대해서는 제트본 역시 많은 소문을 들었다.

하지만 차남이 있다는 사실은 그다지 널리 알려지지 않았다. 트라시아에 전체를 두고 보자면 샤를로엔이라는 인물은 존재감이 없다 해도 과언이 아닌 것이다.

“그의 검술 실력은 어느 정도나 되나?”

“검을 똑바로 세워 들 능력조차 없는 놈입니다. 이오나 네이, 그 여자만 믿고 잘난 척을 했을 뿐이죠.”

가스란은 으르렁대듯 대답했다.

“검술을 제대로 배운 적이 없단 말인가?”

제트본은 믿기 힘들다는 표정이었다.

“상급 아카데미 수준의 검술조차 습득하지 못해 낙제점을 받았습니다. 아마도 집안의 돈으로 이오나 네이를 매수했을 겁니다. 트루신 경께서 신경 쓰실 그런 대단한 놈이 아닙니다.”

가스란은 확고한 표정으로 말했다.

“흠, 그런가?”

제트본은 미간을 찌푸렸다.

“아쉬운 일이군. 검술을 제대로 배웠다면 제국에 큰 도움이 되었을 텐데.”

"네?"

가스란은 제트본의 말을 이해할 수 없다는 시선을 담아 물었다. 낙제를 돈으로 막은 저 샤렌에게 검에 대한 재능이 있다는 식이었기 때문이다.

"그 청년, 정말 좋은 눈을 가졌더군."

"좋은 눈이라뇨?"

가스란은 노골적으로 인상을 찌푸렸다. 제트본이 샤렌을 칭찬하자 기분이 좋을 수가 없는 것이다.

"처음 자네가 검을 뽑으려 할 때, 그 청년은 슬쩍 몸을 비틀었다네. 자세히 보지 않으면 알 수 없을 정도였지만 분명히 그랬네."

"그게… 눈이 좋은 것과 무슨 상관이 있는 겁니까?"

"자네의 자세에서 최단 거리로 검이 나아갔을 때의 지점에서 몸을 비틀어 벗어난 걸세. 상대의 자세만을 보고 검의 궤적을 그려낸다는 건 마냥 쉬운 일은 아니지. 검술을 제대로 익히지도 않은 상태에서 그와 같은 판단을 내릴 수 있다면 정말이지 신이 내린 눈이라 할 수 있을 걸세."

"그냥 몸이 움직였던 것은 아닐까요? 그 정도나 되는 놈이 아닙니다. 절대로 말입니다."

가스란의 강변에 제트본은 고개를 저었다.

"네이 경이 공격을 했을 때도 마찬가지였네. 다들 무슨 일인지 몰라 할 그때도 크라슈 가의 청년은 테네시의 견갑을 보고 있었지. 적어도 그는 네이 경의 검이 어디로 향했는지 봤다는 이야기일세.”

“……!”

제트본의 설명에 가스란의 눈이 휘둥그레졌다.

이오나 네이의 검은 분명 신속의 영역에서 움직였다. 자신은 물론 제트본이 테네시라 편하게 칭한 도란 경마저 안력으로 쫓지 못할 속도였던 것이다.

한데 어떻게 샤렌이 그녀의 검을 볼 수 있단 말인가?

‘말도 안 돼!’

샤렌이 이오나 네이의 행동에 제재를 가하는 것을 보고 제트본이 과대평가를 한다고 결론을 내리는 가스란이었다.

애초 바라카를 운용한 검의 움직임을 보통 사람의 눈으로 쫓을 수 있다는 것 자체가 이치에 맞지 않는 일이었다.

하지만 굳이 상관에게 항변해 따지고 들지는 않았다. 그저 제트본의 착각으로 치부해 버릴 뿐이었다.

샤렌에게 그와 같은 재능이 있을 리가 없음을 누구보다 자신이 잘 안다고 믿고 또 믿으면서.

Chapter 6

1

"잘난 척은 혼자 다하더니……. 푸헤헤헷! 아까 그 자식, 표정 봤냐?"

엉덩이가 배겨 앉아 있는 것도 힘들다던 이시스의 얼굴에 웃음꽃이 만발했다. 가스란과 헤어진 지 몇 시간이 흘렀건만 아직까지도 아까의 통쾌함에 젖어 있는 중이었다.

"솔직히 너무 비참하게 두들겨 맞으니까 조금 불쌍하다는 생각까지 들던걸?"

드리튼이 미소인지 고소(苦笑)인지 모를 어중간한 표정을 지었다.

"불쌍하긴 뭐가 불쌍해!"

이시스가 코웃음을 쳤다.

"만약 샤렌이 없었고 이오나가 없었다고 생각해 봐. 그 자식은 끝까지 우리를 쓰레기 취급하며 무시했을 거라고."

그의 말에 드리튼은 팔짱을 끼며 몸을 푹신한 의자에 깊숙이 묻었다.

"흠, 그것도 그러네. 가스란 성격에 중간에 멈췄을 리가 없지."

이오나에게 꽤나 호되게 당하는 모습을 본 터라 약간의 동정심이 일었던 드리튼이다.

하지만 이시스의 말을 들으니 결과만 놓고 생각할 일이 아니었다. 필경 가스란은 당했던 것보다 훨씬 지독한 모욕을 주며 킬킬댔을 것이다.

"원래부터 샤렌에게 상대도 안 되던 놈이, 그놈의 기사 작위 하나 받았다고 설쳐 대니까… 응?"

교묘한 화술로 가스란을 이오나에게 떠넘긴 샤렌의 공로를 칭찬하려던 이시스가 말을 멈췄다. 함께 웃으며 고소해야할 샤렌의 표정이 그다지 밝지 않다는 것을 확인했기 때문이다.

"너, 표정이 왜 그러냐?"

"응?"

"뭐야? 딴생각하고 있었던 거야?"

새삼스레 눈을 동그랗게 뜨는 샤렌을 보며 이시스가 물

었다.

"무슨 생각을 하기에 그렇게 심각한 표정을 짓는 거야? 가스란에게 제대로 한 방 먹인 게 속 시원하지 않아?"

"아! 그건 그런데……."

샤렌의 입매에 씁쓸해 보이는 미소가 걸렸다.

"네 말을 듣다 보니 생각나는 게 있어서."

"내 말?"

이시스가 손가락으로 자신을 가리켰다.

"응. 만약 아까와 같은 상황에서 이오나가 없었으면 어땠을까 하는 생각 말이야."

샤렌은 다소 무거운 표정으로 말했다.

"푸후! 그래도 너한테는 상대가 안 되지. 보탄 때부터 가스란은 항상 네 밥이었잖아."

샤렌은 잠시 시간을 두었다가 입을 연다.

"갑갑하게만 느꼈던 아카데미이지만, 그만큼 든든한 울타리가 되어주었던 것도 사실이지. 학생이라는 신분의 제한으로 인해 가스란이 어디까지 움직일 수 있는지 훤히 보였으니까. 하지만 아까의 경우는 좀 달랐잖아."

"제까짓 게 그래 봤자지."

언제나처럼 가스란에 관한 건 조금도 인정하지 않으려는 이시스였다.

"게다가 가스란 그 녀석, 옛날하고는 조금 달랐어."

“뭐가?”

드리튼이 물었다.

“뭐랄까……. 아무래도 성장이 있었다고 봐야겠지. 옛날처럼 단박에 발끈하지 않았으니까 말이야.”

“발끈하지 않기는? 네 말에 휘말려서 제멋대로 지껄이다가 큰코다친 거잖아.”

이시스가 코웃음을 쳤다.

“맨 처음에 한 발짝 물러섰던 걸 말하는 거구나. 곧바로 화내며 덤벼들지 않았던 거 말이야. 아무래도 나이가 들어서겠지.”

드리튼은 샤렌이 무엇을 말하는지 짚어냈다.

샤렌은 고개를 끄덕였다.

“그래도 결과는 마찬가지잖아!”

이시스가 툭 내뱉은 말이었다. 말에는 심술이 가득 들어가 있었다. 그는 샤렌과 드리튼이 가스란의 변화를 인정하는 게 마음에 들지 않았다. 그 변화란 게 긍정적인 측면이었기에 더욱 그랬다.

“마찬가지는 아니지. 한순간 참을 수 있다는 건 상황을 뒤바꿀 수많은 기회를 만드니까 그렇게 무시할 일만은 아니거든.”

일부러 자극해 일을 벌이긴 했지만, 당시에 느낀 가스란의 변화는 샤렌에게 가볍지만은 않았다. 그랬던 감상을 솔직하게 드러낸 것이었다.

"유학 덕분인가? 트라시아가 아무래도 큰물이긴 하잖아. 게다가 녀석은 기사도 되었고 말이야."

"전쟁 때문에 일찍 작위를 받은 것뿐이잖아. 아직 자격도 안 된 놈이 분수에 맞지 않은 감투를 뒤집어썼다고 우쭐하다 큰코다친 거고 말이야."

드리튼까지 어느 정도 가스란을 인정하는 듯한 모습에 이시스가 발끈했다.

드리튼은 손가락으로 눈 옆을 살짝 긁으며 말한다.

"어차피 황립 검술 아카데미 출신들은 특별한 사고를 치지 않는 한 기사가 되는 게 당연한 일이잖아. 이번 일이 아니었어도 가스란은 기사가 되었을걸."

"그래서 뭐가 어쨌다고? 기사란 게 뭐가 대단한데? 어차피 할 줄 아는 건 쌈질밖에 없는 놈들이 점잖은 척, 많이 배운 척 하면서 거들먹거리는 게 기사들이잖아!"

흥분한 이시스의 언성이 높아질 때, 샤렌은 혼자만의 생각에 잠겼다.

'기사라…….'

사실 샤렌 역시 이시스와 마찬가지로 기사에 대해 어떤 환상을 가져 본 적이 없다.

하지만 기사가 되기까지의 과정이 쉽지만은 아닌 게 사실이었다.

트라시아는 대륙 최강의 기사단을 보유하고 있다고 스스로 자부한다. 이는 그만큼 기사의 작위를 받기가 어렵다는 단증이기도 했다.

황립 검술 아카데미 출신이 기사가 되는 게 기정사실이라 해도 마찬가지였다. 애초 엄선된 학생들만을 받아들이기 때문이다.

그렇게 선발된 학생들조차 뼈를 깎는 검술 훈련과 기사가 되기 위한 소양 교육에 수년을 소비하고서야 기사가 될 수 있다.

그런 면에서 가스란도 제국에서 검증을 받은 인재 중의 하나라 볼 수 있다. 아무리 전쟁이 발발했다 해도 제국에서 아무에게나 기사 서임을 시켰을 리 없는 것이다.

기사가 된 가스란과의 조우.

이어진 시비.

그리고 이어진 샤렌의 감상은 사실 갑작스럽다고도 볼 수 있었다. 샤렌에게 최근 경험한 여러 사건들에 비해 별다를 것도 없는 사건일 수도 있기 때문이다. 저항군에 합류케 되고, 순정의 하온을 훔쳐 낸 사건에 비하면 가스란과의 일은 별게 아닐 수 있는 것이다.

설령 이번의 만남에서 결과가 좋지 않아 모욕을 당했다 해도 마찬가지였다. 지난날에 가스란에게 했던 행동들을 생각해 보면 큰 손해는 아닌 것이다.

하지만 아카데미 시절 함께 수학했던 동창의 변화, 성장, 그리고 성취를 보게 된 지금, 샤렌은 어째서인지 많은 생각이 떠올랐다.

보탄 시절만 해도 가스란 따위는 안중에도 없었다.

칭찬받는 모범생?

샤렌에게는 코웃음만 나왔다.

모범생 소리를 듣는 것은 아카데미에서 가르치는 내용을 죽자고 외우고 읊어대면 되는 일이다.

대개 모범생이란 선생님의 칭찬에 우쭐하고, 부모가 자기 이야기를 하며 잘난 척할 수 있는 소재거리가 되고 싶어하는 놈들이다.

그들에게 있어서 친구란 함께 으스대면서 그것을 서로 인정해 가식적인 웃음을 흘려주는 자위 수단일 뿐.

결국 자신 외에는 모두가 경쟁자이며 높은 곳으로 향하는 발판이라 여긴다.

졸업 후 꽉 짜인 제도의 틀 안에 자신을 구겨 넣고 목에 힘 주며 살 준비를 하는 녀석들이다.

아카데미에서 배운 지식을 어디에 써먹어야 할지조차 모르는 놈들……

그게 샤렌이 바라보는 아카데미의 모범생들이었다.

이후 어른이 되어 성공이라는 가면을 뒤집어써 봐야 아내와 자식보다 돈과 권력이 더 중요한 줄 아는 멍청이가 된다.

제 어미를 죽게 한 원흉의 밑에 들어가 잔심부름이나 하고 산다.

부친과 형이 그 예가 아니던가?

모범생은 샤렌이 부러워할 대상이 아니었다.

아니, 그들과 같은 삶을 산다는 게 싫었다.

절대로 그런 인생을 살고 싶지 않았다.

덕분에 세상을 삐뚤어지게 보지 말라는 이야기를 형인 케이온에게 수없이 들었다.

조금은 달리 생각해 볼까도 싶었다.

누구보다 믿고 따르던 형의 충고였으니까.

적어도 형이 트라시아 제국의 작위를 받고 관료가 되기 전까지는 그랬다.

하지만 케이온이 특무대에서 일하게 되는 순간, 샤렌은 형의 말을 모두 변명으로 받아들였다. 현재의 자신을 합리화시키기 위한 비겁한 자위일 뿐이라 여긴 것이다.

그렇게 세월이 흘러 오늘이 되었다.

여전히 가스란이 대단하게 여겨지지 않았다. 기사가 된 녀석이 부러운 것도 분명 아니었다.

한데 어딘가 모르게 허전하다.

불쾌한 어떤 느낌이 자꾸만 그를 자극한다. 무엇인가를 놓친 것만 같다.

머저리라 여겼던 녀석이지만 나름대로의 목표를 세우고

거기에 다가서고 있음을 알게 되었다. 가스란은 그 안에서 성장하고 변화했다.

'그런데 나는······?'

지난 3년의 세월이 주마등처럼 스쳐 지나간다. 드리튼, 이시스와의 즐거운 추억만이 가득하다. 부족할 것도 없고, 후회될 일도 없다.

하지만 의문이 든다.

'정말 이대로가 좋은 걸까?'

샤렌이 지금 생각하는 것들은 가스란 때문에 문득 떠오른 감상이 아닐 수도 있었다. 지금껏 억지로 외면하고, 멀찌감치 미뤄뒀던 사고가 의식의 표면으로 불쑥 머리를 내밀었을 수도 있다.

샤렌은 현실에 대해 다시 한 번 짚어봤다.

어쩌면 가스란 정도는 주위의 도움이 없어도 상대할 수 있을지 모른다. 성장하고 변했다지만 그의 성격을 알기 때문이다.

하지만 상대가 가스란의 옆에 있던 갈색 머리의 기사라면 어땠을까?

견갑에 세 머리 독수리와 검을 새겨 넣었던 그 남자.

그 역시 가스란과 마찬가지로 으스대며 남을 무시하는 데 익숙해진 기사 놈에 불과했다.

하지만 그자는 가스란과는 확연히 달랐다. 저 이오나 네이

의 앞에서도 침착함을 유지했고, 냉철한 판단하에 쉽지 않은
결단을 내렸다.

그런 자라면 아무리 자신이라 해도 가스란처럼 손쉽게 상
대하지 못했을 것이다.

일체의 정보도 없는 상태에서 현격한 힘의 차이를 가진 자
를 만났을 때, 자신은 너무도 무력한지도 모를 일이다.

아니, 그럴지도 모르는 게 아니라 분명히 그렇다고 인정을
해야만 했다. 무자비한 폭력 앞에서 순간적인 기지나 언변이
통할 리 없다는 것쯤은 샤렌도 잘 알고 있었다.

기사를 무시하고, 제도를 무시하며, 힘을 무시하던 샤렌이
다. 그런 자신이 허용되는 것은 아무리 너그럽게 봐줘도 레비
크 내에서일 뿐이다.

그곳에서라면 대부분의 사람들은 자신에게 함부로 할 수
없다. 인정하기 싫지만 그나마 자신이 저 크라슈 가의, 케신
철강의 둘째 도련님임으로 가능한 일이었다.

하지만 거기까지가 한계다.

결국 레비크를 벗어난 자신은 자신이 무시해 온 녀석들보
다 못한 놈이 된다.

그것은 객관적인 사실이었다. 스스로 녀석들보다 뛰어나
다고 믿어봐야 아무런 소용도 없는…….

이는 케신 철강이 없는 한, 자신은 아무것도 아니라는 것에
다르지 않았다.

Rhapsody Of Cardinal

‘젠장!'

사고가 거기에까지 이르자 절로 욕이 튀어나왔다. 생각만으로도 불쾌해지는 것이다.

더불어 트라시아의 기사들을 상대하던 이오나 네이가 떠오른다.

저들 앞에서 더없이 당당한 그녀였다.

오만한 가스란이 고개를 숙이고, 대륙 최강임을 자부하는 트라시아의 기사단이 고개를 돌렸다.

그것은 그녀가 가진 성취 때문이다.

압도적인 무위.

모든 것을 오시할 수 있는 힘.

이오나는 그것을 소유했다.

그리고 자리에 있던 모두가 그것을 인정했다. 모욕마저 수긍해야 할 정도의 자격을 갖춘 그녀임을 받아들였던 것이다.

자신보다 이오나가 조금 나이가 더 많겠지만, 그 차이란 무시할 정도의 수준일 터였다.

그런데도 이오나는 인생에 있어서 저와 같은 성취를 이뤘다.

‘나는……?'

재차 자문하는 샤렌.

그의 눈이 더욱 깊게 가라앉아 가고 있었다.

어떻게 보면 중요치도 않을 계기로 인해 샤렌은 때늦게 자신에 대해 많은 것을 생각하고 있는 것이다.

그것은 아카데미 졸업 이전에 결론을 내렸어야 할, 때늦었다고도 볼 수 있는 자신에 대한 성찰이기도 했다.

2

"성국 홀라덴의 사절단이 이런 불결한 여관에 묵는다는 게 말이 되는 거야?"

이시스는 배정받은 방의 내부를 보며 투덜거렸다.

"비밀리에 움직이는 건데 요란을 떨어서 되겠냐?"

드리튼이 이시스의 말에 핀잔을 줬다.

그리고는 툭툭 털며 침대 시트를 정리했다.

"먼지 나, 인마!"

만만한 드리튼에게 이시스가 심통을 부렸다.

"우린 비밀 사절단이 아니잖아! 그러니 여관을 따로 잡아도 되는 거 아냐?"

"얹혀가는 주제에 별걸 다 따진다."

드리튼이 혀를 찼다.

쿵쿵!

노크치고는 지나치게 큰 소리가 문 쪽에서 들렸다.

"네, 들어오세요."

드리튼의 대답에 문이 벌컥 열린다.

그리고 한 여자가 들어온다. 방이 환해지는 것 같다는 느낌이 들 정도로 아름다운 여인이었다. 이오나 네이가 이들의 방을 찾아온 것이다.

하지만 드리튼도 이시스도 그녀의 외모에 혹할 수 없었다. 저 트라시아의 기사들을 몰아붙이는 그녀를 확인했기 때문이다.

이 방 안에서 여유를 가진 채 이오나를 맞이할 수 있는 사람은 한 명뿐이었다.

"오늘쯤에서 한잔하는 건가?"

내기에 대한 농담으로 이오나를 맞이하는 샤렌이었다. 적어도 일주일에 한 번은 술을 마시기로 했고, 그 기한이 다 되었던 것이다.

이오나는 여전히 이 남자는 재미있다는 식으로 짧게 웃은 다음 표정을 굳혔다.

그리고 도톰하고 붉은 입술을 연다.

"상황이 변했다."

다짜고짜 내뱉은 말이었다. 샤렌 일행이 이해하기에는 너무나 부족한 한마디였다.

"무슨 말이지, 상황이 변했다는 게?"

이오나의 성격을 잘 아는 샤렌은 빙 돌리지 않고 단도직입적으로 물었다.

“근처의 신전을 통해 홀라덴에서 전갈이 왔더군.”

아우티카를 모시는 신전은 북부 대륙 전역에 있다고 해도 과언이 아니다. 어딘가에 여행객을 맞이할 여관이 있다면 신전이 존재하는 것은 당연한 일었다.

각 신전은 아우티카의 축복을 이용해 홀라덴과의 통신이 가능했다. 신탁을 받고 기도를 드리듯 성국의 교황청과 교신을 하는 것이다.

“그래서 난… 홀라덴으로 돌아가지 않는다.”

샤렌 일행은 놀라지 않을 수 없었다. 갑작스레 행선지에 변화가 생긴 것이다.

“성전에 대한 이야기는 이미 알고 있지?”

의아한 표정을 짓는 샤렌에게 이오나가 물었다.

샤렌은 고개를 끄덕였다. 자신들이 엉뚱하게 저항군과 한편이 되어버린 계기가 바로 그 때문이었으니 잊을 리 없는 것이다.

“어떤 멍청한 놈 하나가 그사이를 못 참고 일을 터뜨린 모양이야.”

“일?”

“엔살룸 부근에 있는 남부인 마을 하나를 초토화시킨 것 같아. 제대로 사고를 친 거지.”

“그래서… 시작되었단 말인가? 그 성전이라는 거?”

“몇 줄의 메시지만으로 정확한 상황까지는 알 수 없어. 하지만 예정보다 성전 발발의 시기가 앞당겨질 것은 분명해."

"최소한 그대가 전선에 투입될 만큼은 상황이 급박해졌다는 이야기군."

샤렌의 말에 이오나가 고개를 끄덕였다.

그녀는 잠시의 시간을 둔 다음 샤렌과 눈을 맞췄다.

"그래서 난… 이곳에서 사제들과 헤어질 거야."

"……!"

"애초 그대의 목적은 크샤트린에서 벗어나는 거였지?"

이오나가 검은 눈에 광채를 담아 물었다.

"알고 있었군."

샤렌은 조금도 당황하지 않고 솔직히 대답했다.

"저항군과 합류하는 과정을 봤잖아."

이오나의 대답에 샤렌은 고개를 끄덕였다. 이오나는 멍청한 여자가 아니니 조금만 생각해도 앞뒤 정황을 짐작할 수 있을 것이다.

"레비크는 벗어났다지만 아직 우리가 자유롭다고 말하긴 힘든 상황인데……."

기왕 속내가 드러난 상황이었기에 샤렌은 현재 자신들이 처한 상황을 보다 명확히 드러냈다.

"난 알포네 산맥을 넘어 곧장 엔살룸으로 향할 거야."

"……!"

이로써 이오나가 전하고자 하는 뜻이 명백해졌다.

　그녀가 적당히 핑계를 댔다지만, 샤렌 일행이 사절단을 이끄는 대주교 베트론과 동행을 하는 데는 명분이 희박하다.

　따라서 샤렌 일행은 당연히 베트론이 이끄는 사절단이 아닌 이오나와 동행을 하는 것이 정상이다.

　그럼에도 이오나가 지금과 같은 상황을 설명하는 이유는 바로 그녀가 선택한 경로 때문이다.

　알포네 산맥의 경유.

　그것은 단지 최단 경로의 선택에만 국한되지 않는 일이었다. 이 선택이 뜻하는 바는 결코 가볍지 않았다.

　알포네 산맥은 대륙의 남북을 가르는 거대한 산맥이다. 그 자체만으로도 엄청난 규모였지만, 알포네 산맥은 대륙의 동서를 가르는 모리엔트 산맥의 한 가지에 불과했다.

　문제는 바로 여기에 있었다.

　알포네가 모리엔트 산맥의 한 가지임이 문제인 것이다.

　모리엔트 산맥은 단순히 높은 산봉우리가 선상(線狀)이나 대상(帶狀)으로 길게 연속되어 있는 지형으로 규정되는 것에 그치지 않는다.

　이는 모리엔트 산맥이 대륙 전체의 5분의 1이나 된다는 엄청난 넓이를 가졌기 때문이 아니었다.

　모리엔트는 인간이 범접할 수 없는 영역이다. 인간에게 있어서 들어갈 수는 있어도 나오지는 못하는 곳이라는 뜻이었다.

그렇기에 지형적 구분이라기보다는 불가침의 상징적인 의미가 강했던 것이다.

모리엔트를 손에 넣는 자, 대륙의 모든 것을 얻게 되리라.

저 말이 대륙에 떠돈 지는 이미 수천 년이 다 되어간다.

이상하게도 사람들은 근거조차 없는 저 문구를 신뢰해 왔다.

하지만 저 말조차 모리엔트에 관한 무수한 소문의 하나일 뿐이었다.

신의 사자들이 하계에서 휴식을 취하는 곳.

그곳이 바로 성역(聖域)으로 규정되어진 모리엔트이기도 했다.

모리엔트의 중심에는 돌멩이 대신 보석이 굴러다니고, 모래대신 사금(砂金)이 깔려 있다고 한다.

그곳에 흐르는 물을 마시면 만병을 물리칠 수 있고, 천상의 나무에 달린 열매를 먹으면 수백 년을 살 수 있다는 소문이다.

그렇기에 저 모리엔트 산맥을 향한 인간의 열망은 유사 이래로 계속 불타왔다.

하지만 인간이 모리엔트 산맥을 지배한 역사는 대륙에 존재하지 않았다. 모리엔트가 엔살룸과 다른 의미에서 인간들에게 성지로 여겨지는 것도 이 때문이었다.

인간의 손길을 거부한 거대한 산맥.

신의 숨결이 닿아 현실에 존재하는 이계(異界).

수많은 비밀과 의혹을 내포한 채, 대륙의 역사에서 언제나 벗어나 있는 곳.

그곳이 바로 모리엔트였다.

비록 가지에 불과하다지만 알포네 역시 모리엔트에 속한다.

결국 이오나는 인간에게 허용되지 않은 장소를 통과하겠다는 것이다.

"선택을 하라는 거군."

샤렌의 미간에 주름이 잡혔다.

아무리 대담무쌍한 샤렌이라도 해도 고민을 하지 않을 수 없는 문제였다. 들어갈 수는 있어도 나올 수는 없는 곳으로 향하는 여정이었기 때문이다.

이오나는 고개를 끄덕였다.

그녀의 뜻을 확인한 샤렌이 묻는다.

"경험이 있나? 알포네를 가로지른?"

"두 번."

이오나가 짧게 대답했다.

"아무래도 모리엔트의 중심에서 멀어선지 별다를 건 없었어. 다른 곳에서 보기 힘든 것들과 만나긴 했지만 큰 위협은

안 되더군. 어쩌면 그저 내가 운이 좋았을 수도 있지.”

이오나는 대수롭지 않게 말했다.

하지만 샤렌 일행도 그렇게 쉽게 생각할 수는 없었다. 그녀는 인간의 영역에서 벗어나 있다. 그녀가 검을 한 번 휘둘러 해결할 일이 자신들에게는 절체절명의 위기가 될 수도 있는 것이다.

그녀도 이 사실을 알고 있을 것이다. 선택의 기회를 제공하는 것도 그 때문이리라.

“위험한 상황이 닥치면 우리를 보호할 수는 있나?”

“장담할 수 없지. 내가 본 알포네가 전부라 말할 수 없으니까. 확실한 건 알포네는 우리가 알아온 세상과는 달라. 무엇을 만나게 될지, 어떤 상황이 벌어질 수 있는지까지는 알고 있지 못해. 내가 장담할 수 있는 건 그게 전부야.”

이오나는 특유의 여유 넘치는 어조로 대답했다.

하지만 샤렌은 그녀의 설명이 평소에 비해 유난히 길다는 사실을 간과하지 않았다. 항상 짧게 대답하던 이오나인 것이다.

더불어 샤렌은 그녀의 말에 담겨진 행간의 의미도 명확히 이해했다.

사실 이오나에게 자신들을 보호해야 할 의무는 없다.

감당키 힘든 위험한 상황이 닥치면 그녀는 홀로 몸을 빼야 한다. 그녀를 필요로 하는 성전이 발발 직전인 상황이다. 홀

라덴의 성위 기사인 그녀에게 있어서 자신들과 성전에 수행
해야 할 그녀의 역할의 중요성은 비교할 대상이 못 되는 것이
다.

"당장 결정하기 힘들다면 시간을 주지. 어차피 출발은 내
일 아침이니까. 그때까지 결론을 내리면 돼."

말을 마친 이오나는 몸을 돌렸다. 미련도 아쉬움도 엿보이
지 않는 행동이었다.

샤렌의 눈에 있어서 그것은 지나칠 정도로 선명했고, 그래
서 과장되어 보였다.

그가 붉은 눈을 빛내며 입을 연다.

"아직 내기의 대가를 못 받았으니……."

우뚝.

막 걸음을 옮기려던 이오나가 제자리에 선다.

"이대로 물러설 수는 없겠지."

샤렌은 의지를 내포한 어조로 말을 마쳤다.

그녀는 고개를 돌리지 않은 채로 묻는다.

"그 말… 알포네를 넘겠다는 건가?"

"응. 아직 한 달 못 채웠잖아. 받을 건 받아야지."

샤렌은 조금 전의 결연한 느낌을 지우며 농담을 하듯 가볍
게 대답했다.

이오나는 미간을 찌푸렸다.

잠시의 갈등 끝에 그녀는 속내를 드러낸다.

"객기라면… 지금 접어두는 게 좋아. 굳이 이런 말을 할 필요는 없겠지만, 정말 위험한 상황이 닥치면 난 그대를 버릴 거야."

이오나의 말은 샤렌에게 있어서 이미 짐작하고 있는 바였다. 새삼스러울 것도, 서운할 것도 없었다.

"당연히! 그대는 그대의 임무를 수행해야 할 테니까."

너무나 태연한 반응이다.

마치 모든 것을 알고 있었다는 식이다.

이에 이오나는 결국 고개를 돌렸다.

침대에 걸터앉아 다리를 꼬고 있는 샤렌을 본다.

그는 웃고 있었다.

하얀 치아를 드러낸 채.

"무엇 때문이지?"

"응?"

"위험을 피해 레비크를 벗어난 그대잖아. 그런데 왜 더 큰 위험을 향하는 거냐고?"

씨익.

샤렌의 입매가 그려내는 호선이 더욱 선명해졌다.

"말했잖아. 내기의 대가는 확실히 받아내야겠다고. 게다가 이 몸은 여자 혼자서 험준한 산을 넘는 걸 알면서도 외면할 수는 없단 말이지."

샤렌의 말에 이오나가 어이가 없는 표정을 짓는다.

그리고는…….

"푸훗!"

결국 웃음을 터뜨리고야 말았다. 어쩐지 자신을 연약한 여자 취급하는 샤렌의 허세가 괘씸하기보다 귀엽다는 생각이 들었던 것이다.

게다가 위험한 상황을 자처하면서까지 내린 그의 결정이 싫지만은 않았다.

이오나는 저도 모르게 튀어나온 웃음을 재빨리 수습하고는 말한다.

"정말 알포네를 넘을 거라면 각오를 단단히 해두는 게 좋아."

애써 표정을 굳히는 이오나임을 아는 샤렌이었다.

그녀가 좀처럼 보이지 않는 미소를 내비친 마당에 기회를 놓칠 리가 없었다. 남자는 좋게 봐주길 바라며 웃고, 여자는 좋게 봤기에 웃는 거라는 법칙을 알고 있는 샤렌인 것이다.

지금의 미소를 그렇게까지 확대해석할 수는 없지만 여자의 미소는 샤렌에게 있어서 활짝 열린 문과 다름없었다.

"각오라……. 역시 알포네라면 마차로 오르긴 힘들겠지?"

능청스럽고 뻔뻔한 질문을 하는 샤렌이었다. 물론 농담이었고, 이오나는 그 농담을 충분히 이해했다.

"당연하지!"

재빠른 대답과 함께 다시 고개를 돌려 버리는 이오나였다.

샤렌과 친구들이 그녀의 표정을 살필 여유는 주어지지 않았
다.

그녀는 재빨리 문을 열고 방을 나섰다.

샤렌은 이오나의 뒷모습에서 그녀가 또 한 번 웃고 있을 것
을 확신했다.

3

“야, 샤렌! 대체 어쩌려고 그래?”

이오나가 나간 것을 확인하고서야 숨통이 트인 이시스가
외쳤다. 아무리 미소를 짓고 있다 해도 이시스나 트리튼에게
이오나 네이는 청염의 성위일 뿐이었던 것이다.

“뭘?”

“정말 알포네 산맥을 넘을 작정이야? 그거야말로 늑대를
피해 호랑이한테 가겠다는 거잖아!”

“알포네에 가보지도 않고 위험한지 어떻게 알아?”

“그걸 말이라고 하냐? 모리엔트 산맥에 들어가서 무사히
나왔다는 사람은 저 여자가 처음이라고! 그래도 모르겠어?”

“우리가 통과하려는 곳은 모리엔트가 아니라 알포네야.”

“그게 그거지. 어차피 이어져 있잖아.”

이시스가 답답하다는 듯 제 손으로 가슴을 두들겼다. 레비
크와 멀어질수록 저항군에게서 벗어난다는 생각에 안도에 안

도를 거듭해 왔다.

그런데 또 다른 위험으로 뛰어들겠다는 샤렌을 보니 답답하지 않을 수가 없는 것이다.

"무슨 생각인 거야, 샤렌? 무사히 알포네를 넘는다 해도 그녀가 가려는 곳은 전쟁터라는 거 알잖아."

드리튼은 이시스보다 훨씬 침착한 어조로 샤렌에게 물었다.

빙글거리며 이시스를 상대하던 샤렌이 얼굴 가득했던 미소를 지웠다.

"알고 있어."

"설마 성전에 참여하겠다는 건 아니겠지? 넌 그렇게 독실한 세키나 교 신자도 아니었잖아."

이시스가 또 끼어들며 언성을 높였다.

샤렌은 실소로 이시스의 질문에 대한 답변을 대신했다. 자신이 독실한 신도일 리 없다는 명백한 부정의 웃음이었다.

어머니와 함께 납치되었을 때, 어린 샤렌은 두 손을 모아 기도했다. 아우티카의 권능을 구하고 또 구했던 것이다.

정성 어린 기도를 마친 샤렌은 아우티카가 신의 사도를 보내줄 것을 믿어 의심치 않았다. 간절한 기도는 반드시 응답을 받게 될 거라고 배웠기 때문이다.

하지만 아우티카는 샤렌과 그의 모친에게 온정의 손길을 베풀지 않았다.

정작 자신들을 구해낸 것은 반란군의 ‘변덕’이었다. 그것도 병약한 어머니가 회복키 힘든 상태에 이른 후였다.

그래도 샤렌은 아우티카에 대한 믿음을 포기하지 않았다. 아우티카의 권능이라면 어머니의 병을 낫게 하리라 믿었다.

이에 어린 샤렌은 하루도 빼지 않고 기도했다.

어머니의 쾌유를 위한 그의 기도는 신실하기 그지없었다. 단 한 점도 의심도 존재하지 않는, 더없이 순수한 열망이자 바람이었던 것이다.

하지만 이번에도 아우티카를 대표하는 자애의 손길은 없었다.

신은 모질게도 그의 어머니를 데리고 가버렸다.

남겨진 한 아이의 울부짖음 따위는 들리지 않는다는 듯이…….

그렇게 어린 샤렌은 신에게 버림을 받았다고 생각했다.

당연하게도 이후의 샤렌은 아우티카에게 기도를 해본 적이 없다.

그러니 신앙이 어쩌고 하는 말이 가당치 않았던 것이다.

“그녀 때문인 거야?”

샤렌의 실소를 본 드리튼은 다른 각도에서 추측을 내놓았다. 신을 위해 참전하는 샤렌은 도저히 상상할 수 없었기 때문이기도 했다.

샤렌은 갑자기 침대 위로 벌렁 누워버렸다.

양팔을 뒤로 해 목을 받친 후 말을 시작한다.

"그저 보고 싶을 뿐이야."

"그렇게까지 저 여자가 좋은 거야? 목숨을 걸 정도로?"

드리튼은 놀라운 가운데 심각한 표정으로 물었다. 샤렌이 한 번 정해둔 목표를 포기하지 않는 성격임을 잘 안다. 이대로 이오나를 포기하려 들지 않는 것은 당연한 일일 수도 있다.

하지만 지금은 경우가 달랐다. 여자의 마음을 손에 넣고 싶어하는 게 아니라 보고 싶다고 말하는 중인 것이다. 샤렌 스스로가 여자에게 먼저 마음이 기운다는 의미였다.

그것은 함께 자라오며 샤렌을 지켜봐 온 드리튼에게 있어 낯설고 이해할 수 없는 일이었다. 누군가에게 먼저 마음을 주기란 샤렌에게 있어서 거의 불가능한 일처럼만 느껴왔던 것이다.

"이오나 이야기가 아니야."

샤렌은 혼잣말처럼 중얼거렸다.

4

"조심해!"

드리튼이 샤렌의 어깨를 툭 치며 말했다.

샤렌은 그런 드리튼에게 환한 미소를 내보였다.

이시스는 여전히 화가 가라앉지 않은 표정으로 샤렌을 외면하는 중이었다.

그런 이시스를 향해 샤렌이 먼저 말을 걸었다.

"나보고 죽을지도 모른다면서? 작별 인사도 안 할 셈이냐?"

이시스가 와락 표정을 굳히더니 버럭 소리를 지른다.

"작별 인사 좋아하네! 그렇게 큰소리쳐 놓고 죽기만 해봐, 이 자식아!"

당장 멱살이라도 잡고 주먹을 날릴 기세인 이시스였다.

"하핫! 걱정하지 마. 네놈 때문에라도 꼭 살아서 엔살룸에 도착해 줄 테니 말이야. 넌 마차 타고 천천히 오기나 하라고."

샤렌은 여유롭게 이시스의 말을 받았다.

"흥!"

이시스는 간밤의 화가 아직까지 풀리지 않은 모양인지 고개를 돌려 버렸다.

"나… 간다."

샤렌이 드리튼에게 말했다.

드리튼은 무거운 동작으로 고개를 끄덕였다.

"고마워."

막 몸을 돌리던 샤렌이 불쑥 말했다.

"뭐가?"

드리튼이 물었다.

"이해해 줘서."

샤렌의 진지한 한마디였다.

“후훗, 이제야 어른이 되겠다는 녀석이 폼 잡기는……!”

“하하하핫!”

가벼운 드리튼의 말에 샤렌은 시원한 웃음과 함께 몸을 돌렸다.

그리고는 이오나가 기다리는 쪽으로 걸음을 옮겼다.

드리튼은 그런 샤렌의 뒷모습을 묵묵히 바라봤다.

“개자식! 혼자 얼마나 많은 걸 깨닫고 얻는지 보자!”

이시스는 애꿎게 길가의 돌멩이를 걸어차며 투덜댔다.

그런 이시스를 보며 드리튼은 웃었다.

겉으로는 저렇게 욕을 하지만, 이미 그의 말에는 샤렌의 무사에 대한 염원이 여실히 느껴졌다. 죽지 않을 거라는 가정하에서만 무엇인가를 얻고 깨달을 수 있기 때문이다.

“괜찮겠어? 이렇게 보내도?”

“그럼? 저 얄미운 자식을 얼싸 안고 울기라도 하란 말이야? 고작해야 한 달도 안 되는 거리잖아.”

드리튼의 질문에 이시스가 신경질적으로 대답했다.

“그래도 조금 아쉽지 않아?”

“쳇! 어제는 함께 있을 때만 친구가 아니다. 잠시의 헤어짐에 우리의 우정이 퇴색되지 않는다. 아래쪽으로 끌어당기는 것이 아니라 위쪽으로 밀어주는 것이 우정이다. 그런 오만 가지 닭살 돋는 말에, 있는 폼 없는 폼을 너 혼자 다 잡고는……! 이제 와서 쪽팔린 짓은 내게 하라는 거냐? 결단코 그

릴 생각 없다."

이시스는 드리튼의 표정과 목소리를 흉내 내며 퉁명스레
답했다.

그리고는 샤렌의 뒷모습에 눈길 한 번 주지 않고 홱하니 몸
을 돌려 마차로 향했다.

몇 걸음을 옮기던 이시스가 뒤를 돌아보며 드리튼에게 화
를 낸다.

"아, 뭐 해? 안 갈 거야?"

"간다, 가!"

드리튼은 피식 웃으며 대답했다.

그는 알고 있었다. 이시스는 한시라도 서둘러 엔살룸에 도
착하고자 하는 것이다. 알포네를 가로질러 먼저 도착하게 될
샤렌과 조금이라도 빨리 만나기 위해서일 터이다.

드리튼은 다시 한 번 샤렌의 뒷모습을 보며 씁쓸한 미소를
지었다. 불과 몇 걸음이면 도달할 거리지만 어쩐지 샤렌과 너
무나도 멀리 떨어진 듯 느껴졌기 때문이다.

어쩌면 이미 예상했던 일일지도 모른다.

드리튼은 최근 들어 계속해 친구인 샤렌의 새로운 면모를
발견해 왔다. 누구보다 샤렌에 대해 잘 알고 있다고 자신해
왔는데, 샤렌의 내면에는 자신이 조금도 엿보지 못했던 면면
이 너무도 많았던 것이다.

그것은 일종의 전주곡에 불과했으리라.

지금껏 함께 마시고, 즐기고, 토닥이던 샤렌이 아님을 드러낼 전조를 느낀 것이다.

그간 드리워졌던 두꺼운 커튼이 올라가면, 그 안에 서 있는 사람은 자신과 이시스가 알아온 샤렌과 전혀 다른 인물일지도 모른다.

애초부터 녀석은 자신들과 다른 세계에서 살아갈 운명을 타고났을 가능성도 없지 않았다.

그게 현실로 드러나는 순간, 모든 게 비슷하기만 했던 절친한 친구 사이의 동질감이 허망하게 흩어져 버릴 수도 있었다.

그것은 일종의 불안감이 되어 지금까지 드리튼의 고개를 돌리게 했다. 의도적으로 불안한 예감이 현실이 될지도 모른다는 가능성을 외면해 온 것이다.

하지만 애써온 드리튼의 외면조차 어제의 일로 무용하게 되었다.

지난밤 샤렌은 너무도 솔직하게 자신의 심경을 토로했다. 그가 자랑하던 교묘한 언변을 이용한 토론이나 설득조차 없었다. 그는 그저 자신이 보고 싶고 확인하고 싶은 바에 대해 털어놓았을 뿐이다.

샤렌은 위험을 무릅쓴 채, 저 알포네를 넘고 전장에 이르러 그것을 확인하고픈 절실함을 드러냈다.

그리고 자신들과의 이별도 언급했다.

샤렌이라면 얼마든지 자신들을 꼬드겨 함께 알포네를 넘

게 할 수 있었을 것이다.

하지만 샤렌은 그러지 않았다. 자신의 목적을 위해 친구의 목숨을 걸게 할 수 없다는 생각에서였을 것이다.

여정 중의 잠시에 불과한 이별이지만 이시스는 펄펄 뛰었다. 샤렌을 비난하고, 샤렌이 펼치는 논리의 허점을 신랄하게 짚어냈다. 알포네를 넘는 일의 위험성에 대해 강변하고, 또 강변했다.

하지만 드리튼은 그럴 수 없었다. 머지않아 이런 날이 오게 될 것임을 이미 알고 있었던 것이다. 고개를 돌린다고 해서 현실에서 벗어날 수 없음을 그는 느껴 버렸다.

그래서 외려 이시스를 말렸다.

무엇이 샤렌을 위하는 것인지, 어떻게 하는 것이 친구로서의 행동인지 설명했다.

이시스는 못내 분을 삭이지 못했지만 더 이상 날뛰지도 않았다.

그렇게 샤렌은 '다른 길'을 향해 한 걸음을 내딛게 된 것이다.

'네가 무엇을 얻게 되든 그래서 어떤 사람이 되든 우리가 친구라는 사실에는 변함이 없으니까.'

드리튼은 그렇게 샤렌의 뒷모습을 보며 일말의 불안감과 서운한 감정을 떨쳐 냈다.

그런 드리튼의 귀에 사나운 이시스의 외침이 파고들었다.

"아! 가자니까 뭐 해!"

"간다, 가!"

드리튼은 몸을 돌렸다. 방금 전의 표정과 달리 마차로 향하
는 그의 발걸음은 가벼웠다.

Chapter 7

1

알포네의 산세는 생각했던 것보다 험하지 않았다. 완만한 경사는 물론이거니와 적당히 딱딱한 흙바닥은 산을 오르기에 용이하다 싶을 정도였다.

산의 초입에는 하늘을 찌르는 울창한 나무가 즐비한 원시림도 없었다. 키가 작은 관목들과 어느 곳에서나 볼 수 있는 높이와 두께를 가진 갖가지 활엽수와 침엽수들이 뒤섞여 있을 뿐이었다. 크샤트린 전역의 야산에서 흔히 보던 광경과 별다를 게 없는 것이다.

샤렌은 두리번거리는 와중에도 이동을 계속했다. 만약을 대비해서라며 이오나가 건네준 검을 지팡이 삼아 땅을 찍으며 연신 걸음을 옮기는 것이다.

"나 때문인 거야?"

샤렌은 앞서 걷고 있는 이오나에게 물었다.

"뭐가?"

이오나는 앞을 주시하며 대답했다.

"속도 말이야. 시간을 단축하기 위해 산을 넘는 것치고는 너무 느리게 이동하는 것 같아서."

"훗! 자신을 너무 과대평가하는군. 무슨 일이 벌어질지 모르니 체력을 분배해 두는 것뿐이야."

다소 민망할 수 있는 이오나의 말이었으나, 그 정도에 흔들릴 샤렌이 아니었다.

그는 조금도 개의치 않고 질문을 던졌다.

"여기… 별다를 거 없어 보이는데. 그렇게나 위험한 거야?"

"말했잖아. 뭐가 나올지 나도 모른다고. 모르니까 준비를 하는 거지."

이오나는 그렇게 말하고선 걸음을 멈춰 세웠다.

그리고는 우측에 덩그렇게 놓인 널찍하고 평평한 바위에 걸터앉았다.

"어쨌거나 이곳은 세상 사람들이 말하는 신계(神界) 따위가 아닌 건 분명해."

"그럼……?"

"보통 사람에게 있어서는 외려 지옥에 더 가깝지 않을까 싶어."

이오나의 말에도 샤렌은 별다른 동요를 보이지 않았다. 위험을 알고 자처한 동행이었다. 아니, 절박한 어떤 순간을 경험하기 위해서 산을 오른 것이다.

"후후훗!"

태연한 샤렌의 모습에 이오나는 웃음을 터뜨렸다.

"그대는 당최 겁이라는 게 없군."

"뭐, 일단은 이게 있잖아."

샤렌은 손에 쥐고 있는 검을 흔들었다.

"아카데미에서 배운 실력만으로 검을 믿는다고?"

"그래도 무기는 무기잖아. 위험한 상황이 닥쳐오면 당신을 위해 멋지게 휘둘러 주지."

"풋!"

샤렌의 허풍에 이오나는 실소를 터뜨렸다.

"싸우라고 준 검이 아니야."

"그럼?"

"만약의 경우에 스스로 목숨을 끊으라고 준 거야. 괴물에게 산 채로 뜯겨 먹히고 있을 때쯤 되면 스스로 목을 긋는 게 나을 테니까. 그러니 소중히 다루라고."

"아, 아! 입산 이전과 이후가 너무 다르잖아. 산에 들어선 다음부터 너무 겁을 주고 있다는 거 알아? 그래서야 다리가 풀려서 제대로 움직이지도 못한다고."

샤렌의 능청이었다. 짐짓 겁먹은 척 인상을 쓰긴 했지만 그의 음성에는 흔들림이 없었고 말처럼 다리를 떨지도 않았다.

이오나는 고개를 좌우로 흔들었다. 정말이지 이런 사내는 처음이었다. 그에게서는 당최 긴장감이라는 걸 찾아볼 수가 없는 것이다.

이오나가 보기에 그는 영악하다. 뛰어난 정황 판단력, 발군이랄 수 있는 임기응변, 교묘한 화술만으로도 그의 영악한 면모는 확실해진다.

이는 지적 능력이 탁월하다는 것하고는 분명히 구분되는 성향이다. 순간적인 기지를 오직 자신과 주변의 인물을 위해 즉흥적으로 발휘하는 것은 그저 영악하다고 보는 게 맞다.

하지만 그것만으로는 이 남자를 평가할 수가 없다.

이오나가 알아온 영악한 사내들을 대개 스스로 영악한 만큼의 두려움 속에서 산다. 이것저것에 대한 판단이 빠르기에 항상 최악의 상황을 상정하고는 그 결과에 대한 두려움에 떠는 것이다.

쉽게 말해 영악한 만큼 겁이 많다는 게 이오나가 알고 있는 자들에 대한 평가랄 수 있었다.

그러나 이 사내는 다르다.

수없이 보여준 무모함에 가까운 담대함은 자신을 놀라게 하기에 충분할 정도였다. 샤렌 크라슈라는 남자는 영악하다는 평가만으로 부족한 무엇인가를 더 가지고 있다는 뜻이었다.

'그대가 가진 그 근거없는 자신감이 얼마나 내 기대에 부응할지 봐주기로 하지.'

이오나는 자신의 옆에 털썩 앉는 샤렌을 보며 그렇게 생각했다.

바위에 걸터앉은 샤렌은 배낭을 풀었다.

그리고는 안에서 수통을 꺼내 들었다.

퐁.

그가 수통의 뚜껑을 열고 막 물을 마시려 할 때였다.

경사의 아래쪽에서 그림자 하나가 불쑥 튀어나왔다.

샤렌은 깜짝 놀라 그림자의 정체를 살폈다.

'에……?'

샤렌의 시야에 들어온 것은 한 명의 노인이었다. 알포네에서 다른 사람을 만날 거라고는 상상조차 하지 못했던 샤렌은 두 눈을 크게 뜨고 노인을 살폈다.

노인은 윤기가 자르르 흐르는 잿빛 머리카락을 틀어 올려 화려한 보석이 박힌 비녀로 고정시켰다. 헤어스타일만으로 그가 트라시아 제국 사람이 아님을 짐작할 수 있었다.

하지만 정작 샤렌의 눈길을 끄는 건 노인의 복장과 스타일이 아니었다.

노인의 것이라기엔 어울리지 않는 안광을 빛내는 고리눈.

비범하기까지 한 그 눈이 샤렌의 시선을 끌고 있는 것이다.

샤렌이 아는 한 저런 눈을 가진 사람들은 뭔가 특출했다. 평범하지 않은 무엇을 가지고 있다고 봐야 했다.

뿐만 아니다.

중간이 살짝 꺾인 매부리코와 살집이 없는 얼굴로 인해 도드라진 광대뼈, 잘 관리된 수염이 한데 합쳐지자 고집스러운 가운데서도 뭔가 모를 위엄이 느껴진다.

잘 손질된 공단 코트와 유난히 검신의 길이가 길어 보이는 화려한 검이 아니더라도 보통의 신분이 아닌 노인이라는 추측을 쉽게 할 수 있었다.

더욱 특이한 점은 노인의 얼굴에는 지친 기색을 전혀 찾을 수가 없다는 것이다.

아무리 완만하다 해도 산은 산이다. 이곳까지 오는 동안 땀한 방울을 흘리지 않는 노인이라면 분명 뭔가가 있을 것이다.

샤렌은 내심 그렇게 결론을 내리며 이오나를 살폈다. 노인을 발견한 그녀의 반응이 궁금했던 것이다.

이오나는 별다른 움직임 없이 고운 미간에 주름을 잡고 있을 뿐이었다.

"크헤헤헤헷!"

근엄하게 생긴 노인이 난데없는 웃음을 터뜨렸다.

경박한 웃음 뒤, 노인은 샤렌에게는 눈길 한 번 주지 않고 이오나를 향해 말한다.

"알포네에 어쩐 일로 인간의 발자국이 남아 있나 싶어 따라와 봤더니 네이 경이었군 그래.”

근엄했던 얼굴에는 장난기 가득한 속에 반가움이 묻어나는 웃음이 피어올랐다.

그런 노인을 향해 이오나는 입을 연다.

“오랜만이군요. 슈바른 대공(大公).”

나른함이 묻어 나올 정도의 여유로웠던 이오나의 평소 어투와는 사뭇 달랐다. 딱딱하긴 했지만 상대방에 대한 예우가 느껴지는 어조인 것이다.

‘대공?’

샤렌은 노인을 향한 이오나의 태도에 다시 한 번 노인에게 시선을 돌렸다. 대공의 칭호에 눈곱만큼도 어울리지 않는 경박한 모습의 연속이었지만, 애초 살폈던 대로 범상치 않은 인물임은 확실한 것이다.

‘스타일을 봐서는 체트린 왕국 출신인데……?’

샤렌의 머리가 기민하게 회전한다.

체트린의 대공 중 슈바른이라는 성을 가진 인물에 대해 기억을 더듬어보는 것이다. 세상 돌아가는 일에 큰 관심은 없었지만 일국의 대공 정도라면 이름을 들어봤을 수도 있다.

‘슈바른… 슈바른이라…….’

몇 번에 걸쳐 이름을 되뇌어본 샤렌의 붉은 눈이 빛을 발했다.

‘설마 검공(劍公)이라는 건가, 이 노인이?

검공 테오타신 슈바른!

북부 대륙에서 누가 그 이름을 모르겠는가?

테오타신은 검을 쥔 자라면 누구나 고개를 숙여 존경을 표한다는 이름인 것이다.

본래 슈바른 가는 체트린 내에서도 손에 꼽히는 명문 중의 명문이다. 일가의 구성원들이 대대로 검술에 탁월한 재능을 보였고, 매 세대마다 대륙에 이름을 떨치는 검호(劍豪)들을 배출해 왔다.

그중에서도 테오타신은 특별했다.

슈바른 가에서 전해지는 바라카의 운용법과 가전 검술을 완벽 이상으로 수련한 그였다.

한데도 모든 것을 포기한 채 한 명의 낭인으로 대륙을 떠돌았다.

공작가의 후예답지 않은 행동이다.

하지만 테오타신에게는 자신만의 확고한 목표가 있었다. 무수한 실전을 통해 검의 완성을 추구하고자 했던 것이다.

그가 슈바른 가에 돌아온 것은 그의 나이 40이 다 되었을 때였다.

그가 돌아왔다는 소문을 들은 체트린 국왕은 공작가의 후예가 세상에 나가 얻어온 것을 보고자 했다.

그렇게 국왕은 테오타신을 왕국으로 불러들였다.

테오타신은 국왕과 체트린을 대표하는 수많은 귀족, 기사들 앞에서 검을 뽑아 들었다.

그리고는 무성의하다 싶을 정도로 단순한 동작으로 검을 휘둘렀다.

단 한 번의 휘두름.

그게 전부였다.

테오타신은 더 이상 아무것도 보여주지 않겠다는 듯 검을 검집에 도로 넣어버렸다.

국왕이 의아해하는 그 순간, 슈바른 가 후손의 성취를 보고자 했던 수많은 기사들이 허리에 찬 검의 힐트에 손을 얹고 고개를 숙였다.

단 한 번의 휘두름이었지만, 그 안에 담겨진 엄청난 오의(奧義)를 내로라하는 기사들이 알아본 것이다.

국왕의 앞에서 다른 이에게 고개를 숙인다는 것은 사실상 허용될 수 없는 일이다.

하지만 기사들은 검에 손을 얹어 왕의 신하가 아닌 검로를 추구하는 한 명의 검사로서 예의를 갖췄다. 자신들이 가고자 하는 길의 끝에 서 있는 자를 향해 경의를 표한 것이다.

스스로는 테오타신의 실력을 알아볼 수 없었다.

하지만 기사들의 반응을 통해 모든 것을 짐작한 체트린 국왕.

그는 테오타신의 성취에 크게 기뻐했고 만족해했다.

국왕은 곧바로 테오타신에게 대공의 작위를 내리고, 그의 성취를 치하했다.

이후 체트린 왕국은 대륙 최강이라는 트라시아 제국을 제외하고는 그 어떤 나라에도 뒤지지 않는 무력의 소유국으로 성장했다.

테오타신이 압도적인 무위로 전장에서 눈부신 공로를 세웠음은 물론, 자신의 심득을 체트린의 기사들에게 전수했기 때문이다.

대륙 최강자 중의 하나로 손꼽히는 인물이자, 수많은 후학들을 양성한 테오타신.

그가 대공이라는 직위보다 검공이라는 칭호로 불리는 데는 이와 같은 이유가 있었다.

'엄청나게 무서운 인물이라 들었는데……?'

소문 속의 검공 테오타신은 엄격하기 이를 데 없는 인물이었다. 속된 말로 후학들을 죽기 직전까지 굴리기로 유명했던 것이다. 겉모습만 봤을 때는 그런 소문과 다르지 않았다.

하지만 표정과 말투, 그리고 이오나의 몸매를 샅샅이 훑는 시선을 봐서는 천박하고 호색하는 주책 덩어리 노인으로밖에는 보이지 않는 것이다.

'역시 본모습을 드러내지 않았을 뿐이라는 건가?'

샤렌은 애초 노인에게서 잘 벼린 한 자루 검과 같은 느낌을 받았다.

때로는 겉으로 드러난 행동만이 그 사람의 전부가 아니라 믿는 그는 테오타신의 체통없는 행동이야말로 가식이라 단정 지었다.

"크헤헷! 그렇군. 정말 오랜만이야. 이 늙은이가 저세상으로 가기 전에 네이 경을 한 번 더 보는 게 소원이었는데, 다행히도 그 소원이 이뤄졌네그려."

"지난번에도 그런 말을 들었지요."

이오나는 감정의 변화가 느껴지지 않는 어조로 대꾸했다.

"크헤헷! 내가 그랬었나?"

뻔뻔하게도 얼굴 하나 붉히지 않는 테오타신이었다.

"그나저나 일행이 있었군 그래?"

그제야 테오타신은 샤렌을 의식한 듯했다.

이오나는 묵묵히 있을 뿐, 달리 테오타신에게 샤렌을 소개할 생각을 하지 않았다.

다소 멋쩍은 상황임에도 불구하고 테오타신은 여전히 뻔뻔함을 견지하며 샤렌에게 말한다.

"이 늙은이는 체트란 왕국의 테오타신 슈바른이라고 하네."

"높으신 명성은 익히 들어 알고 있습니다. 저는 크샤트린 출신인 샤를로엔 크라슈라고 합니다. 그냥 샤렌이라고 부르시면 됩니다."

샤렌은 노인의 채신머리없는 행동에 대한 조금의 실망도 드러내지 않은 채, 정중함 속에서도 위축됨이 없는 태도로 자신을 소개했다.

그런 샤렌의 태도에 테오타신의 고리눈이 날카롭게 빛을

발했다.

"크라슈? 케신 철강의 그 크라슈 가를 말하는 건가?"

샤렌은 짧은 순간 멈칫했다. 상대에게 자신보다 가문이 먼저 인식되는 게 달갑지 않은 그였다.

하지만 선택의 여지가 없었다. 케신 철강, 그리고 크라슈 가에 비하자면 자신은 보잘것없는 애송이에 불과하다는 사실을 인정해야만 했다.

그는 자신의 감정을 드러내지 않고 대답한다.

"그렇습니다. 제가 크라슈 가의 차남입니다."

"흐음……."

테오타신이 나직한 신음과 함께 이오나를 본다.

케신 철강의 후손과 이오나가 함께 알포네를 넘고 있는 연유를 유추하고 있음이 분명했다.

자못 심각한 표정으로 이오나와 샤렌을 번갈아 보던 테오타신이 샤렌에게 물었다.

"혹시… 자네, 네이 경의 이건가?"

테오타신은 새끼손가락을 살짝 내보여 흔들며 물었다.

"대공!"

이오나의 입에서 날카로운 외침이 터져 나왔다. 그녀의 초승달 같은 눈썹이 하늘을 향해 상큼 치켜 올라갔다. 어느새 손은 검의 힐트 위에 얹어진 채였다.

"아, 아! 아님 말지 왜 화를 내고 그러시나?"

테오타신은 잔뜩 겁을 먹은 표정을 내비치며 호들갑을 떨었다. 손사래까지 치는 모양새가 이오나와 검을 섞는 게 무섭다는 듯했다.

하지만 샤렌의 생각은 달랐다.

그는 이 상황을 즐기고 있음이 분명했다. 지나치게 과장된 표정 속에서 진실을 찾기는 힘들었다. 목소리에 일말의 떨림도 없었고, 매서운 눈에도 흔들림이 없다. 검공은 결코 이오나의 검을 두려워하지 않는 것이다.

'어쩌면 이오나와 한판 겨뤄보고 싶은 걸지도……'

막연하지만 검공의 내심에 대해 오히려 반대의 추측까지 드는 샤렌이었다.

그런 생각은 자신만 하는 것 같지 않았다. 이오나 역시 표정으로만 노기를 드러냈을 뿐, 연이은 그 어떤 행동도 취하지 않았던 것이다.

그녀 역시 테오타신의 도발을 감지했으리라.

그리고 테오타신에게 휘둘리는 자신을 경계하고 있는 것이다.

"어쨌거나 자네도 네이 경도 이 알포네를 넘어 엔살룸으로 가는 중이겠지?"

이오나가 검을 뽑아 덤벼들지 않자 테오타신이 샤렌에게 물었다. 물론 검을 겨뤄보지 못한 아쉬움 따위를 표정에 드러낼 테오타신이 아니었다.

“그렇습니다.”

“알포네가 모리엔트의 일부라는 건 알고 있고?”

테오타신의 말에 담겨진 뜻을 모를 샤렌이 아니었다. 이곳이 어떤 곳인지 알고 감히 넘으려 드는 거냐는 질문이다.

“잘 알고 있습니다.”

“호오?”

샤렌의 태도에 테오타신은 또 한 번 과장된 표정으로 내심을 감춘다.

그 와중에도 샤렌에게서 시선을 떼지 않았다.

테오타신의 시선 속에서 샤렌의 얼굴이 굳어진다.

‘이, 이건……?

샤렌은 자신을 샅샅이 훑는 어떤 시선을 느꼈다. 마치 검공의 전신이 거대한 눈이 된 것만 같은 느낌이었다.

아니, 그 정도가 아니다.

훨씬 더 크다.

동공의 크기만 해도 자신을 담을 수 있을 정도였다.

그것은 너무나도 선명하기에 샤렌은 저 커다란 눈이 실체화되어 자신의 눈에 보이는 것만 같았다.

검공이 구현해 낸—샤렌에게는 그렇게 보이는—거대한 눈이 순간적으로 샤렌을 집어삼킨다.

그리고는 샤렌의 몸 안을 향해 눈동자를 움직인다.

몸의 내면에서 상대의 시선이 움직이는 느낌이란 여간 불편한 게 아니다. 발가벗겨진 채 도시의 한복판에 서 있는 것 보다 더하다. 수치심은 둘째 치고 몸 안에 다른 사람의 눈이 있다는 사실은 섬뜩하고 불쾌한 경험이었다.

샤렌은 저도 모르게 뒷걸음질을 쳤다. 움직임과 더불어 검공의 거대한 눈에서 해방된다.

그제야 샤렌은 안도의 한숨을 쉬었다.

"호오?"

샤렌의 반응에 테오타신이 눈을 크게 떴다. 이전과는 다른 표정이었다. 그는 저도 모르게 진심을 얼굴에 내비치고 만 것이다.

'내부를 살피려 하자마자 그것을 거부하고 몸을 뺐단 말이지?'

애초부터 존재감이 없던 젊은이다. 이오나와의 동행과 알포네를 넘으려 한다는 조건이 아니었다면 관심을 가졌을 리없었다.

소개를 들어보니 케신 철강을 이끄는 크라슈 가의 후손이라란다. 자신이 그와 같은 사실을 꺼내들었음에도 표정에는 일말의 자부심도 드러나지 않았다.

그 부분에서 관심이 생겨났다. 보통의 애송이라면 체트린의 대공이 자신의 가문을 알아준다면 뿌듯해하거나 자랑스러운 감정이 얼굴에 드러나기 마련이다.

한데 이 녀석에게서는 조금도 그런 기색을 찾아볼 수가 없었다. 적어도 케신 철강의 애송이가 세상 물정을 모르고 알포네를 넘고 있는 것은 아니라는 뜻이었다.

이에 바라카를 운용, 심안(心眼)을 발동했다. 대체 얼마만큼의 실력을 지녔기에 감히 알포네에 도전을 하는 건지 보려는 것이었다.

그리고 의외의 상황이 발생했다. 크라슈 가의 애송이가 자신의 심안을 감지하고 미처 그 안을 살피기도 전에 몸을 빼버린 것이다.

심안을 명확히 감지하려면 제법 높은 수준의 바라카 운용이 가능해야만 한다. 저 트라시아의 기사들을 기준으로 하자면 견갑에 새겨진 세 머리 독수리가 적어도 검 두 개 이상을 쥐고 있어야 가능한 수준인 것이다.

젊은 나이에 그 정도의 수준에 올랐다는 사실 하나만이라면 테오타신이 혼란스레 여길 사항은 아니었다. 저 이오나 네이만 봐도 검공인 자신에 비해 손색이 없기 때문이다. 드넓은 대륙인만큼 어떤 인물이 튀어나올지 모르는 일인 것이다.

테오타신을 혼란케 하는 것은 청년의 자세와 움직임이었다. 허점투성이랄 수 있는 자세와 새것과 다름없는 검, 둔탁한 움직임, 그 어디를 봐도 검술을 제대로 익힌 흔적을 찾을 수 없었다.

검을 익힌 자라면 대륙 최강자 중 하나로 손꼽히는 자신의 안목을 벗어날 수는 없다.

그것은 저 이오나 네이라 해도 마찬가지였다. 실제적인 경지까지야 살필 수는 없다 해도 검술을 익혔다는 사실 자체까지 속일 수는 없는 일이다.

이는 테오타신의 확신이자 그에게 있어서는 진리였다.

한데 이 청년이 그 확신과 진리를 뒤흔들고 있었다. 제대로 검을 익힌 흔적을 도저히 찾을 수 없음에도 자신의 심안을 감지해 낸 것이다.

순간, 테오타신의 눈이 다시 한 번 날카로운 빛을 발한다.

"자네, 혹시… 마법사인 건가?"

그것이 테오타신이 짐작할 수 있는 유일한 가능성이자, 이 혼란스러운 상황의 해답이었다. 마법을 익혔다면 자신의 심안을 느꼈을 가능성이 있는 것이다.

마법사들이 사용하는 하온이란 힘이 바라카에 비해 대단할 것은 전혀 없지만 확실히 기묘한 바가 많았다. 묘한 능력을 발휘해 자신의 심안을 감지할 만큼의 효용은 있는 것이다.

게다가 크라슈 가가 크샤트린에 위치한 만큼 자신의 추론이 맞아들어 갈 가능성은 낮지 않았다.

"네? 그럴 리가요!"

샤렌은 정색을 하고 부정했다.

더불어 왜 갑자기 검공이 자신에게 저와 같은 질문을 하는 건지 모르겠다는 표정을 지었다.

테오타신의 미간에 잡힌 주름의 골이 크게 깊어졌다. 그야말로 이도 저도 아닌 상황이 되어버린 것이다.

그런 테오타신의 표정이 한순간 변한다. 귓가에 맴도는 고혹적인 음성, 이오나의 질문 때문이었다.

"슈바른 대공께서도. 물론 성전으로 인해 엔살룸으로 가시는 거겠죠?"

"뭐, 그렇지. 뼈마디가 삐걱거리는 몸인데도 전선에서는 아직까지 내가 필요한 모양이더군."

어느새 샤렌을 살필 때의 날카로움을 지우고, 경박한 미소와 함께 이오나를 돌아보는 테오타신이었다.

"그럼 저희와 동행을 하시면 되겠군요. 어차피 같은 목적이니까요."

"크헤헤헷, 내가 부탁하려던 말을 네이 경이 먼저 해주는군 그래. 흠, 흠! 내 어찌 네이 경과의 동행을 마다할 수 있겠나?"

"그럼 안내를 부탁드릴게요. 전 고작해야 알포네를 두 번밖에 넘은 적이 없으니까요."

"크헤헤헷! 네이 경이 부탁하는 일이라면 이 늙은이의 뼈가 닳아 없어지더라도 들어줘야지."

경박한 목소리를 토해낸 테오타신은 시선을 다시금 샤렌에게 돌렸다.

"샤렌이라고 했지……. 자네는 어떤가? 이 늙은이와의 동행이 불편하지 않겠나?"

샤렌의 입장에서 테오타신의 질문은 이번에도 난데없었

다. 청염의 성위와 합의를 본 마당에 검공 정도나 되는 사람이 샤렌에게 굳이 동행을 구할 이유가 없는 것이다.

테오타신의 저의를 모르는 샤렌은 별다른 동요를 드러내지 않고 정중히 대답한다.

"천만의 말씀입니다. 대공과의 동행이라면 저로서는 큰 영광이지요."

"크헤헤헤헷!"

지나칠 정도로 흔들림 없는 샤렌의 태도에서 눈을 떼지 않으며 테오타신은 웃음을 터뜨렸다.

"그리 생각해 주니 고맙네그려."

샤렌은 그저 미소로 화답할 뿐이었다.

그런 샤렌을 보는 테오타신의 눈꼬리가 살짝 가늘어졌다.

'역시 뭔가 있는 꼬맹이야. 뭐… 앞으로 천천히 살펴봐 주도록 하지. 알포네를 통과하는 여정은 결코 짧지 않으니까 말이야.'

Chapter 8

1

"이제부터 본격적인 알포네라 할 수 있지."

테오타신의 설명이 아니더라도 샤렌은 짐작할 수 있었다. 막연하게 그려본 상상 속의 알포네와 흡사한 광경이 펼쳐지고 있었던 것이다.

어느 시점에서 산의 경사가 급격해졌다. 키 작은 관목의 숫자가 줄기 시작하더니 언제부터인가는 보이지 않게 되었다. 눈에 띄게 굵어진 둥치를 가진 이름 모를 나무들만이 밀밀한 숲을 형성해 가고 있었다.

멈칫.

적당한 속도로 걸음을 옮기던 샤렌이 갑작스레 몸을 세

웠다.

이오나는 그런 샤렌의 움직임에 기민하게 반응했다. 어느새 그녀의 손은 검의 힐트에 올라 있고 자세는 낮아졌다.

"……?"

테오타신은 영문을 모르겠다는 표정을 지었다. 샤렌이 왜 저런 반응을 보이는지 이해할 수가 없었던 것이다.

검공의 의문 어린 시선을 받은 샤렌의 얼굴에도 의혹이 떠오른다.

테오타신과 샤렌이 시선을 주고받는 사이, 별다른 이상을 감지하지 못한 이오나 역시 샤렌을 바라봤다.

그녀까지 자신에게 해명을 요구하는 시선을 보내자 샤렌의 미간이 찌푸려진다.

그가 입을 연다.

"저거… 괜찮은 겁니까?"

샤렌의 손이 앞을 향한다.

테오타신과 이오나가 그의 손가락이 가리키는 방향을 바라본다.

그리고는 둘 다 영문을 알 수 없는 표정으로 샤렌을 다시 돌아봤다.

샤렌의 미간에 잡힌 골의 깊이가 깊어졌다.

"저거 말입니다. 푸른 연기 같은 거요. 아니, 안개라고 해야 하나?"

“연기?”

“안개?”

테오타신과 이오나가 샤렌을 말을 각각 반복하며 다시 한 번 숲을 향해 고개를 돌린다.

그리고는 다시 샤렌을 돌아본다.

“……?”

“……?”

둘 다 의문만이 가득한 표정이었다.

“안 보이는 거예요? 둘 다?”

샤렌은 답답한 심정으로 물었다.

“무리가 된다면… 조금 쉬었다 갈까?”

이오나가 샤렌에게 물었다. 피로로 인해 샤렌이 착각을 하고 있는 것이라 여기는 것이다.

“아니! 헛것이 보일 정도로 피로하지 않아. 당신 눈에는 정말 저게 안 보인단 말이야?”

순간 이오나와 테오타신이 자신을 놀리는 게 아닌가 하는 생각까지 드는 샤렌이었다. 뻔히 보이는 저 푸른 안개를 안 보인다고 하니 그런 생각이 드는 것이다. 물론 그럴 리가 없다는 사실 또한 그는 잘 알고 있었다.

이오나와 테오타신이 다시 의문의 시선으로 샤렌이 가리키는 방향으로 고개를 돌렸다.

순간 테오타신의 시선이 빠르게 샤렌에게 돌아왔다.

"혹시……?"

"……?"

이오나는 테오타신의 다음 말을 기다렸다. 대륙을 통틀어 모리엔트에 대해 가장 많은 것을 알고 있는 자가 있다면 그게 바로 테오타신인 것이다.

"그 안개라는 게 어디서부터 어디까지 보이나?"

테오타신의 질문에 샤렌은 고개를 좌우로 움직인다.

"보이는 곳 전체랄 수 있겠는데요. 마치 거대한 벽처럼 숲을 둘러싸고 있는 것처럼 끝이 안 보입니다."

"역시……!"

테오타신이 신음을 흘리듯 말했다.

미간을 찌푸렸던 테오타신은 걸음을 옮기기 시작했다.

"내가 푸른 안개가 시작되는 지점에 이르면 알려주게."

뒤를 돌아보며 당부하는 테오타신에게 샤렌은 고개를 끄덕였다.

잠시 후 테오타신에게 샤렌이 외친다.

"거깁니다! 그 자리에서 한 걸음 정도만 옮기시면 푸른색의 안쪽으로 들어가시게 되는 거예요."

테오타신은 샤렌의 말을 들은 다음 성큼 한 걸음을 옮겼다. 주저없는 움직임이었다.

그 모습은 샤렌에게 있어서 마치 푸르스름하면서도 투명한 벽 안으로 들어가는 것처럼 보였다.

테오타신은 다시 푸른 안개의 밖으로 나왔다.

출발했던 자리로 돌아온 그가 이오나에게 묻는다.

"네이 경, 알포네에 들어서거나 나올 때, 특정한 지점에서 뭔가 알 수 없는 위화감을 느낀 적 없나?"

"아! 슈바른 대공도 알고 계시는군요. 이상한 느낌에 몇 번에 걸쳐 앞뒤로 왔다 갔다 한 적이 있어요. 하지만 왜 그런 현상이 일어나는지는 알 수 없겠더군요."

테오타신의 표정엔 짧은 순간 여러 가지 감정이 떠올랐다 사라진다.

"네이 경이나 나조차 느낄 수밖에 없는 결계(結界)를 눈으로 볼 수 있는 사람이 존재한다니……."

그의 나직한 중얼거림에 이오나가 의아한 표정을 짓는다.

"결계?"

테오타신이 이오나를 본다. 지금껏 그녀를 볼 때마다 한결같이 헤벌쭉해졌던 것과 달리, 진지하기 이를 데 없는 표정이었다.

"네이 경도 내가 젊었던 시절 모리엔트에서 수행을 했다는 사실을 알고 있겠지?"

이오나는 고개를 끄덕였다. 그녀는 검공이 수련을 위해 모리엔트에 머물렀다는 사실을 알고 있는 소수의 사람 중 하나였던 것이다.

"당시 난 3년의 세월을 모리엔트에서 보냈네."

“……!”

검공이 모리엔트에서 3년을 보냈다는 사실을 처음 듣는 샤렌에게 있어선 놀라운 일이 아닐 수 없었다.

길 안내에 대한 이오나의 언급을 통해 검공이 알포네를 넘나든 경험이 이오나보다 많다고는 짐작할 수 있었다.

하지만 아예 모리엔트에서 수행을 했으리라고는 상상치 못했다. 그 어떤 경우에도 인간의 발길을 허용치 않는다는 모리엔트였기 때문이다.

'과연 세상은 넓다는 건가?'

새삼 레비크 시내에서만 우쭐거리던 자신에 대해 되짚어 보는 샤렌이었다.

“사실 모리엔트라고 해봐야 내가 수행했던 곳은 이곳 알포네에서 모리엔트에 이르는 경계였어. 그곳에 머물렀던 것뿐인 셈이지. 당시의 나로서는 모리엔트의 중심으로 향할 능력도 용기도 없었다네.”

독백과도 같은 검공의 말에 샤렌은 또 한 번 놀라야만 했다. 인간의 한계를 넘어선 최강자 중 한 명이 저와 같은 말을 할 정도라면 모리엔트의 위험성은 상상 그 이상임에 분명했다.

“모리엔트의 경계에서조차 나는 하루하루를 버티기에 급급했었지. 대륙의 지붕인 모리엔트는 성역이 아니라 강자존(强者存)이라는 냉혹한 규칙만이 적용되는, 그야말로 치열한 생존의 각축장이라고밖에 생각할 수 없네."

"알포네만 해도 인간의 상식선에서는 납득하기 힘든 생물들이 서식하고 있다는 사실은 알고 있습니다."

이오나가 테오타신의 독백에 끼어들었다. 장광설을 마치고 본론을 꺼내들라는 재촉이었다.

테오타신이 그 의미를 모를 리 없었다.

"네 이경은 알포네에서 지성체(知性體)를 만난 적이 없는 모양이군."

"지성체?"

"굳이 표현하자면 그렇게 되겠지. 우리 인간처럼 도구를 만들어 사용하고 언어를 구사하는 존재들 말일세."

샤렌과 이오나가 동시에 눈을 크게 떴다. 테오타신의 말은 놀라운 정도를 넘어서 일종의 충격이 되어 두 사람의 상식을 뒤흔들었다.

테오타신은 그들이 느끼는 감정을 충분히 이해할 수 있었다.

"나도 처음에는 믿기 힘들었다네. 그동안 도구와 언어는 인간의 전유물이라고만 생각해 왔으니까. 하지만 모리엔트에는 문명을 축적한 생명체들이 있다네."

이오나와 샤렌의 눈에 혼란이 떠오른다. 그들로서는 아무리 상상력을 동원해도 인간 이외의 존재가 발달된 문명을 누리는 것을 그려낼 수가 없는 것이다.

"하여튼 이제 본격적으로 이야기의 핵심으로 들어가도록 하지. 나나 네이 경조차 감당하기 힘든, 끔찍할 정도로 강하면서 지성을 가진 존재들, 그들 전부가 험준한 산중의 생활에 만족하고 있을까?"

테오타신은 샤렌과 이오나가 대답할 기회를 주지 않고 스스로 결론을 내렸다.

"그들 중에는 기름진 평원에 대한 열망을 가진 존재들이 분명히 있다네. 한데도 모리엔트를 벗어나지 못하고 있지."

"결계 때문인 건가요?"

이오나가 물었다.

테오타신은 고개를 끄덕였다.

"모리엔트의 존재들은 대개 이 젊은 친구처럼 저 결계가 보이는 모양이더군. 그리고 결계가 있는 한 모리엔트를 벗어날 수 없다는 사실도 알고 있고 말이야."

"인간들에게 있어서는 다행인 일이군요."

알포네를 경험한 이오나의 입에서 안도의 말이 흘러나왔다.

테오타신은 고개를 한 번 끄덕여 이오나의 말에 동의를 표한 다음, 다시금 눈을 매섭게 빛냈다.

"문제는 이 친구가 어떻게 모리엔트의 결계를 볼 수 있냐는 거지."

테오타신의 시선은 샤렌을 향해 있었다. 해명을 요구하는 시선이다.

이오나 역시 호기심 가득한 얼굴로 샤렌의 대답을 기다렸다.

샤렌은 미간을 찌푸렸다.

"그냥 보인다고밖에는 말씀드릴 수가 없겠는데요. 왜, 그리고 어떻게 보이는지는 저도 알지 못하니까요."

테오타신의 눈이 가늘어진다.

잠시 그렇게 샤렌을 뚫어져라 바라보던 그가 입을 연다.

"말하기 곤란한 상황이라도 있는 겐가?"

자신의 심안을 감지하고 인간이 볼 수 없는 결계를 눈으로 보는 자다. 표정 자체에서는 거짓을 읽어낼 수 없었지만, 그냥 볼 수 있다는 말도 안 되는 소리를 믿을 테오타신이 아닌 것이다.

"그런 것은 없습니다. 그냥 보이는 것을 보인다고 말씀드렸는데 그게 왜 보이냐고 하시면 뭐라 대답을 해야 합니까?"

답답한 어투로 말하는 샤렌을 바라보는 테오타신의 시선은 여전히 곱지 않았다.

'끝까지 입을 다물겠다?'

애초 쉽게 모든 것을 털어놓으리라고는 기대도 안 했다.

하지만 제 스스로 결계에 대한 이야기를 꺼내들고, 이제 와서 저와 같이 시치미를 떼고 나서자 괘씸하다는 생각이 들었다. 마치 도발처럼 여겨지는 것이다.

'어디 저 안쪽에서도 계속 버틸 수 있는지 두고 보자!'

테오타신의 눈에 의중을 알 수 없는 광채가 번득였다.

그 눈빛을 놓치지 않은 샤렌은 내심 불안한 심정이 들었다.

하지만 정확한 불안의 원인을 알 수 없었다. 그저 테오타신이 뭔가 오해를 하고 있다는 것만을 짐작했을 뿐이다.

"크헤헷! 그거 신기한 일이군 그래! 자네의 눈에는 아우티카의 축복이 서려 있나 보네."

테오타신은 다시금 경박한 모습으로 돌아갔다.

이오나는 아직도 샤렌을 바라보는 중이었다. 그녀 역시 신의 축복으로 인해 샤렌이 결계를 볼 수 있다고는 쉽게 믿기 힘들었던 것이다.

샤렌은 그런 이오나를 향해 고개를 저어주었다. 정말로 자신은 영문을 모르겠다고 주장하는 것이다.

검공과 달리 이오나는 샤렌의 말을 그대로 받아들이는 듯했다. 미련을 두지 않고 시선을 거둔 것이다.

"일단 빨리 움직이도록 하죠. 야영하기에 적합한 장소를 찾아야 할 겁니다. 산에는 밤이 빨리 찾아오니까요."

이오나의 재촉이었다.

"저쪽에 야영에 적합한 장소가 있네. 어두워지기 전에 도착하려면 조금 서둘러야 할 걸세."

테오타신은 뭐가 그리 좋은지 빙글거리는 미소를 입가에 걸고 이오나의 말에 수긍했다.

샤렌은 테오타신과 이오나의 뒤를 쫓아 결계를 넘어선다.

결계를 통과하는 순간, 몸의 오른쪽에서 이상한 감각이 느껴진다. 마치 오른쪽 몸만을 물에 담그는 듯한 느낌이었다.

'이오나가 말한 이질감이란 게 이거였군.'

샤렌은 그렇게 생각했다.

하지만 이는 착각에 불과했다. 이오나가 말한 이질감은 반신(半身)에서만 느껴지는 게 아니었던 것이다.

결계 안쪽에서는 더 이상 안개와 같은 것이 보이지 않았다. 돌아보니 이제는 뒤쪽에서 푸른 안개가 보였다. 샤렌은 그제야 안개라기보다는 막에 가깝다는 생각을 했다.

결계를 통과한 이후에도 그는 몇 번에 걸쳐 뒤를 돌아봤다. 대체 어떻게 산맥 전체에 저와 같은 푸른 막을 둘렀는지 마냥 신기하기만 했던 것이다.

그러면서도 은근한 긴장감이 느껴졌다. 이제 본격적으로 신의 영역에 발을 내딛은 셈이었기 때문이다.

지금까지 자신이 알아온 모든 것을 뒤집기에 충분한 곳.

그 안에서 어떤 계기가 주어질까 기대를 해보는 샤렌이었다.

2

테오타신은 과연 알포네에 대해 많은 것을 알고 있는 듯했다. 고개만 돌려도 험준하기 이를 데 없는 산의 면면이 보였다.

그런 가운데 테오타신은 경사가 완만하고 이동에 용이한 지형 쪽으로만 방향을 잡고 있었다.

그렇다고는 해도 특별한 육체적 훈련을 쌓아오지 않은 샤렌에게는 마냥 쉽기만 한 이동이랄 수는 없었다. 그의 이마에 흐르는 땀이 그것을 증명했다.

'훗! 제법 만전을 기하는군. 이 정도에 땀을 뻘뻘 흘리다니……!'

샤렌이 뭔가를 감추고 있다고 확신하고 있는 테오타신은 다소 지친 샤렌의 모습조차 믿지 않았다.

"조금… 돌아가고 있는 건 아닌가요, 슈바른 대공?"

이오나가 고개를 갸웃거렸다.

"아! 조금 돌아간다고는 볼 수 있지. 하지만 이쪽이 더 안전하거든. 산세가 험해질수록 흉악한 놈들이 많이 출몰하니까 말이지. 게다가 이동에 용이하니 체력 소모도 적어서 이쪽 방향이 훨씬 좋다고."

테오타신의 설명이었다.

이오나는 샤렌을 생각해선지 검공의 말에 이견을 달지 않았다.

샤렌은 점점 가빠지는 숨을 몰아쉴 뿐이었다.

　두 사람이 다시금 묵묵히 따라오는 모습에 테오타신은 몸을 돌려 앞장섰다.

　뒤를 쫓는 샤렌과 이오나는 테오타신의 입가에 걸린 묘한 미소를 보지 못했다.

　'역시 아직까지 모리엔트의 존재들에 대해 제대로 인식하지 못하고 있군.'

　테오타신의 미소에 담겨진 의미였다. 샤렌도 이오나도 아직까지 모리엔트의 존재들을 지성체로서가 아니라 괴물이나 야수로만 여기고 있는 것이다.

　절대적인 경험의 부족 때문이다. 테오타신의 설명만으로는 그들이 쌓은 문명이나 지적 능력, 혹은 습성을 추측해 낼 수가 없었다.

　따라서 미지의 지역, 험악한 지형과 미지의 생물, 험악한 생김이나 성격을 자연스레 연관시켜 테오타신의 말을 믿어버리는 것이다. 힘과 지성을 모두 가지고 있다면 스스로 험지에 들 이유가 없다는 사실을 두 사람은 미처 생각지 못하고 있었다.

　그것은 테오타신이 의도한 바와 정확히 일치했다. 검공의 미소는 한동안 계속되었다.

근 10년 이래로 알포네를 찾은 적이 없다는 테오타신이었지만 그의 기억력은 정확했다. 두 사람을 빽빽한 나무들 사이에 수백 명이 자리를 펴고 눕고도 남을 만한 널찍한 공터로 안내한 것이다.

더구나 경사가 없고 평평하기까지 해 야영을 위한 장소로서는 최적이랄 수 있었다.

샤렌 일행이 그곳에 도착할 즈음 어두워지기 시작하더니 한순간 짙은 어둠이 주위를 휘감았다.

그것은 정말이지 한순간의 일이어서 급작스럽게까지 느껴졌다.

"불을 피울까?"

테오타신이 별다른 의미도 없다는 듯한 표정으로 샤렌에게 물었다.

샤렌 역시 특별한 경각심없이 대답한다.

"제가 나뭇가지를 모아오겠습니다."

몸을 돌리는 샤렌에게 이오나가 말한다.

"근처를 벗어나지 마. 내 시야 안쪽에서만 움직이도록 해."

샤렌은 이오나에게 고개를 끄덕였다. 급작스런 사태에 대비하기 위한 말이었다. 무뚝뚝한 어조였으나 그 안에는 자신에 대한 배려가 담겨 있다.

그 배려에 샤렌은 미소를 머금었다.

샤렌이 나무가 있는 공터의 경계에 이르렀을 때, 이오나가 말한다.

"정말이지, 대공께서는 그에 대해 관심이 많으시군요."

막 허리를 숙여 나뭇가지를 줍기 시작하는 샤렌에게서 눈을 떼지 않는 테오타신을 보며 한 말이었다.

"여러모로 재밌는 친구잖아? 네이 경도 저 친구와 동행을 하는 이유가 따로 있지 않은가?"

"대공과는 다른 의미에서겠지만 확실히 재미있는 남자긴 하지요."

"다른 이유라……. 후훗, 네이 경!"

"……?"

"보통 사람이라면 말이지, 달도 흐릿한 오늘 같은 밤에는 코앞에 와 있는 물건조차 구분하기 힘든 법이라네. 아무리 어둠에 눈이 익었다 해도 간신히 걸음을 옮기는 게 한계겠지."

"그런데요?"

"저 친구를 좀 보게나. 땅바닥에 손을 내밀어 더듬고 있지 않지? 골라 든 나뭇가지를 내버리지도 않고 있지 않나! 나뭇가지를 손으로 만져 봐서 충분히 말랐는지 확인하는 게 아니란 뜻이지. 다시 말해 눈으로 정확히 보고 고르고 있다는 걸세."

과연 테오타신의 말대로였다. 주워 든 나뭇가지를 왼쪽 옆구리에 끼고 있는 샤렌은 주변을 둘러보며 마른 나뭇가지만을 골라 들고 있었다.

"그가 어둠에 개의치 않고 사물을 보고 있다는 거군요."

"신성력 '바라카'도, 남부의 '잉크라'도, 마법의 힘인 '하온'도 익히지 않았다는 친구일세. 그런 그가 어둠을 꿰뚫는 안력을 가지고 있고, 결계를 눈으로 보고 있는 거지. 아무리 생각해도 재밌는 친구이지 않나?"

테오타신의 말을 듣고 있는 이오나의 얼굴이 굳어졌다.

그것은 샤렌에게 자신이 파악하지 못한 능력이 있기 때문이 아니었다.

이오나의 표정 변화를 감지한 테오타신은 손을 내밀어 그녀의 움직임을 저지하려 했다.

하지만 이오나의 움직임은 테오타신의 반응보다 빨랐다.

파앗.

제자리에서 꺼지듯 사라진 이오나.

그녀의 신형은 마치 처음부터 그 자리에 있었던 것처럼 샤렌의 옆에 서 있었다. 그녀가 이동을 해왔다는 사실을 짐작케 하는 건 어둠 속에서도 푸른 광채를 내는 검을 뽑아 들고 있다는 것뿐이었다.

슈웃, 하는 소리가 들리는 것 같은 느낌.

그것은 검광의 잔상조차 허용치 않는 이오나의 검이 만들어낸 환청이었다. 궤적을 생략하는 이오나의 동작에서 저와 같은 소리가 날 리 없었던 것이다.

청각을 자극하는 진짜 소리는 밤의 정적을 찢어발기는 괴성이었다.

"카아아아오!"

난생처음 들어보는 소리였음에도 샤렌은 그것이 고통을 이기지 못한 울부짖음임을 알 수 있었다. 이오나의 검이 흐른 뒷자리에 진녹(眞綠)의 액체가 콸콸 솟구치고 있었기 때문이다.

액체의 정체는 아마도 피일 것이라고 샤렌은 생각했다.

진녹색 혈액의 거친 낙하.

그것은 정체를 알 수 없는 촉수의 절단면에서 비롯되고 있었다.

애초 샤렌의 몸을 감아 당기려는 듯 뻗어온 기다란 촉수였다. 장정의 허벅지 굵기 정도의 촉수는 기척도 없이 어둠을 유영해 다가왔다.

별다른 확인 없이도 불순한 목적을 가진 접근임을 쉽게 알 수 있었다.

먼 곳에 있던 이오나가 그 장면을 확인한 것이다.

동시라고밖에 말할 수 없는 짧은 시간에 샤렌의 옆으로 이동해 온 그녀는 검을 휘둘러 촉수를 잘라냈다.

그리고 지금의 촉수는 끝이 잘린 채 허공에 불규칙한 선형을 그려내며 진녹의 혈액을 사방에 흩뿌리고 있었다.

"물러서!"

슈우우욱!

샤렌을 향한 이오나의 외침과 파공성이 동시에 울려 퍼진다.

밤공기를 가르며 또 하나의 촉수가 채찍처럼 휘둘러지고 있었던 것이다.

이오나는 한 치의 망설임도 없이 검을 휘둘렀다.

특별한 기교조차 찾아볼 수 없는 단순한 동작에 굵은 촉수가 맥없이 잘려 나간다.

이어 이오나의 신형이 탄력있게 앞으로 쏘아진다.

그녀가 멈춰 선 곳에는 어둠보다 짙은 어둠이 뚜렷한 윤곽을 그려내고 있었다.

촉수의 시작이 되는 그림자의 윤곽이었다.

그것은 둥글었고 꽤나 부담스러운 부피를 가지고 있었다.

마치 체격 좋은 장정 서넛을 옆으로 나란히 세워둔 것과 같은 모양.

그 앞에 선 이오나의 가냘픈 신형이 애처로워 보일 정도였다.

퓨웃!

"쿠에에엑!"

한순간 이오나의 검이 붉게 반짝이는 무엇─샤렌이 눈이라 추측한─을 찔렀고, 그곳에서도 진녹색의 액체가 솟구친다. 섬뜩한 괴성을 동반한 채였다.

구체에 가까운 검은 그림자의 가운데가 가로로 쩍 벌어지고 붉은 구멍이 드러난다. 구멍의 상하에 늘어선 뾰족한 것들은 이빨이 분명했다. 황소의 가죽이라도 잘게 찢을 날카로움을 가진 흉측한 이빨이었다.

괴물의 입에 해당하는 부분일 것이라 샤렌은 생각했다. 이빨이 아니더라도 그 안에서 고약한 냄새와 더운 숨결이 뿜어져 나오고 있으니 틀림없으리라.

"크르르……."

그림자로 만들어진 윤곽의 절반을 차지할 만큼 벌어졌던 흉측한 입의 크기가 줄어들며 괴성도 잦아들었다. 깊숙이 틀어박힌 이오나의 검이 괴물의 생명줄을 끊고 있는 것이다.

몇 번의 꿈틀거림 끝에 검은 그림자에서 시작된 촉수가 아래로 축 처진다.

어느덧 괴성은 그쳤고 괴물의 모든 움직임도 멈췄다.

그제야 이오나는 검을 뽑아 들었다.

주르르륵.

진득한 혈액이 검의 포인트(뾰족한 검의 끝)를 따라 흙바닥에 녹색의 선을 그려낸다.

이오나는 진녹으로 물든 검을 바깥쪽을 향해 휘둘렀다. 녹색 액체가 방울져 튕겨 나가고 검의 블레이드는 말끔하니 본연의 청광을 되찾았다. 한눈에도 범상치 않은 검임을 짐작할 수 있는 단면이었다.

검을 회수한 이오나가 고개를 돌려 묻는다.

"다친 데는?"

샤렌은 고개를 저었다.

애초 다칠 만한 일이 벌어질 틈이 없었다. 검은 괴물과 촉수의 접근을 확인하자마자 이오나가 달려들었다.

그리고 다소 위협적이던 괴물은 덩치에 걸맞지 않게 허망한 느낌마저 주며 죽어버렸다. 미처 샤렌이 긴장감에 사로잡히기 전에 상황이 종료되어 버린 것이다.

"페가논이야."

어느새 샤렌의 옆에 다가온 테오타신이 말했다.

"페가논?"

난생처음 보는 생명체다. 아니, 보는 것뿐만 아니라 이렇게 생긴 괴물이 있다는 사실조차 몰랐다. 샤렌의 입장에서는 페가논이라는 괴물의 시체가 신기하기만 했다.

"무리에서 떨어진 놈인 모양이군. 보통은 일고여덟 마리가 뭉쳐 다니지. 고기가 제법 먹을 만하고 말이야."

테오타신의 짧은 설명에는 다소의 실망이 깃들어 있었으나 샤렌도 이오나도 눈치 채지 못했다.

눈치 빠른 샤렌조차 이 흉측한 것을 먹는다는 말에 인상을 찌푸릴 뿐이었다.

그들로서는 샤렌이 페가논을 직접 상대하는 모습을 보기를 바란 테오타신의 심중을 알아챌 방도가 없었던 것이다.

“일단 별로 위험하진 않아.”

이오나는 자신의 애검인 ‘세야(世爺)’를 검집에 넣으며 대수롭지 않게 말했다. 그녀는 전장에서 살아온 검사이기 때문인지 페가논을 먹는다는 사실에 별다른 동요를 보이지 않았다.

“물론 바라카를 운용할 수 있는 자에게는 위험하지 않지.”

테오타신이 덧붙였다. 샤렌을 겨냥한 말이었다.

분명 이 애송이는 페가논을 처음 봤을 터이다.

보통 사람의 경우, 거대한 덩치에 꿈틀대는 촉수를 가진 괴물과 마주한다면 안색이 파래질 정도로 겁을 먹거나 긴장하기 마련이다.

하지만 이 애송이는 달랐다. 호흡도 고르고 안색도 평안하기만 했다.

다시 말해, 조금도 긴장하지 않았다는 뜻이다.

아무리 이오나나 자신과 함께 있다고 해도 이런 괴물을 보고 놀라지 않는다는 건 필시 뭔가 있다는 말.

샤렌의 반응을 살핀 테오타신은 애초 가졌던 자신의 추측에 근거를 추가했다.

“흠, 확실히 이런 놈들이 산 아래에서 날뛰면 곤란한 일들이 벌어지겠군요.”

샤렌이 별다른 반응을 보이지 않고 그저 자신의 말을 있는 그대로 수긍하자 테오타신은 입맛을 다셨다.

‘역시 이 정도 도발에는 꿈쩍도 않는군.’

애초 폐가논 따위를 만나기 위해 이쪽으로 방향을 잡은 게 아니었던 것이다.

테오타신이 아쉬움을 감추고 있을 때, 이오나가 불쑥 샤렌에게 묻는다.

“그나저나 그대는 원래부터 밤눈이 밝은 건가?”

“응?”

“지금… 오늘 밤은 꽤나 어두워. 보통이라면 걸음을 옮기기조차 어려울 거라고.”

“에?”

샤렌은 의아한 표정을 지으며 고개를 들어 올렸다.

과연 하늘에는 잔뜩 구름이 낀 듯 달이나 별조차 보이지 않았다.

그리고는 다시 고개를 내려 주변을 둘러본다.

새삼 손을 들어 올려 눈으로 확인을 한다.

“지금 어두운 거 맞아?”

혼잣말에 가까운 샤렌의 질문에 재빨리 끼어든 건 테오타신이었다.

“네이 경이나 나처럼 바라카를 운용하지 않으면… 아무리 어둠에 눈이 익었다 해도 쉽게 사물을 분간할 수 없을 정도로 어둡다네.”

테오타신의 말을 이오나가 받는다.

"몰랐던 거야? 어둠에 장애받지 않고 '볼 수 있는' 능력이 자신에게 있다는 거?"

샤렌은 곧바로 대답하지 않고 잠시 기억을 더듬었다.

최근의 일을 돌아본다. 레비크에 있는 동안, 특별히 깜깜한 곳을 다녀본 기억이 없다. 그가 움직이는 곳에는 대부분 조명이 있었고, 어두운 정도를 가늠하며 시야에 대해 신경을 써본 적이 없는 것이다.

"크흐……! 그거 참 신기하군. 우리에게도 보이지 않는 결계가 눈에 보이고, 밤에도 훤히 보이는 눈을 가졌는데 정작 자신은 모르고 있었다니 말이야."

"한 가지 분명한 것은……."

샤렌은 스스로의 생각을 정리하듯 느릿하게 말을 꺼내들었다.

왜 말이 안 돼?

감추고 있던 능력이 없다고 했으니까, 갑자기 신기한 능력을 발휘하는 눈은 말이 안 되는 거라고?

에라이!

대체 넌 지금까지 무슨 이야기를 들은 거냐?

어지간한 사람이라면 그 양반에게 변화가 생긴 이유를 짐작하고도 남았을 거다.

아직까지 그 이유를 모르는 건 네놈이 멍청하기 때문인 거야.

내 이야기가 어려웠을 뿐이라고?

나 참!

더 이상 어떻게 쉽게 이야기를 풀어가냐고?

알려줄 거 다 알려주고 수도 없이 힌트를 줬는데 아직도 제대로 이해하지 못하다니…….

여하튼 지금부터라도 될 수 있으면 더 쉽게 이야기를 풀어보지.

머리 나쁜 네놈이라 해도 충분히 알아들을 수 있도록 말이야.

게다가 이야기는 이제부터 시작인 셈.

그 양반이 전설이 될 수 있었던 진짜배기 내용이 이제 막 시작된 거라고.

지금부터가 진짜라면 왜 지금까지 딴소리만 해댄 거냐고?

시끄러!

앞의 이야기를 모르고는 그 양반에 대해 제대로 알 수가 없다니까.

그럼…….

이제 시작한다?

Chapter 9

1

“…불과 얼마 전까지만 해도 제게는 불을 밝히지 않은 방에서 주변을 볼 재주가 없었다는 겁니다.”

샤렌은 솔직하게 기억나는 대로 말했다.

“오호? 본인도 모르는데 갑작스레 모든 걸 볼 수 있는 신안(神眼)을 갖게 되었다는 건가?”

말이 끝나자마자 테오타신이 비아냥거리는 조로 물었다. 수십 년에 걸쳐 바라카를 운용해 온 검공이다. 보통 사람에게 있어 불가능이라 여겨지는 많은 일들을 해온 그다.

그렇기에 자신마저 불가능이라 인정해야 할 일을 수용하기가 쉽지 않은 것이다.

샤렌의 대답보다 빨리 이오나가 끼어든다.

"최근 들어 뭔가 이상한 경험……."

이오나는 질문을 마치지 못했다. 정면 쪽에서 느껴지는 흉흉한 기운 때문이었다.

"후욱, 후욱!"

공기가 텅 빈 파이프를 빠져나오는 듯한 기묘한 소리가 들려왔다.

그와 함께 코를 확 찌르른 노린내가 진동했다.

적의가 느껴지는 기세가 아니더라도 소리와 냄새만으로도 새로운 뭔가가 나타났음을 쉽게 알 수 있었다.

"유리약족(琉璃弱族)……?"

"……!"

의문 어린 목소리에 이오나와 샤렌의 눈이 크게 떠졌다.

나타난 생명체가 말을 해올 것이라고는, 아니, 언어를 사용하리라는 것을 상상조차 못했던 것이다.

이곳이 알포네니만큼 당연하게도 나타난 생명체는 인간이 아니었다. 얼굴 가득한 털과 머리 위쪽에 뽀족이 솟은 귀 모양만 봐도 그걸 알 수 있었다. 나타난 생명체는 굳이 비교를 하자면 고양이나 살쾡이와 닮은 생김이었다.

하지만 고양이나 살쾡이처럼 네 발로 엎드려 있지는 않았다. 떡 벌어진 어깨를 당당히 펼친 채 직립해 있는 것이다.

뿐만 아니었다. 손에는 메이스를 닮은 둔기를 들고 있었고,

철제로 만들어진 호심구(護心具)를 우측 가슴에 두르고 있었다. 무두질을 했음이 분명한 가죽 바지에 가죽 아대까지 손목에 차고 있었다.

이오나와 샤렌으로서는 처음 보는 생명체였다.

어지간히 놀란 것은 상대 쪽도 마찬가지인 듯 보였다. 광채가 맴도는 노란 눈을 크게 뜬 괴생명체는 송곳니가 드러나는 입을 벌린 모습이 분명 놀라고 있음을 충분히 짐작할 수 있었다.

"묘수야족(猫獸夜族)이야."

테오타신의 나직한 설명이었다.

'이제야 제법 그럴듯한 놈들이 나오는군.'

묘수야족에게 이오나와 샤렌이 집중하고 있는 동안, 테오타신의 입가에 나타났던 것보다 빨리 미소가 떠올랐다가 사라졌다.

그는 이제야 페가논이 어째서 한 마리만 나타났는지 알 수 있었다.

저 묘수야족의 손에 나머지 무리가 몰살을 당했으리라. 공터에 나타난 페가논은 묘수야족의 사냥감 중 하나였던 것이다.

"뭔가? 어째서 유리약족 따위가 제대로 된 의복을 갖추고 무기를 소유하고 있는 거지?"

주전자의 주둥이에 대고 말을 해 입구가 넓은 뚜껑 쪽에서

소리가 울려 나오는 듯한 목소리로 묘수야족이 말했다.

이오나, 샤렌은 더 크게 눈을 떴다. 처음의 중얼거림으로 인해 저 괴물이 언어를 사용하고 있음은 알 수 있었다.

하지만 그 언어가 자신들이 사용하는 것과 동일한 것이라고까지는 생각지 못했던 것이다.

놀라움의 시간은 짧았다. 묘수야족이 '따위' 라는 말을 언급하는 순간 이오나의 눈썹 끝이 하늘을 향해 치켜 올라간 것이다.

"왜 살쾡이 따위가 네 발로 땅바닥을 기지 않고 똑바로 서서 말을 하고 있는 거야?"

곧바로 이어진 이오나의 반격이었다.

"크르릉!"

묘수야족의 섬뜩한 이빨이 고스란히 드러나며 적의 가득한 목 울림소리가 울려 퍼졌다. 그 역시 이오나의 말에 노기를 드러낸 것이다.

"호오? 제법 말귀도 알아듣잖아?"

샤렌이 한마디를 거들었다. 이오나를 돕자는 이유만은 아니었다. 특유의 호기심에 상대의 반응을 가늠하는 것이다.

샤렌의 말에 묘수야족은 노란 눈을 희번덕거리며 이빨을 더 많이 드러냈다.

하지만 당장 몸을 날려 덤벼들어 오지는 않았다.

묘수야족은 '후욱' 하는 소리를 몇 번에 걸쳐 내더니 곧 중얼거린다.

"이제 보니 그냥 유리약족이 아니라 축복의 대지를 더럽힌 다던 그놈들이었군. 말로만 듣던 평원의 유리족(琉璃族)인 건가?"

묘수야족의 고양이처럼 세로로 쭉 갈라진 동공이 옆쪽으로 확대되었다.

"우린 유리족이 아니라 인간이다, 살쾡이!"

샤렌의 면박에 묘수야족은 외려 입꼬리를 당겼다. 긴 입이 옆으로 늘어나는 모습이 흉측함을 더했지만, 웃고 있다는 느낌이 강하게 들었다.

"유리족이라……. 서천(西天)의 왕께서 좋아하시겠군. 그르르르……."

만족스러운 어조로 말을 한 고양이의 목을 긁어줄 때와 비슷한 울림소리를 냈다. 샤렌의 말 따위에는 전혀 신경을 쓰지 않고 있다는 태도였다.

"폐가논 사냥 중에 의외의 이런 것들을 건지다니 오늘 내 운이 좋은가 보군!"

묘수야족은 말을 끝내자마자 갑작스레 땅을 박찼다.

인간의 것과는 비교 불가인 속도로의 접근.

엄청난 속도로 움직이는 묘수야족은 이오나를 향하고 있었다.

속도와 위협적인 모습 때문인지 그것은 접근이라기보다

쇄도라는 느낌이 더 강하게 들었다.

"조심!"

이오나의 짧은 외침이 터졌다.

이어진 찰나의 순간, 그녀의 애검 세야가 모습을 드러낸다.

스스로 빛을 내는 보석처럼 야심함 속에서도 선명한 청광을 번득이는 성검(聖劍) 세야였다.

이오나의 애검을 눈으로 확인한 샤렌은 느긋하게 걸음을 물리려 했다.

애초 검공은 묘수야족을 언급하며 별다른 긴장을 하지도, 특별한 주의를 주지도 않았다. 특별히 신경을 써야 할 만큼 위험한 존재가 아니라는 뜻인 것이다.

따라서 이오나가 있는 이상, 자신에게 위협은 없다는 게 샤렌의 판단이었다.

과연 이오나가 묘수야족의 움직임을 상회하는 속도로 검을 휘두른다.

시작과 끝이 함께하는 특유의 검로가 순간을 점했다.

샤렌은 당연히 저 한 수가 살쾡이의 몸을 두 동강 내리라 믿어 의심치 않았다.

하지만 결과는 샤렌의 예상을 크게 빗나갔다.

'피했어?'

이오나의 검이 가른 것은 암갈색과 회색이 섞인 묘수야족의 몇 줌 안 되는 털뿐이었다. 직선으로 접근해 오던 묘

수야족의 신형이 선행했던 방향과 직각으로 꺾였기 때문이
다.

그야말로 인간으로서는 예측하기 힘든 기묘한 이동으로
이오나의 검을 회피한 것이다.

이오나에게 있어서는 불쾌한 상황이다. 짐승 따위가 자신
의 검을 피했다는 사실이 못마땅할 수밖에 없었다. 두 번에
걸친 알포네의 여정 속에서 자신에게 두 번이나 검을 휘두르
게 한 존재를 처음 만난 그녀였다.

이는 다시 말해 살캥이 따위가 바라카를 운용하는 기사 이
상의 속도를 내고 있다는 뜻이었다.

하지만 이오나는 조급해하지도 노기를 드러내지도 않았
다.

검을 회피한 살캥이는 샤렌 쪽으로 움직이고 있다.

이는 필연적으로 자신과 샤렌의 사이에 서 있는 슈바른 대
공을 거쳐야 한다는 뜻.

상대에 대해 전혀 몰랐던 자신과 달리 슈바른 대공은 저 짐
승에 대해 알고 있었다.

그런 슈바른 대공이라면 동작의 허비없이 일격에 양단 낼
수 있으리라.

묘수야족의 움직임은 의외이긴 했지만 자신이나 슈바른
대공이 감당할 수 없을 정도는 아닌 것이다.

그러나 뒤이어진 장면에 이오나의 표정이 다시 한 번 굳어

진다.

묘수야족이 슈바른 대공을 지나치는 모습을 본 것이다.

그것은 이동속도가 너무나 빨라서가 아니었다.

고의적인 방관이었다.

슈바른 대공의 무반응 속에서 살쾡이는 샤렌의 앞에 이를 수 있었다.

한순간 늦은, 혹은 착각이랄 수 있는 이오나의 판단으로 인해 샤렌은 급박한 상황에 봉착했다.

멍하니 서 있는 샤렌을 향해 묘수야족이 둔기를 들지 않은 왼팔을 내민 것이다.

공기를 헤치는 거친 소리 속에 샤렌은 자신을 향해 날아드는 위협적인 팔을 본다.

그는 무의식중에 몸을 뒤로 빼고자 했다.

하지만 신체의 움직임이 마음과는 너무 달랐다. 뻔히 묘수야족의 손이 적의(敵意)와 함께 다가오는 것을 보고 있음에도 몸이 뒤로 움직여지질 않았다. 아니, 정확히 말하자면 움직이고는 있다.

하지만 더없이 빠른 상대의 동작에 비해 지나칠 정도로 더디기만 한 움직임이다. 그렇기에 자신의 몸이 마치 정지되어 있는 것처럼만 느껴지는 것이다.

답답한 심정 속에 그의 시선이 이오나에게로 향한다. 자신의 느린 움직임으로는 이 괴물의 손을 피해낼 수 없음을 깨달은 것이다.

샤렌의 시선 속에서 이오나의 표정에는 별다른 동요가 없었다. 놀라움도 당혹감도 찾을 수 없는 얼굴이다. 잔잔한 호수와 같은 담담함만이 느껴진다. 자신에게 벌어지는 일은 아무 상관도 없다는 것만 같았다.

하지만 곧 이오나의 전신에서 눈이 부실 정도의 강렬한 청광이 번쩍인다.

그것은 마치 온몸이 푸른 불꽃에 휩싸인 듯한 모습이었다.

청염의 성위.

어째서 이오나에게 그와 같은 호칭이 붙게 되었는지 제대로 알 수 있는 장면이 펼쳐진 것이다.

푸른 불꽃은 그녀의 애검 세야에서도 피어오른다.

신속의 영역 속에서 세야가 허공에 호선을 그려낸다.

푸른 불꽃의 꼬리만이 유성처럼 흔적을 남겨 검의 궤적을 증명했다.

하지만 세야의 블레이드는 아쉽게도 묘수야족의 팔에 이르지 못했다. 거리가 너무 먼 탓이었다.

샤렌이 청광의 궤적이 짧았던 것을 아쉬워하는 사이, 묘수야족의 팔목에 찬 가죽 아대에 틈이 벌어진다.

틈은 하나의 긴 선이 되어 손목을 둥글게 갈랐고, 갈라진 사이로 검붉은 액체가 솟구친다.

청염의 성위가 만든 기적이다.

그것은 격풍(擊風)을 이용한 참(斬).

거친 바라카의 운용 속에 검이 대기를 때리고, 그로 인해 발생한 풍압만으로 적을 공격하는 신기(神技)였다.

거칠 것 없는 풍참(風斬).

이는 청염이 만든 궤적의 연장선에 있는 묘수야족의 팔과 반대편 손에 들린 둔기 끝부분을 잘라내고도 그 쇠하지 않는 예기로 흙바닥에까지 기나긴 흔적을 남겼다.

그 놀라운 광경과 더불어 비명과 신음이 동시에 터져 나온다.

"쿠에에에엑!"

"크흑!"

하나의 소리는 불신의 표정으로 잘린 팔을 바라보는 묘수야족의 것이었고, 나머지 하나의 소리는 자신의 오른팔에서 솟구치는 피를 확인한 샤렌의 것이었다.

이오나의 검이 묘수야족의 팔에 미치지 못했듯, 묘수야족의 손 역시 샤렌에게 미치지 못했다.

그럼에도 샤렌의 팔에서 피가 튀는 이유는 묘수야족의 손 끝에서 튀어나온 강철과 같은 손톱 때문이다. 허공을 격해오는 적의 공세에 본능적인 위기감을 느낀 묘수야족의 손에서 난데없이 기다란 손톱이 튀어나온 것이다.

그리고 묘수야족의 손톱은 애초 샤렌의 잡아채려던 동작 그대로 샤렌의 오른팔을 강하게 할퀴었다. 이오나의 검에 의해 묘수야족의 근육의 절단되고 신경이 끊어지지 않았다면 잘려나간 것은 샤렌의 팔이었을지도 모를 정도였다.

서로 다른 양의 피가 허공에서 교차되는 순간, 보다 빠르게 반응한 것은 역시 묘수야족이었다. 샛노란 눈에 불신과 경악을 담은 그는 다가설 때보다 빠르게 뒤로 물러섰다.

상식을 벗어난 비기(秘技)의 전개 뒤인 이오나는 그런 묘수야족에게 시선조차 주지 않았다. 고통에 일그러진 샤렌의 눈이 멍하게 풀려 있는 것만이 그녀의 시야를 가득 채우고 있었기 때문이다.

"괜찮아?"

묘수야족의 움직임보다 빠르게 샤렌의 곁으로 다가온 이오나가 물었다. 평소의 여유를 찾아볼 수 없는 표정과 어조였다.

"……."

샤렌은 그녀의 목소리조차 듣지 못하는 듯했다.

이오나는 갑작스런 부상에 의한 통증과 출혈로 그가 쇼크 상태에 빠진 것은 아닌가 염려했다.

그녀는 샤렌의 상처 위쪽을 강하게 잡았다. 샤렌의 정신을 되돌리고 압박을 통해 출혈을 늦추기 위해서였다.

"…아?"

그제야 샤렌이 이오나를 돌아봤다.

통증 탓에 미간에 주름은 잡혔지만 붉은 눈이 선명하게 빛나고 있었다. 우려했던 바처럼 쇼크에 빠진 것은 아닌 듯했다. 마치 때아닌 상념에 젖었다가 깨어나는 것 같은 모습이었다.

이에 이오나가 안심하는 그 순간이었다.

"패거리를 부르면 귀찮아지지."

나직한 중얼거림이 샤렌과 이오나의 귀에 들려온다. 여태껏 모든 장면을 지켜보기만 하던 테오타신의 목소리였다.

파앗!

테오타신의 신형이 제자리에서 꺼지듯 사라진다.

그의 신형이 나타난 곳은 경악과 불신 속에 전의를 상실하고 도주 중인 묘수야족의 정면이다.

갑작스레 나타난 적을 향해 묘수야족은 끝이 잘린 둔기를 맹렬히 휘두른다.

하지만 상대가 좋지 못했다.

묘수야족이 본 것은 번쩍하며 시야를 어지럽힌 섬광의 연속뿐.

손에 들린 둔기가 조각조각 잘리고 있다는 사실만을 막연히 느끼는 중에 그는 생기를 잃어간다.

벌어진 시뻘건 입에서는 단말마의 비명조차 튀어나오지 못했다. 이미 몇 차례에 걸쳐 테오타신의 검이 목을 가른 탓이다.

잠시의 정적.

그리고 소나기가 내리는 듯한 소리가 땅바닥을 울린다.

후투투툭.

그것은 고운 단면을 드러낸 일곱 조각의 둔기, 그리고 잘게 다져졌다는 표현이 어울릴 묘수야족의 시신이 흙바닥에 떨어지며 만들어진 소리였다.

천변(千變)의 오의가 내포된 검공 테오타신의 한 수.

그 한 수의 결과는 끔찍하기까지 했다.

하지만 정작 묘수야족을 참혹하게 죽음으로 몰고 간 테오타신은 태연자약하기만 했다. 전장을 누벼온 노장에게 있어 이종족의 죽음이 새삼스러운 감흥을 불러일으킬 리 없는 것이다.

그는 이오나의 성검 세야에 손색이 없다는 '화묘(華妙)'를 한차례 허공에 휘두른다. 묘수야족의 피가 화묘의 블레이드에서 맥없이 떨어져 나간다. 적색과 녹색이 묘하게 어우러져 빛나는 화묘는 곧 검집으로 돌아간다.

테오타신은 태연한 표정과 함께 느긋하게 걸음을 옮겨 샤렌과 이오나가 있는 쪽을 향했다.

모든 것은 한순간에 벌어진 일.

그 짧은 시간이 흐르는 동안, 이오나가 확인하듯 샤렌에게 물었다.

"괜찮은 거지?"

"이거, 제법 아픈데……."

샤렌은 미간을 찌푸린 채 입술은 양쪽으로 당겨 웃음을 내비쳤다.

확실히 그에게 있어서는 태어나서 느껴본 가장 큰 육체적 고통이었다.

하지만 정신을 놓듯 멍하니 있었던 이유는 이오나가 걱정했던 것처럼 상처에서 비롯된 쇼크 때문이 아니었다.

"그런데 왜 이렇게 두근거리는 걸까?"

이제는 고통도 잊은 듯 샤렌의 미간마저 펴졌다.

"무슨 소리야?"

이오나는 여전히 걱정스러운 표정으로 물었다.

"당신과 같이 아름다운 여자가 부드러운 손을 내밀어 내 팔을 잡아주니 가슴이 떨리는 건가?"

"흥!"

이오나는 샤렌의 팔을 잡고 있던 손을 팽개치듯 놨다.

코웃음을 날리긴 했지만 그녀의 표정이 일그러지진 않았다. 입에 발린 소리 때문이 아니라 샤렌에게 큰 이상이 없다는 것을 알았기 때문이다.

"아야! 이거 작은 상처가 아니라고! 정말 아프단 말이야! 계속 피나는 거 안 보여?"

이오나는 샤렌의 호소를 외면한 채 제자리로 돌아온 테오타신에게 묻는다.

"어째서죠?"

이오나의 목소리가 곱지 않았다.

"뭐가 어째서란 말인가, 네이 경?"

"대공이라면… 충분히 막을 수 있었잖아요."

이오나와 샤렌의 사이에 서 있던 테오타신이다. 제아무리 묘수야족의 동작이 빨랐다 하더라도 테오타신이 발검했다면 샤렌의 부상을 막고도 남았다. 묘수야족을 상대한 경험이 있는 그는 적을 가늠할 필요가 없기 때문이다.

그것은 지금 테오타신이 손쉽게 묘수야족을 처리한 것만 봐도 알 수 있었다.

다분히 공격적인 이오나의 질문에 테오타신이 능글맞은 웃음과 함께 대답한다.

"아, 미안하네. 잠시 뭔가를 골똘히 생각하느라 놈의 움직임을 놓치고 말았지 뭔가?"

"그 상황에서 뭘 그렇게 생각하셨다는 거죠?"

이오나는 테오타신의 말에 대한 불신을 노골적으로 드러냈다. 그녀는 이미 검공의 행동이 고의적인 방관이라고 확신했기 때문이다.

"아까 그놈 말이야. 분명히 '서천의 왕'이라고 말했거든. 내가 이곳에 머무는 동안 들은 바에 의하면 왕이라는 호칭은 모리엔트에 있어서 금기나 다름없다네."

"언어를 사용하고 문물을 쌓을 정도라면 상하 체계나 각각의 신분도 있을 수 있는 일 아닌가요?"

이오나의 질문은 그게 얼마나 대단한 일이라고 샤렌이 부상을 당하도록 내버려 뒀냐는 식이었다.

"물론 무리를 이루고 서로 간의 임무를 분담하기도 하지. 하지만 제 무리의 수장을 왕이라 부르진 않는다고. 타 종족이 그 호칭을 듣는다면 몰살의 위험에 빠질 테니까 말이야. 저마다 스스로의 강함에 자부심을 가진 만큼, 마치 모리엔트의 지배자인 듯한 뉘앙스를 풍기는 호칭을 허용치 않는 거지."

"흥! 몇 년 머물렀던 세상에 대한 이해를 위해 동행의 위험을 외면하셨다는 말씀이시군요."

"아니, 아니. 그건 절대 아니지, 네이 경. 나는 그저 이 친구가 묘수야족의 모든 움직임을 훤히 보고 있으면서도 팔을 내줘 스스로 부상을 자처하리라고는 예상하지 못했을 뿐이라네."

"……?"

이오나가 테오타신의 말을 알아듣지 못했을 리가 없다. 그녀의 시선이 의문을 담아 샤렌에게로 향했다.

"다친 덕에 그대가 날 만져 준 건 기쁘지만, 그 기쁨을 위해 자해를 할 만큼 바보는 아니라고."

샤렌이 이오나의 의문 어린 시선에 답했다.

이오나는 곧바로 수긍했다. 농담조의 대답이었지만 샤렌이 그런 성격이 아님에 동의하는 것이다.

"호오! 그럼 왜 보고도 안 피한 거지?"

테오타신이 곧바로 치고 들어왔다.

애초 그가 좀 더 위험한 경로를 택한 데는 이유가 있었다. 이오나의 알포네 경험이 일천하다는 것을 알고 있다.

예기치 못한 존재를 만나게 되었을 때, 그녀가 샤렌이라는 애송이를 보호하려 해도 방금 전처럼 틈이 생길 가능성이 높았다.

그 순간이라면 저 애송이가 자신이 가진 본모습을 드러내리라 기대한 것이다.

하지만 결과는 완전히 예상 밖이었다. 저 지독한 녀석이 제 몸을 상하게 만들면서까지 본연의 능력을 발휘하지 않았다.

이에 애가 닳은 테오타신이 본격적으로 파고들어 온 것이다.

"분명 보이긴 했는데… 몸이 안 따라줬습니다. 아까 그놈이 움직이는 속도에 비하면 제 움직임은 마치 멈춘 것처럼 보이더군요."

샤렌의 말에 이오나는 고개를 끄덕였다.

눈으로 볼 수는 있어도 몸이 따르지 않는 경우는 흔한 현상이다. 대개의 경우 눈으로 보는 것보다 반응 속도가 늦는 건 당연하기까지 했다. 그가 묘수야족의 움직임을 봤다는 사실보다 부상이 더 신경 쓰였기에 이오나는 별다른 의문을 떠올리지 않았다.

하지만 테오타신은 달랐다. 그는 샤렌의 부상을 스스로 자처했다고 믿고 있었다.

따라서 부상에는 개의치 않고 샤렌의 말 자체에만 집중하고 있었다. 애송이의 발언은 이미 예상하고 있던 답변 중의 하나일 뿐이었다.

즉, 테오타신에게 있어서는 되도 않는 핑계라 여겨지는 답변인 것이다.

여기에는 이유가 있었다.

동체시력이 아무리 좋다 해도 인간에게는 명백히 한계라는 게 존재한다. 묘수야족의 순간적인 움직임은 이오나의 검을 피해낼 정도였다. 비록 전력을 다하지 않은 일검이었더라도 보통 인간의 안력을 벗어나기에는 충분한 속도다.

한데 이 애송이는 그런 움직임을 명확히 봤다.

아무리 타고난 동체시력이 좋다고 가정해도 스스로의 움직임이 느린데다가 고속의 동작을 지속적으로 봐오지 않았다면 그 역량은 저하될 수밖에 없는 법이다.

허구한 날 이오나 수준의 검사가 움직이는 모습을 눈에 익을 정도로 봐오지 않았다면, 스스로 그에 준하는 움직임을 전개할 수 있어야만 한다. 그래야만 동체시력이 저하되지 않는 것이다.

그게 테오타신에게 있어서는 앞뒤가 맞는 결론이었다.

하지만 애송이는 마치 자신을 얕잡아 보듯 말도 안 되는 대답을 했다.

이에 테오타신은 더더욱 샤렌이라는 녀석이 뭔가를 감추기 위해 필사적이라고 생각하기 시작했다. 스스로 부상을 감내하면서까지 자신의 능력을 감추니 더 이상의 증거는 필요치도 않다는 게 그의 생각이었다.

그럼에도 테오타신은 더 이상 의문을 제기하지도, 따지고 들지도 않았다.

'훗! 알포네의 여정은 이제 시작일 뿐이니까…….'

이쪽으로 방향을 잡은 이상, 더 많은 일을 겪게 될 것이다.

그때마다 애송이가 스스로 위험을 자초할 수는 없을 터.

애송이가 자신을 드러내야만 할 기회는 아직 많고도 많은 것이다.

2

이오나는 굳이 불을 피울 것을 고집했다. 이미 습격을 받은 이후에 불을 피우는 것은 스스로 위험을 자처하는 행위랄 수 있었다. 야심한 밤의 모닥불은 지나칠 정도의 먼 거리에서도 훤히 보이기 때문이다.

잠시 만류하던 척하던 테오타신은 곧 고개를 끄덕였다. 애초부터 위험을 자처하기 위해 이 코스를 선택한 그였다.

불을 피우겠다는 이오나의 고집은 상처를 입은 샤렌을 위한 배려였다.

샤렌은 그와 같은 이오나의 배려에 감사하면서도 의아해 했다. 그녀가 자신에게 느끼는 감정은 아직까지 '호감' 의 범주에 있다. 남녀 간의 애정이라기에는 무리가 있는 것이다.

한데 부상 시점부터 평소의 그녀와는 달리 눈에 띌 정도의 관심과 배려가 계속되고 있었다.

지금만 해도 그렇다. 안절부절못하던 그녀가 결국은 모닥불 옆에 모포를 깔고 앉아 있는 샤렌에게 다가와 말하고 있었다.

"작열감이 전신으로 확산될 수 있어. 그래도 몸을 덥히는 게 좋아. 몸에 열이 나면 오히려 추위를 느끼게 될 테니까. 그리고… 다친 팔은 가급적 움직이지 말도록. 그 정도의 상처가 아물려면 시간이 많이 필요해."

"하핫! 아까 발라준 약 덕분에 이미 다 나은 것 같은데? 이젠 통증도 느껴지지 않고 말이야."

웃음을 터뜨린 샤렌의 말은 거짓이 아니었다. 붕대로 감은 상처 부위에서는 별다른 통증이 없었다. 만일의 경우를 대비해 성위들이 가지고 다닌다는 성약(聖藥) '메틴' 의 효과는 정말이지 감탄을 금치 못할 정도라고 그는 생각했다.

그런 샤렌의 반응을 보는 이오나의 생각은 달랐다.

"곱게 자란 것치곤 인내심이 많군."

지금에 와서는 사대성위 중 하나인 그녀지만 처음부터 강했던 것은 아니다. 완성을 논하기 이전의 그녀는 많은 부상을 당했었다.

당연히 메틴을 사용해 본 경험도 풍부했다. 뛰어난 성위 기사가 될 그녀였기에 가능한 일이었다. 성국에서 그녀를 위한 투자에 아낌이 없었던 것이다.

메틴이란 성약은 사용 자체가 투자로 여겨질 만큼 귀하다. 그만큼 만들기가 힘든 것이다.

메틴을 만드는 과정은 다소 복잡하다.

우선 홀라덴에서만 자라는 메티난 나무의 잎사귀를 갈아 음지에서 말린 뒤 가루를 낸다.

그 가루에 성수를 부어 걸쭉한 액체로 만든다.

거기에 사제의 약 일주일에 걸친 축원이 더해지면 메틴이 완성된다.

여기까지만 보자면 별다른 어려움이 없어 보일 수도 있다.

하지만 메티난 나무 자체를 기르기가 쉽지 않다. 토양을 극심하게 가리는데다가 병충해에 취약하기 때문이다.

게다가 실제 사용 가능한 메티난 잎은 한 그루에 채 몇 잎이 되지 않는다. 초록색이 아닌 보라색 잎만이 약재로 쓰일 수 있기 때문이다.

보통 한 그루에서 두세 장의 잎만을 메틴의 재료로 쓸 수 있다.

사제의 축원 역시 쉽지 않다. 두 명 이상의 사제가 교대해 가며 일주일 내내 축원을 해야만 하기 때문이다.

그렇게 어렵사리 만들어진 만큼, 메틴의 효험이란 실로 놀랍다고 할 수 있다. 가히 성약이라 불리기에 부족함이 없다. 어지간한 상처는 며칠 내에 흔적조차 남지 않을 정도이다.

하지만 메틴에도 약효의 한계란 분명히 존재한다. 제아무리 성약이라 한들 샤렌이 입은 것과 같은 깊은 상처를 한순간에 낫게 하는 기적을 만들 수는 없다.

따라서 그녀는 샤렌이 그 지독한 고통을 참아내고 있다고 여기는 것이다.

이는 진짜로 통증을 느끼지 않는 샤렌과 그의 상처를 가늠해 느끼고 있을 통증의 정도를 알고 있는 이오나 사이에 생긴 오해였다. 붕대 안의 상처를 제대로 살필 수 없는 두 사람이기에 가능한 오해인 것이다.

그 오해 속에서 이오나는 다소 안심하는 표정을 지었다.

이어 그녀는 막 몸을 돌리려 했다.

"고마워."

멈칫.

이오나가 몸을 멈춰 세웠다.

"뭐가?"

"내게 과분할 정도로 신경 써주는 거 말이야."

"과분한 바는 없어. 솔직히 인정하자면 그대의 부상은 내 부주의에도 책임이 있으니까. 아까 난… 정확한 판단을 내리지 못했어."

“지난번에 말했듯이 그대에게 날 지켜야 할 의무는 없잖아?”

부주의했다 해도 미안해할 필요는 없다는 뜻이었다.

이오나는 잠시 시간을 두었다가 입을 연다.

“그렇게 말했지만… 기본적으로 성위란 누군가를 지켜야 할 책무를 가지고 있으니까. 세키나 교의 수호라는 건 한 사람을 지키는 데서부터 시작되는 거야.”

이오나의 혼잣말 같은 중얼거림이었다.

그런 이오나를 바라보는 샤렌의 붉은 눈이 광채를 발했다. 나직한 이오나의 말속에 담겨진 상처, 그리고 아픔을 읽어낸 것이다.

‘뭔가 아픈 기억이 있는 건가……?’

하지만 샤렌은 그와 연관된 질문을 꺼내들지 않았다.

여자의 아픈 기억이나 상처는 함부로 헤집어서는 안 된다는 걸 그는 잘 알고 있었다. 스스로 토로하는 것과 파헤쳐 알아내는 것에는 큰 차이가 있다. 전자라면 의지가 되는 사람으로 인식되지만, 후자라면 적개심을 가져야 할 대상으로 인지되기 때문이다.

샤렌은 후자 쪽에 서고 싶지 않았다.

이오나는 다시 몸을 돌리려 했다가 문득 생각났다는 듯 샤렌에게 질문한다.

“아까 상처를 입은 후에… 대체 뭘 그렇게 생각한 거지?”

쇼크 상태에 빠진 게 아닌가 싶을 정도였던 샤렌이다.

이후 모닥불 옆에서도 샤렌은 계속해 넋을 잃은 표정으로 일관했다. 그다지 긴 기간을 함께해 오진 않았지만 평소의 샤렌과는 확실히 달라 보였다. 이오나가 의문이 들 정도의 차이를 보인 것이다.

"그게……."

샤렌은 잠시 말끝을 끈다. 그답지 않은 행동이었다. 평소 말을 하는 데 있어서 주저할 리 없는 그였다.

하지만 지금은 조금 다르다. 아직 스스로조차 생각을 정리하지 못한 것이다.

"궁금한 게 좀 있어서 말이지."

"……?"

"당신도 위기의 상황을 맞이하면 가슴이 두근거리는 건가?"

샤렌의 질문에는 회의적인 뉘앙스가 물씬 풍겼다.

지금의 이오나에게 위기의 상황이란 쉽게 닥쳐 올 일이 아니다. 그녀의 몸에 밴 여유와 권태가 입증하고 있었다.

더구나 전장을 질타해 온 그녀였다. 수많은 경험이 있으니 위급한 순간이 온다 해도 떨지 않을 가능성이 높을 것이다.

하지만 이오나의 대답은 의외였다.

"당연히! 물론 평정심을 유지하기 위해 노력하지만……."

너무나 쉽사리 인정하는 이오나가 의외이긴 했지만, 샤렌은 자신이 떠올린 의문에 대한 대답을 구하는 게 우선이었다.

"긴장 때문이겠지? 급박한 상황 속에서라면 생명의 위협을 받았으니까……. 아마도 살기 위해서 버둥댄 탓인 건가?"

"그렇다고 볼 수 있지. 그 긴장감 역시 생을 향한 의지야. 물론 내 경우는… '살리기' 위해서다!"

"아!"

다소 딱딱한 이오나의 대답에 샤렌은 고개를 끄덕였다.

말의 내용도, 그리고 그 딱딱한 어조도 이해하는 것이다.

어쩌면 그녀는 과거 누군가를 지켜내지 못했을 가능성이 컸다. 그와 같은 기억이 지금의 그녀를 만들었을지도 모른다고 샤렌은 생각했다.

"그 외에는……?"

"그 외라니? 무슨 소리지?"

"두근거리는 이유 말이야. 오직 살기 위해서나 살리기 위한 게 전부인 건가?"

이오나는 잠시 생각을 하다가 입을 연다.

"내 경우는… 호승심으로 인해 두근거릴 때가 있었어. 물론 그런 감정 또한 없애도록 훈련해 온 지 오래야."

"호승심이라? 승부에서 이겨야겠다는 생각으로 인해 두근거린다고?"

"내 경우라는 말을 자꾸 반복해 말하게 하는군. 내게 있어 대부분의 승부란 생을 가르는 계기지. 그러고 보면 역시 살리고 살리지 못하고의 연장선일 수도 있겠군. 어쩌면 호승심보다 투쟁심에 가까울 수도 있을 테고 말이야."

"그 투쟁심이라는 게 삶에 대한 의욕을 넘어설 수도 있는 건가?"

"…선후를 가릴 문제인 건가? 살기 위해! 살리기 위해 싸우는 건데?"

"……!"

사선을 넘나든 전사답게 이오나의 대답은 명쾌하기만 했다.

그리고 그녀의 대답은 샤렌이 미처 생각지 못한 부분을 꿰뚫었다.

샤렌이 생각에 골똘히 빠져드는 모습을 본 이오나는 뭔가를 말하려 하다가 이내 몸을 돌렸다. 최근 들어 특별한 일을 겪은 적이 없냐는 질문을 삼킨 것이다. 아까 묘수야족의 습격 이전에 물으려던 내용이다.

하지만 지금은 때가 아니라고 생각했다.

'지금의 사색이 끝나면 저 남자는 단순히 재밌기만 한 남자가 아닐 수도 있겠군.'

펼쳐 둔 모포로 돌아가는 이오나의 생각이었다.

탁, 탁!

이오나가 돌아가자 모닥불이 타오르며 내는 소리만이 산중의 적막을 지워간다.

"훗! 적어도 내 인생 따위, 아무렇게나 되어도 좋다고 생각했던 건… 전부 헛소리였다는 이야기네."

자조 어린 목소리였다. 입가에 걸린 비릿한 미소는 스스로를 향한 조소였다.

하지만 그것으로 끝은 아니었다. 자신에 대한 냉정한 평가는 이미 알포네에 오르기 전에 끝마쳤다. 산에 오른 것은 다른 이유 때문이었고, 그가 찾던 계기를 처음으로 맞이하게 되었다. 샤렌은 그 안에서 자신이 찾아야 할 것이 있음을 잊지 않고 있었다.

미풍에 일렁이는 불꽃에 홀린 듯 샤렌의 시선이 모닥불에 고정된다.

붉은 눈에 맺힌 붉은 불꽃이 춤을 춘다.

어느 것이 샤렌의 눈동자이고, 어느 것이 눈에 비친 불꽃인지 모를 만큼 둘은 닮아가고 있었다.

Chapter 10

밤새 소리가 조금은 서럽게 들릴 때, 샤렌은 마른 나뭇가지 하나를 모닥불에 던져 넣었다. 반딧불처럼 자유롭게 떠다니는 불똥을 쫓아 그의 눈이 움직인다.

멈칫.

하나의 나뭇가지를 불에 더 던져 넣으려던 그의 손이 허공에 멈췄다. 흩날리다 사라진 불똥을 쫓던 그의 시야에 무엇인가가 보였던 것이다.

"슈바른 대공! 이오나!"

샤렌은 재빨리 테오타신과 이오나를 불렀다.

곤히 자고 있는 줄만 알았던 이오나는 고무공이 튀어 오르듯 탄력있는 동작으로 몸을 일으켜 세웠다.

테오타신도 샤렌의 목소리에 빠르게 일어섰다.

긴박한 두 사람의 동작을 비웃기라도 하듯 샤렌이 바라보는 쪽에서는 하나의 인영이 여유 넘치는 걸음걸이를 옮겨왔다.

굵은 나무 사이를 걸어나온 자를 확인한 이오나가 나직이 중얼거렸다.

"인간?"

"아니, 달라."

샤렌이었다. 나타난 자는 얼핏 인간의 형상을 하고 있긴 했다. 화려한 의상을 갖추고 장발인 남자의 모습이었다.

하지만 샤렌은 특유의 관찰력으로 그의 모습이 일반인과 다르다는 것을 확인했다.

얼핏 독특한 장식으로 보일 법한 머리 위의 뾰족한 부분.

샤렌의 눈에 그것은 분명한 귀였다.

"서천회랑족(西天灰狼族)이 왜 알포네에……?"

의문 어린 테오타신의 발언이 샤렌의 말이 옳다는 것을 증명했다.

"위험한가요, 저놈들?"

샤렌이 물었다.

"저들에 대해선 이야기만 들었어."

테오타신이 짧게 대답했다. 자세히는 모른다는 뜻이었다.

Rhapsody Of Cardinal

공터의 중앙으로 걸어오는 서천회랑족은 묘한 미소를 머금었다. 살짝 벌어진 입술 사이로 날카로운 송곳니가 드러났다.

"호오? 유리족인 건가?"

나타난 서천회랑족은 묘수야족과 달리 한눈에 샤렌 일행이 산 아래에서 왔다는 사실을 파악했다.

하지만 샤렌 등의 주의는 그의 관찰력보다 목소리에 기울었다. 분명 선이 굵은 남자의 용모에 강인함이 엿보이는 체형을 하고 있으나, 목소리만큼은 묘하다 싶을 정도로 가늘었던 것이다.

서천회랑족은 미소 속에서 고개를 갸웃거렸다.

"그러니까… 케토린을 갈기갈기 찢어 죽인 것이 너희들?"

"케토린이라는 게 버릇없는 살쾡이를 말하는 것이라면."

이오나가 특유의 여유 넘치는 어조로 대답했다.

"후하후하핫!"

서천회랑족은 특이한 웃음을 터뜨렸다.

이에 이오나나 테오타신은 의아한 생각이 들었다. 묘수야족과 한패일 거라 생각했건만 범인들을 앞에 두고 웃음을 터뜨리고 있는 것이다.

"더구나 밤에 말이지? 야족이라는 이름이 아깝군. 역시 쓸모없는 것들이라니까."

서천회랑족의 가는 목소리에는 여유가 넘쳐흘렀다.

“어쨌거나 지금과 같은 때에 유리족이라니 재미있군 그
래.”
서천회랑족은 잿빛의 눈을 번득이며 사람의 것이라기에는
지나치게 긴 혀를 내밀어 입술을 핥았다. 마치 맛있는 먹이를
보고 있는 듯했다.
“너도 서천의 왕에게 우리를 바치고 싶은 건가?”
샤렌의 말에 서천회랑족의 잿빛 눈동자가 빛을 발했다.
그것은 단순히 안광의 번득임과는 달랐다. 마치 횃불을 켜
놓은 듯 정말로 빛을 내는 것이다.
“서천의 왕을 안단 말인가? 유리족 따위가?”
“몰라야 하는 사실인가?”
도발적인 샤렌의 반문이었다. 마치 오래전부터 서천의 왕
에 대해 알고 있었다는 투다.
“후하후하핫!”
난데없는 서천회랑족의 웃음.
동시에 눈에서 쏟아지던 회광(灰光)이 잦아든다.
“케토린이 쓸데없는 말을 주절댄 모양이군. 언제나 쓸모없
는 것들은 말만 많다니까.”
이전에 묘수야족이 샤렌의 도발 속에서도 냉철함을 유지
했듯 서천회랑족 역시 금세 냉정을 되찾았다. 그 냉정함 속에
서 명확하게 상황을 분석한 것이다.
이로써 샤렌은 모리엔트의 지성체들에 대한 자신의 생각

을 수정했다.

묘수야족에 이어 서천회랑족까지.

이곳 생명체들의 지적 능력은 어지간한 인간에 비해 조금도 부족함이 없다는 것을 깨닫게 된 것이다.

"뭐, 자신이 처한 상황을 제대로 파악했다는 점을 조금 높이 사서 방금 전의 시건방진 태도는 봐주기로 할까?"

서천회랑족의 말인즉, 묘수야족과 마찬가지로 자신들을 서천의 왕에게 바친다는 뜻이었다.

스르룽.

이오나로서는 당연히 검을 뽑아 들었다.

세야가 청광을 흩뿌리는 모습에 서천회랑족이 다시 혀를 내밀어 입술을 핥았다.

"호오! 좋은 무구(武具)군. 유리족이나 유리약족이나 손재주는 마찬가지인 건가? 어쨌거나… 유리족의 '소유'로 남기에는 과분할 만큼 좋은 물건이야."

"좋은 검이지. 겉멋만 잔뜩 든 늑대새끼 따위가 감히 평가할 수 없을 만큼 말이야."

받은 것 이상으로 돌려주는 이오나의 맹공이었다.

하지만 서천회랑족은 묘수야족과 달리 늑대에의 비유에도 목울음 소리 같은 것을 내지 않았다.

"후하후하핫! 좋아, 좋아! 적어도 자신이 지닌 물건의 가치는 알고 있는 유리족이군."

외려 만족스럽다는 표정을 지은 그가 연이어 물었다.

"무구를 뽑아 들었다는 것은 결국 이 오트라마에게 저항을 해보겠다는 거겠지?"

"살쾡이가 좋아하겠군."

"응?"

이오나의 말을 한번에 알아듣지 못한 서천회랑족이었다.

"저승길 동무가 생겨서 말이야."

"후하후하후하하하핫!"

스스로를 오트라마라 밝힌 서천회랑족은 그야말로 대소를 터뜨렸다. 마치 이오나의 재롱이 귀여워 죽겠다는 식이었다.

"후하! 어디, 자신의 말에 얼마나 책임을 질 수 있을지 봐 볼까?"

말을 마침과 동시에 오트라마의 신형이 흐릿해졌다.

순간적으로 이오나를 향해 달려든 것이다.

앞서 묘수야족의 기괴한 움직임에 낭패를 봤던 이오나이 다.

이번에는 방심하지 않겠다는 각오를 마친 상태.

마음과 더불어 함께하는 신의 축복, 바라카가 그녀의 검에 한순간 집중되었다.

동시에 흐려졌던 오트라마의 신형이 다시 선명하게 변했 다. 어느새 몸을 되돌려 제자리에 선 것이다.

그의 코 양쪽 옆에 골 깊은 주름이 잡혔다.

"뭐지, 그 기운은?"

혼잣말과도 같은 중얼거림.

아마도 이오나의 바라카를 감지한 모양이었다.

"유리족에게 그런 힘이 있다는 이야기는 못 들었는데?"

당최 납득할 수 없는 표정을 짓던 오트라마가 다시금 두 눈에서 회광을 쏟아내기 시작했다. 표정에서는 방금 전까지의 여유를 지웠다.

"미처 몰라봤군. 무구에 부끄럽지 않은 힘을 지닌 전사라는 걸 말이야."

더없이 진지한 표정이다. 상대를 한 명의 전사로 인식했기 때문이다.

그가 허리춤에서 뭔가를 뽑아 들었다.

완만한 곡선으로 휘어진 그것은 분명히 무기였다.

얼핏 그 모양새가 검과 비슷했다.

하지만 주방에서 쓰는 칼처럼 날이 한쪽에만 서 있어 검과는 명확히 구분이 되었다.

비록 한쪽에만 날이 서 있다고는 해도 그 예기부터가 범상치 않아 보였다. 어두운 밤 홀로 적광(赤光)을 발할 정도이니 보구(寶具)라 칭하기에도 부족함이 없었다.

"좋은 물건이군."

이오나가 한마디를 툭 던졌다.

"아, 아! 서천에서 손꼽히는 명도(名刀) 중의 명도지. 정말이지, 이 무구가 내게 온 것은 행운이라 여겨질 정도라니까. 이 녀석의 이름은 '마령(魔靈)'! 전사의 목숨을 걸기에 충분한 보구다."

친절함이라기보다는 스스로의 주체 못할 자부심에 설명을 하는 오트라마였다.

"역시나! 생각했던 대로 늑대새끼가 가지고 다니기엔 과분한 물건이야."

이오나의 한마디에 드디어 오트라마가 노기를 겉으로 드러냈다. 그를 중심으로 확하며 뭔가가 사위로 퍼져 나왔던 것이다.

언뜻 바람과도 같은 느낌이었으나 실제의 바람은 아니었다. 오트라마의 체내에서 뭔가의 기운이 폭출되어 바람이 부는 것처럼 느껴질 뿐이었다.

이오나의 눈에 이채가 맺힌다. 상대에게서 바라카와 유사한 어떤 기운을 감지했기 때문이다.

느껴진 것만으로도 막대하기 이를 데 없는 기운이다. 이오나의 흑진주 같은 두 눈에 광채가 맺힌다. 그녀의 호승심을 자극하는 상대를 만난 것이다.

"감히 전사의 무구를 모욕하다니! 그 혀부터 잘라내 주도록 하지. 서천의 왕께서도 천박한 말은 싫어하시니 나무라진 않으실 거야."

오트라마가 이오나를 향해 도발을 해왔다.

하지만 이오나의 관심은 전혀 다른 곳에 가 있었다.

"멀리 떨어져 있는 게 좋을 것 같아. 가급적 멀리 말이야."

샤렌에게 한 말이었다.

그는 두말 않고 몸을 움직였다. 본심과는 다른 행동이었다.

이오나에게 적을 떠안기는 느낌이 싫었던 것이다.

하지만 지금은 쓸데없는 자존심이나 만용을 부릴 때가 아니었다. 뭘 모르는 샤렌이 보기에도 묘수야족과는 차원이 다른 서천회랑족이다. 자신이 이오나에게 방해가 될 수도 있음을 그는 스스로 인정한 것이다.

샤렌은 아예 몸을 돌려 달리기 시작했고, 오트라마 역시 그런 샤렌을 개의치 않는 듯했다. 회광이 쏟아지는 눈은 오직 이오나에게만 고정되어 있었다.

시비가 오간 것은 눈앞의 유리족.

전사로 인정을 받을 만한 힘을 드러낸 것 역시 눈앞의 유리족이다.

오트라마는 격전을 눈앞에 둔 전사로서 다른 곳에 신경을 쓸 이유가 없었다.

"와라!"

이오나의 한마디.

그리고 미세한 소음도 없이 오트라마의 신형이 자리에서 사라졌다.

　한순간 신형을 지운 그가 모습을 드러낸 것은 이오나의 머리 위.

　흙먼지조차 날리지 않게 땅을 박차고 어느새 허공으로 도약했던 것이다.

　연이은 수직의 공격.

　그것은 폭포수를 연상케 하는 압력을 동반하고 있었다.

　오트라마가 ‘도’라 칭한 무구가 거침없이 이오나의 정수리를 향한다.

　콰앙!

　세야와 마령의 충돌.

　그것은 굉음이라기에 부족함이 없는 엄청난 소리를 만들어냈다.

　더불어 지축을 뒤흔드는 충격과 함께 일대를 엉망으로 만든다. 공터의 외곽을 향해 달리는 샤렌이 균형을 잡기 힘들 정도의 진동이 전해져 온다.

　샤렌은 저도 모르게 뒤를 돌아봤다.

　보이는 것은 자욱한 흙먼지뿐.

　짙은 어둠 속에서도 미세한 흙먼지의 입자까지 선명하게 보이건만, 흙먼지가 겹쳐 샤렌의 시야를 방해했다.

　그래서 정작 궁금해하는 이오나와 서천회랑족의 모습을 확인하기 힘들었다.

　후투투투툭.

잠시 후가 되어서야 하늘로 솟구쳤던 흙먼지가 가라앉기 시작했고, 이오나의 모습이 보였다.

오트라마는 원래의 자리로 돌아가 있었고, 이오나는 둥글고 넓게 파인 구덩이 안쪽에 태연한 자세로 서 있었다.

"훗! 고작 이 정도였다니… 실망스러운데?"

여유 넘치는 이오나의 말이었다.

그녀가 무사함을 확인하고 나서야 샤렌은 다시 달리기 시작했다. 자신이 현재 있는 곳은 안전하지 않음을 깨달았다. 아직까지 자신은 충격의 여파가 미치는 거리에 있었다. 거리를 더 벌릴 필요를 느낀 것이다.

이오나의 무사한 모습에 안도한 샤렌과 달리 테오타신은 설레설레 고개를 저었다.

두 가지 이유에서였다.

첫째는 서천회랑족의 공세를 마주한 이오나의 전투 자세 때문이었다.

그녀 정도의 실력이라면 허공에 뜬 적을 향해 선공을 날릴 수도 있었고, 단순하기 이를 데 없는 공격 패턴을 피해낼 수도 있었으며, 도라는 무구에 실린 기운을 옆으로 흘려낼 수도 있었다.

한데도 강한 호승심을 누르지 못하고 정면으로 공격을 마주했던 것이다.

둘째는 서천회랑족의 발언 때문이다.

묘수야족뿐 아니라 서천회랑족인 오트라마 역시 '서천의 왕'을 언급했다. 묘수야족과 서천회랑족 사이에 교분이 있다는 사실 자체도 의아한 일이거늘 두 종족이 하나의 왕을 거론하니 이는 충격적인 일이었다.

저들이 말하는 서천이 만약 모리엔트라면?

실로 놀라운 일이 벌어진 셈이다.

자신조차 진입을 꺼려할 만큼의 강자들이 존재하는 곳이 바로 모리엔트다.

그런 곳에서 수많은 강자들을 제압하고 여러 종족을 통합해 왕으로 추대받는 자가 존재한다?

이는 정말이지, 테오타신으로서는 믿을 수가 없는 일인 것이다.

"정말이지… 유리족에게 이런 힘이 있다는 사실이 놀랍기만 한걸."

아직까지도 여유를 잃지 않은 오트라마의 한마디였다.

하지만 처음에 보였던 상대에 대한 멸시는 조금도 찾아볼 수 없었다. 한차례의 격돌로 전사와 전사로서의 격전이라 다시 한 번 인정했기 때문이다.

"이번에는 내 차례지?"

이오나에게 질문에 대한 답은 필요없었다.

말을 마친 그녀의 모습이 구덩이 안쪽에서 사라졌다.

바람보다 빨리 오트라마에게 접근한 이오나가 횡으로 세

야를 휘두른다.

검이 대기를 가른 순간의 섬광.

세야에서 발하는 빛이 아니라 이오나의 전신이 청광을 뿜어낸 것이다.

청염의 성위가 만들어낸 신위는 예외없이 거대한 폭음을 만들어낸다.

쿠아아앙!

이전보다 더 큰 소리가 공터를 뒤흔들었다.

더불어 오트라마의 신형이 뒤쪽으로 하염없이 밀려난다. 그의 발 아래로 두 줄기 얕지 않은 고랑이 파였다. 밀리지 않고 버티려는 힘을 흙바닥이 지탱해 주지 못했던 것이다.

오트라마는 공터의 끝자락에 이르러서야 신형을 멈춰 세울 수 있었다. 이오나의 일검에 담겨진 힘은 그토록 엄청났던 것이다.

"흐에에에……?"

아직까지 팔에서 느껴지는 저릿저릿한 감각에 오트라마가 두 눈을 휘둥그레 뜬다.

"위험할 뻔했잖아? 너, 아니, 그대가 유리족이라는 게 믿겨지지 않는군."

어지간히 놀란 표정이었다.

하지만 어떤 위기의식은 엿보이지 않았다.

"난 인간이다."

이오나의 짧고 무심한 대답에 오트라마가 한숨을 쉬었다.

"아, 정말이지… 유리족을 전사로 인정하고, 진체변성(眞體變成)을 했다면 누가 믿을까?"

말을 마침과 동시에 기괴한 소리가 울려 퍼진다.

우둑.

투뚜둑.

뼈와 뼈가 마주치는, 그리고 부러지는 듯한 소리의 연속.

그와 함께 오트라마의 체형이 눈에 띄게 변화한다. 기이한 소리와 함께 본래의 키보다 머리통 하나는 더 커졌고, 어깨가 한 배 반은 넓어졌으며, 팔뚝이 배로 굵어지고, 가슴이 크게 부풀어 오른다.

요란한 장식으로 치장된 옷은 체형의 변화와 함께 자연스레 찢겨 나가고, 암회색의 털들이 강철의 바늘을 박아놓은 듯 촘촘히 드러났다. 털은 강인하기 이를 데 없어 보여 어지간한 검으로는 피부조차 상하게 할 수 없을 듯했다.

얼굴은 조금 더 부드럽게 보이는 털로 뒤덮였고, 입술을 벌리지 않으면 보이지 않던 송곳니가 길게 자라 겉으로까지 드러났다.

얼굴은 여전히 인간의 그것과 비슷했다.

그러나 전체적으로 한 마리 거대한 회색의 늑대를 보는 듯한 이미지였다. 왜 저들이 회랑족이라 불리는지 충분히 이해가 되는 모습인 것이다.

"훗! 이제야 늑대새끼 본연의 모습을 드러내는 건가?"

이오나는 여유 넘치는 표정으로 오트라마의 '진체변성'이 완료되길 기다렸다. 뭔가 해볼 테면 해보라는 식이었다.

"후우, 비싼 옷을 또 하나 버렸군."

우두둑, 하는 소리와 함께 목을 풀며 오트라마가 아쉬움을 드러냈다. 그 목소리마저 이전과 달랐다. 여성의 것처럼 가늘었던 목소리가 굵고 탁해진 것이다.

하지만 방금 전 이오나의 압도적인 힘에 밀렸던 것 따위는 괘념치 않는 모습이었다. 진체변성이 끝났으니 더 이상 두려울 게 없는 것 같았다.

오트라마는 두 눈을 부릅뜬다.

눈에서 폭사되는 회광.

더불어 이전처럼 어떤 기세가 오트라마를 중심으로 사방을 향해 퍼져 나간다.

휘익.

공터의 외곽 선 밖에 있던 샤렌의 붉은 머리가 흩날린다.

"……!"

샤렌의 얼굴이 굳어진다. 이전과는 다르기 때문이다.

서천회랑족이 기세를 뿜어내자, 그저 느낌이 아닌 실제의 바람이 불었다. 오트라마의 겉모습만 변한 게 아니라는 뜻이었다.

샤렌은 마른침을 삼키며 이오나를 바라봤다.

그녀에게서도 변화가 보였다. 이미 온몸이 청염에 휩싸인 것이다. 검을 휘두를 때마다 순간순간 섬광을 내비치던 지금까지와는 달랐다. 이오나 역시 만반의 준비를 하는 것이 분명했다.

본연의 능력을 꺼내든 서천회랑족과 적을 상대할 준비를 마친 청염의 성위.

둘의 격전이 일촉즉발의 상황에 접어들었음을 알 수 있었다.

그 장면을 바라보며 샤렌은 아쉬움과 흥분을 동시에 느낀다.

이 순간 안전을 위해 거리를 두고 물러나 있어야 하는 아쉬움과 이오나 대신 자신이 저 자리에 서고자 하는 욕구.

그 두 감정이 샤렌을 흥분 상태로 몰고 가고 있었다.

본인도 인식하지 못한 사이, 샤렌은 자신에게 적과 맞서 싸울 힘이 필요하다는 욕망을 키우고 있는 것이다.

한편, 이오나의 몸에서 이는 푸른 불꽃같은 바라카를 확인한 오트라마의 표정이 사뭇 신중해졌다.

회광을 쏟아내는 눈에서도 긴장감이 엿보인다. 아직까지도 마음 한구석에 남아 있던 유리족 전사에 대한 경시를 버린 것이다.

"카앗!"

묵직한 기합성과 함께 오트라마가 이오나를 향해 움직인다.

찰나의 순간 동안 이오나의 앞에 이르렀던 오트라마의 신형.

그것이 갑자기 두 개로 늘어난다.

잔상만을 남긴 채 이오나의 옆을 돌아 등 뒤를 점한 것이다.

샤렌은 입을 벌리려 한다. 등 뒤의 서천회랑족에 대한 경고를 하기 위함이다. 미처 이오나가 뒤로 돌아간 오트라마를 보지 못했을지도 모른다는 염려 때문이다.

하지만 그럴 여유가 주어지지 않았다.

샤렌의 입술이 채 떨어지기도 전에 이미 서천회랑족의 도가 이오나의 허리 어림을 베어가고 있었던 것이다.

콰앙!

금속의 검과 도가 부딪쳤을 뿐이라고 믿기 힘든 거대한 폭음과 함께 이오나의 신형이 튕기듯 옆으로 밀린다.

샤렌의 염려와 달리 이오나는 고개조차 돌리지 않은 채 오트라마의 도를 막았다. 막대한 경풍이 이는 도의 움직임을 감지하지 못할 그녀가 아닌 것이다.

하지만 도에 실린 역도를 감당하지 못하고 맥없이 밀리고 말았다.

거기서 끝이 아니었다.

공터의 외곽으로 밀려가는 이오나의 진행 방향.

그 선상의 끝에 오트라마가 이미 도달해 있었다.

콰아아아!

폭포수가 쏟아지는 거대한 소리마저 뒤로한 채, 오트라마의 도가 다시금 횡으로 그어진다.

흉흉한 기세를 담은 도, 마령은 다시 한 번 이오나의 검, 세야와 충돌한다.

쿠아아앙!

예외없는 폭음과 함께 이오나의 신형이 또 맥없이 반대편으로 튕겨진다.

설명은 길었으나 모든 건 찰나의 순간에 이뤄진 일들.

듣는 이의 귀에는 단절되지 않은 폭발음이 연속되는 중이었다.

그리고 폭음은 멈추지 않았다.

쿠앙! 쿠아아앙!

오트라마의 도가 대기를 가를 때마다 도에서 이는 바람에 숲의 나무들이 잔가지를 흔들고, 땅에서는 흙과 모래가 회오리 형태를 이루며 허공으로 치솟는다.

세야와 마령의 충돌이 만들어내는 섬광이 공터의 외곽에 길게 연결된 선을 그려낼 정도로 빠른 공방이 이어지고 있었다.

"역시나… 전부 보고 있군."

숨 쉬는 것조차 잊고 이오나와 서천회랑족의 격전을 바라보고 있는 샤렌의 귓가에 들려온 목소리였다. 어느새 테오타신이 공터에서 물러나 샤렌의 옆에 서 있었던 것이다.

뭘 보고 있냐는 건지에 대한 의문은 나중의 일이다. 샤렌은 다급한 표정으로 테오타신에게 묻는다.

"도와줘야 하는 거 아닙니까?"

요란한 폭음으로 인해 높아진 언성이 아니더라도 질책이 가득한 질문이었다.

"도와줘? 누굴?"

테오타신이 능청스런 표정으로 되물었다.

"누구겠습니까?"

"네이 경을 말하는 건가?"

'이 너구리가?'

샤렌은 분통이 터져 오르는 것을 간신히 억눌렀다. 스스로 이오나를 돕지 못하고 있다는 자괴감과 함께였다.

"이오나가 일방적으로 공격을 당하고 있는 상황입니다. 제 눈에는 위태롭게만 보입니다만?"

여전히 높은 언성이다.

하지만 방금 전과는 또 다르다. 한순간 노기와 답답한 심정을 억누르고 침착하게 말하는 것이다.

테오타신의 눈이 슬쩍 번득인다.

역시 뭔가 있는 놈이다.

혈기왕성한 나이에 한순간 노기를 억누를 수양을 쌓는다는 것은 쉽지 않은 일이 분명하다.

“흐음, 내 생각은 조금 다르네만……?”

“……?”

테오타신은 느긋한 표정으로 격전지를 향해 시선을 돌렸다.

“어딜 봐서 네이 경이 위태로워 보인단 말인가? 공격을 하고 있지 않다고 해서?”

테오타신의 말에 샤렌은 다시 이오나와 서천회랑족의 격전을 살폈다.

마령과 세야가 만들어내는 섬광과 폭음 속에 실 끊어진 연처럼 이오나가 이리저리 휘날려 다니는 중이다.

이오나의 위기라 결론을 지으려는 순간, 격전에 임한 그녀의 표정이 눈에 들어온다.

‘평소와 같아?’

다시없을 여유와 권태로움이 묻어나는 표정.

막강하기 이를 데 없는 힘에 이리저리 밀리면서도 그녀의 표정에는 변화가 없었다. 충격과 격풍에 머리가 헝클어졌을 뿐, 그녀는 미간조차 찌푸리지 않고 있는 것이다.

샤렌의 표정에 떠오른 변화를 테오타신은 세심히 살폈다.

‘흠, 저 정도나 되는 속도로 움직이는 것을 훤히 보면서도 격전 자체에 대한 안목은 없다? 흠, 저 표정만으로는 당최 모른 척 연기를 하는 건지, 아니면 진짜 안목이 없어 모르는 건

지 알 수가 없군.'

샤렌의 표정을 살핀 테오타신은 자신이 말하고자 하는 바를 그가 알아들었음을 알 수 있었다. 이오나가 결코 궁지에 몰린 게 아님을 알아챈 것이다.

테오타신은 주름진 입술을 열었다.

"서천회랑족에 대해 자넨 들은 바가 없겠지만, 아무래도 내가 들었던 내용에는 한참이나 못 미치는군. 아마도 저 마령이라는 도에 문제가 있는 것처럼 보이는걸."

"도? 이오나의 검과 부딪쳐서 멀쩡한 걸 보면 정말 좋은 무구가 아닌가요?"

샤렌의 질문.

테오타신은 두 눈을 가늘게 떴다. 이 질문에서도 어떤 가식을 찾아볼 수가 없었다.

'애송이가 무투(武鬪) 쪽이 아니라 마법과 비슷한 색다른 힘을 익힌 건가?'

샤렌이 정말로 자신의 말뜻을 알아듣지 못한다면 몸을 움직여 싸우는 그 어떤 힘을 익힌 게 아니라는 말이었다.

하지만 만만히 볼 애송이가 아니기에 테오타신은 설명을 이어갔다.

"좋은 무구 정도가 아니지. 보구 중의 보구야. 평범했다면 네이 경의 세야에 벌써 반 토막이 났을 테니까. 그래서… 오히려 문제라는 걸세. 저 서천회랑족이 도를 사용하는 방법에는 기(技)와 술(術)이 완전히 배재되어 있으니까. 막강한 힘만으로 밀어붙일 뿐이지.”

테오타신의 설명에 샤렌은 다시 한 번 격전장을 살폈다. 확실히 오트라마는 무작스럽게 도를 휘두르고 있을 뿐이었다. 자신이 봐도 단순하게 느껴질 정도였다.

“지금까지는 저 정도로 충분했을 걸세. 막아서면 저 엄청난 힘을 감당하지 못하거나 마령이라는 도에 상대의 무기가 잘려 나갔을 테니. 그러니 지금껏 저 무구의 제대로 된 운용법을 익힐 필요를 못 느꼈겠지.”

“아……!”

샤렌은 그제야 테오타신이 말하고자 하는 바가 무엇인지 확연히 깨달았다. 이오나의 표정이 왜 태연작약한지까지도 알 수 있었다.

“저런 우악스럽고 단조로운 패턴의 공격이라면 서너 놈이 덤벼들어도 네이 경의 상대가 될 수 없을 걸세. 내가 들었던 서천회랑족의 무위는 그 정도가 아니었거늘…….”

“적어도 우리에게 있어서는 다행스런 일이군요.”

이오나가 안전하다는 생각이 들자 샤렌의 표정이 한결 편해졌다.

그 순간.

지금까지 산 전체를 뒤흔드는 것만 같던 폭음이 갑작스레 멈췄다.

휙, 휙, 휙.

갑작스런 정적 가운데 너무도 미약한 바람 소리만이 가볍게 들려온다.

그것은 오트라마가 자랑하던 명도 마령이 허공에서 회전하면서 상승에 이은 낙하를 하는 동안 만들어낸 소리였다.

푹.

비스듬히 땅에 박히는 마령.

우연치 않게도 그 마령은 샤렌과 테오타신이 서 있는 바로 앞에까지 날아와 붉은 광채를 흩뿌렸다.

멀찌감치 날아가 버린 마령을 바라보는 오트라마의 눈에는 경악과 불신만이 가득했다.

"이젠 지루해져서 말이지."

이오나가 헝클어진 머리카락을 쓸어 넘기며 말했다.

본래 단조로운 공격에 이어질 뭔가를 기다리던 그녀였다. 적에게는 자신을 흥분시킬 힘이 있었다. 오랜만에 강적을 상대할 기회를 갖게 된 것이다.

하지만 나아질 기미가 보이지 않았다. 변신 이후의 힘과 마령의 날카로움만을 믿는 것처럼 보였다. 지루할 정도의 패턴만이 반복되는 공격이 계속됐던 것이다.

이에 이오나는 오트라마의 도에 실린 힘에 정면으로 맞서는 것을 멈췄다.

도에 실린 힘을 가볍게 옆으로 흘린 후, 팔과 손목을 이용해 검을 회전시켰다.

전력이 실린 도였지만 애초 힘이 가해진 방향과 수직의 각도에서 전해지는 힘에 맞설 수는 없는 법.

오트라마의 마령은 맥없이 이오나의 세야가 미는 대로 이끌렸다.

본의 아닌 방향으로 움직이는 마령은 결국 오트라마의 팔과 손목의 관절이 버틸 수 있는 한계를 벗어난 지점에까지 이르렀다.

오트라마가 한계에 이르는 순간, 이오나의 바라카가 더욱 강하게 운용되었다. 지금껏 제대로 사용하지 않았던 강한 힘이 더해진 것이다.

오트라마는 당연히 버틸 수 없었다.

마령은 속절없이 그의 손에서 벗어나 허공으로 날아오르고 말았다.

그와 같은 일련의 동작과 이론은 샤렌마저 알고 있었다. 아카데미 시절 배운 초급에 해당하는 검술 동작인 것이다. 오트라마는 테오타신이 파악한 대로 명도를 지녔기에 외려 도를 제대로 사용하는 방법을 모르고 있는 게 틀림없었다.

'역시 늙은 너구리의 안목이라는 거군.'

테오타신의 말대로 저 서천회랑족은 자신의 힘과 무구의 이점을 과신한 탓에 오늘날의 위기를 자초한 셈이었다.

한편, 마령을 잃은 오트라마의 눈에서 쏟아지던 회광이 급격히 잦아들었다.

손톱 끝의 때마저도 못하다 여겼던 유리족 따위에게 농락을 당하다가 패배한 탓일까?

회광이 사라진 그의 눈에는 어떤 전의도 엿보이지 않았다.

몸을 피해 도주할 생각도, 마령을 되찾을 생각도 없는 듯 보였다. 그의 우람한 어깨만이 끊임없이 떨리고 있었다.

더할 나위 없는 수치심과 비통한 감정들이 그 미약한 떨림에 내포되어 있으리라 샤렌은 생각했다.

그 순간 익숙해지기 힘든, 하지만 이미 몇 번 들어본 것과 흡사한 웃음소리가 정적을 뒤흔든다.

"후하후하후하하핫!"

정체를 알 수 없는 소리와 함께 하나의 인영이 갑작스레 공터에 모습을 드러냈다.

머리 위에 뾰족이 솟구친 귀.

요란한 차림새.

그리고 허리춤에 찬 도.

나타난 자는 한눈에도 오트라마와 같은 서천회랑족임을 알아볼 수 있었다.

"오트라마, 베르테르님께서 보고 계시거늘 이 무슨 수치인 거지?"

여자의 그것처럼 높고 뾰족한 소리가 날카롭게 울려 퍼졌다.

그 말에 오트라마의 두 눈이 크게 흔들린다.
당황한 표정 속에서 그의 고개가 하늘로 올라간다.
샤렌은 저도 모르게 오트라마의 시선을 쫓았다.
그리고 보았다.
하늘에서 쏟아져 내리는 찬란한 은빛을…….

Chapter 11

그것은 진정 찬란한 은빛이었다.

눈이 부셔 고개를 돌릴 정도의 강렬함은 없다.

하지만 쏟아지듯 흐르는 은빛의 현란함에 넋을 잃을 정도.

수천, 수만의 별이 한데 모인 듯한 그 빛은 일정한 형상을 만들어내고 있었다.

샤렌의 눈에 그 형상은 '날개[翼]'로 보였다.

그렇다.

그것은 분명한 두 장의 날개였다.

아스라이 흘러 사라지는 빛을 뿌리는 두 장의 날개는 서서히 날갯짓을 해 지상을 향해 내려오고 있는 중이었다.

그 장면을 바라보는 샤렌의 머릿속을 스치는 생각이 있었다.

"천사강림(天使降臨)?"

두 장의 날개가 만나는 그곳에는 은빛으로 인해 더욱 짙은 어둠이 그려내는 인간의 형태가 존재했다.

즉, 저 날개는 새의 것이 아니라는 뜻이다.

등에 커다란 날개를 달고 하늘을 자유롭게 날 수 있는, 그리고 인간과 같은 형태를 가진 존재.

그 형상을 보며 샤렌이 떠올릴 수 있는 것은 세키나 교에서 말하는 천사뿐이었다.

"천사?"

곁에 있던 테오타신이 물었다.

"아! 되도 않는 말입니다. 그저… 저 은빛 날개를 보니 문득 천사의 이미지가 떠올라서요."

"허공에서 내려오고 있는 자에게 날개가 있단 말인가?"

테오타신이 굳어진 얼굴로 물었다.

"네? 저 커다란 날개가 안 보인단 말입니까?"

샤렌의 반문에 테오타신이 눈살을 찌푸렸다.

결계에 이어 날개까지.

이 애송이는 보통의 인간이 보지 못하는 것을 보고 있었다.

혼란스러웠다.

만약 자신의 짐작대로 그가 뭔가를 감추려 든다면 굳이 날개가 보이는 것을 말할 필요 자체가 없었기 때문이다.

하지만 테오타신은 모처럼 떠오른 샤렌에 대한 재평가에 집중할 수가 없었다. 느린 속도로 하강하는 자에게 은빛 날개가 있다는 사실이 뜻하는 의미가 너무나 컸기 때문이다.

"날개가 있다면 은익(銀翼)의 성휘족(星輝族)라는 말이잖아? 저들마저 알포네로 넘어왔다는 건가?"

테오타신의 표정은 이전에 서천회랑족을 보았을 때보다 훨씬 강한 의문과 우려를 드러내고 있었다. 아마도 서천회랑족처럼 저들 역시 알포네에서는 볼 수 없던 종족임에 틀림없었다.

테오타신의 반응은 의문과 우려를 드러내는 것에 그치지 않았다. 어느새 애검 화묘를 꺼내 든 그는 신형을 움직여 이오나의 옆에 바짝 붙어 서 있었다.

샤렌의 얼굴도 굳어졌다. 테오타신의 반응이 지금껏 봤던 것과 사뭇 달랐다.

모든 걸 이오나에게 떠넘기고 구경만 하던 그가 아닌가?

테오타신의 기민한 반응은 은익의 성휘족이라는 종족이 얼마나 위험한지 보여주는 단증이었다.

"베르테르님!"

죽음만을 기다리고 있는 것 같던 오트라마가 순간적으로 몸을 숙이며 외쳤다. 아니, 숙이는가 싶더니 아예 땅에 엎드린 채 머리를 처박았다. 부복(仆伏)을 한 것이다. 지상에 막

내려서 커다란 은빛의 날개를 접고 있는 은익의 성휘족을 향해서였다.

오트라마의 부복과 더불어 샤렌은 눈을 크게 떠야만 했다.

현란한 빛을 발하던 커다란 날개가 아스라이 사라지는 것을 봤기 때문이다. 날개가 있어 빛을 발한 것이 아니라, 빛이 모여 날개의 형상을 갖췄던 것이다.

그렇게 반짝이던 날개가 서서히 사라져 가는 모습은 샤렌에게 있어서 지나칠 정도로 환상처럼만 보였다.

테오타신의 눈에는 저 날개가 보이지 않는다고 했다. 그러니 애초부터 날개가 있다고 생각했던 것이 자신의 착각은 아니었을까 하는 생각까지 들었다.

빛이 사라지자 상대적으로 어두워 보이던 인영의 실체가 또렷이 드러났다. 먼 거리에 어두운 밤이었지만 샤렌의 눈에는 성휘족의 모든 것이 너무도 선명히 보였다.

가늘고 긴 은발(銀髮).

커다란 은안(銀眼).

오뚝하고 높은 코.

가늘고 옆으로 긴 입술.

갸름한 얼굴형까지 보자면 인간 중에서도 제법이라 평가받을 용모였다. 아니, 눈 끝이 지나치게 날카롭고 치켜 올라가 사나운 느낌을 주는 것만 뺀다면 미인이라기에 부족함이 없을 정도의 용모라는 게 정확한 평가일 것이다.

인간과는 달리 끝이 뾰족하게 올라가 있는 귀의 모양이 차이가 있을 뿐이었다.

하지만 나타난 성휘족 여인은 용모보다 더 뛰어난 면이 있었다.

그녀가 입고 있는 옷은 광택이 흐르는 검은 가죽으로 만들어졌다. 그 옷은 몸에 감기듯 타이트 했고 다수의 은색의 버클과 검은 끈으로 장식되어 있었다.

강하면서도 여성미가 강조된 파격적인 디자인이었으나 정작 감탄스러운 것은 옷 자체가 아니었다.

옷의 스타일로 인해 훤히 드러나는 바디라인이 샤렌의 시선을 강렬히 끌었다. 샤렌의 안목에도 성휘족의 몸매는 흠잡을 곳이 없었던 것이다. 들어가야 할 곳과 나와야 할 곳이 너무도 정확히, 그리고 완벽하게 균형을 갖추고 있었다.

샤렌이 평가하기에도 저 몸매 하나만큼은 신의 작품이라 꼽힐 정도였다.

베르테르라 불린 은익의 성휘족이 다소 창백해 보이는 입술을 벌린다.

"흐으으응……! 이거 정말 재밌는걸? 진체변성을 한 회랑족이 유리족에게 패해 도를 빼앗겼단 말이지?"

묘한 어조를 가진 은익의 성휘족은 마치 노래를 하는 것처럼 말을 했다. 그 소리가 편안하고 듣기에 좋아 듣는 이가 절로 나른한 감상에 빠질 정도였다.

하지만 오트라마에게는 그렇지 않은 모양이었다. 그는 이마를 땅에 처박다시피 숙이며 격한 어조로 말한다.

"서천의 명예를 실추시킨 점, 죽음으로 사죄드리겠습니다."

허리를 곧추 세운 그는 손끝을 목으로 향했다. 날카로운 손톱이 당장이라도 목을 파고들 기세였다.

"아, 아! 그만둬."

베르테르는 우아하고 기품있는 동작으로 손을 흔들었다.

"회랑족이나 흑랑족(黑狼族)이나! 그깟 무구를 손에서 놓친 게 뭘 그리 대단하다고… 그때마다 죽네 사네 하는 건지…….쯧!"

베르테르는 고개를 흔들었다. 그녀는 당최 이해할 수가 없다는 표정이었다.

"죄송합니다."

오트라마는 다시 허리를 깊이 숙여 이마를 땅에 댔다. 베르테르가 허락하지 않는 한, 그는 자결할 권리가 없었던 것이다.

그런 오트라마를 보며 한심하다는 표정을 짓던 베르테르가 이오나를 향해 고개를 돌린다.

그리고는 신기하다는 표정으로 말한다.

"'크레논'을 사용해 제 한계를 극복하는 유리족이 있을 줄이야?"

이오나의 몸은 아직까지도 청염에 휩싸여 있었다. 은빛 날개와 함께 나타난 여인에게서 풍기는 위험한 냄새 때문이었다.

그것은 사지를 헤쳐 온 전사로서의 직감이었다.

이오나가 경계심을 드러낸 채 침묵하고 있자, 베르테르가 다시 묻는다.

"아! 다른 이름인 건가? 네 몸에서 보이는 그 푸른빛 말이야. 하긴, 느낌뿐 아니라 발휘되는 방법 자체도 '크레논' 하고는 조금 다른 것 같군."

"바라카를 말하는 거군."

테오타신이 이오나를 대신해 낮은 목소리로 중얼거렸다.

중얼거렸다고는 하나 베르테르가 듣지 못할 정도의 크기는 아니었다.

"바라카라……. 아! 자애(慈愛)의 아우티카! 그 하급 신이 너희에게 그 힘을 빌려줬다고 믿는 건가 보지?"

조롱조의 질문이었다.

"신의 축복으로 '일깨워진' 힘이다."

이오나가 노한 표정으로 말했다. 세키나 교에서 신봉하는 아우티카를 하급의 신으로 몰아붙이니 노기가 치밀 수밖에 없었다.

"호호호호호! 신의 축복이라……. 그럴듯하네. 과연 신의 축복이 아닌 다음에야 유리족 따위가 영유할 수 있는 힘이 아니겠지."

베르테르가 노골적으로 비웃음을 터뜨렸다.

그때 두 개의 그림자가 공터에 추가된다. 머리 위쪽에 뾰족한 귀가 솟아오른 서천회랑족 둘이었다. 다소 숨결이 거친 것으로 미루어 앞서 도착한 서천회랑족의 뒤를 따르느라 버거웠던 모양이다.

그들은 땅에 부복한 오트라마와 청염에 휩싸인 유리족을 번갈아보며 혼란스러워했다. 두 회랑족으로서는 현재의 상황을 이해할 수가 없었다. 유리족 따위에게 자신들의 동족, 더구나 마령의 주인인 오트라마가 패배할 수 있으리라는 상상 자체가 불가능했던 것이다.

"흥! 여태 패거리를 기다리느라 주절댄 건가?"

이오나는 평소의 그녀답게 역공에 들어갔다. 인간과 바라카, 그리고 자신이 믿는 신까지 싸잡아 조롱당했으니 그녀에게 있어서 당연한 일인지도 몰랐다.

이에 베르테르가 원군이 도착하길 기다리느라 쓸데없는 말을 해댔다고 힐난한 것이다.

"오호호호호호!"

과장되었다고 생각될 만큼 커다란 웃음을 터뜨리는 베르테르였다.

"재밌는 발상이야. 이 베르테르님께서 유리족을 상대하기 위해 누군가를 기다렸다? 듣던 바 이상으로 유리족이란 정말

로 재밌군."

"계속 수다나 떨 생각이라면 꺼지도록 해. 난 새벽잠이 많은 편이거든."

이오나는 나른하고 피곤한 표정으로 말했다. 잠이나 더 자겠다는 뜻이 명백히 드러나는 표정이었다.

"감히!"

노기 가득한 외침이 터져 나왔다. 공터에 들어서자마자 오트라마를 질책했던 서천회랑족의 노갈(怒喝)이었다.

이오나는 싸늘한 시선으로 소리를 지른 서천회랑족을 바라보며 말한다.

"네가 먼저 나설 건가? 그럼 늑대새끼로 변신할 시간을 주지."

으드득!

이가 갈리는 소리가 섬뜩하게 울린다. 서천회랑족이 더한 노기를 드러낸 것이다.

하지만 서천회랑족은 이오나의 말을 가볍게만 받아들이지 않았다. 마령의 주인인 오트라마는 약하지 않다. 그의 도를 빼앗을 정도라면 상대는 무시할 수 없는 전사인 것이다.

종족이 무엇이든 그것은 중요치 않았다. 상대가 무투의 기(技)와 술(術)을 익힌 전사라면 그에 걸맞은 전투를 준비해야만 했다.

이와 같은 자세가 마령과 같은 명도를 소유하고 있지 않음에도 그가 서천회랑족 사이에서 오트라마 이상의 강자로 대우를 받는 이유였다.

그는 묵묵히 진체변성을 시작했다. 뼈가 맞춰지는 소리가 요란스럽게 울리며 그의 체구가 커다랗게 변해간다.

순간, 공터에 현란한 빛이 번쩍인다.

녹과 적이 어우러진 현란한 섬광.

그것은 허공을 향해 휘둘러진 테오타신의 화묘에서 비롯되었다.

휘이이잉.

뒤늦게 들려오는 바람 소리.

그것은 화묘가 남긴 흔적이었다.

잠시 후, 고개 숙인 오트라마의 목에 암록의 선이 그려진다. 굵어진 목 전체를 휘도는 선명한 선이었다.

그리고 오트라마의 머리가 흙바닥 위를 구른다.

바라카를 운용해 풍압만으로 대기를 격해 목표물을 잘라내는 기법.

풍참!

그것은 이오나 네이만의 절기가 아니었던 것이다.

"패배를 자인한 적을 살려둘 필요는 없지."

풍참을 사용, 오트라마의 목을 잘라낸 테오타신의 한마디는 무심하기만 했다.

그것은 진체변성을 마친 서천회랑족을 자극하기에 충분

했다.

격노(激怒)한 서천회랑족의 눈에서 걷잡을 수 없는 회광이 쏟아져 나온다.

본격적인 살기였다.

그에게 있어 방금 전 유리족의 공격은 분명한 암습(暗襲)이다. 전의를 갖추지 않은 상대를 공격한 것이다.

이는 전사로서 궁지가 높은 서천회랑족의 입장에서는 상상조차 못할 일이었다.

더구나 서천회랑족에게 받아들일 수 있는 죽음이란 두 가지뿐이다.

격전 중에 적에게 죽거나 패배를 인정하고 스스로 자결하는 것.

그 둘만이 서천회랑족에게 있어서 명예롭게 받아들일 수 있는 죽음이다. 자결할 기회마저 상실한 오트라마가 저와 같이 죽음을 맞이한 것은 더없는 수치였다.

그와 같은 수치를 준 유리족을 향해 동족이 분노하는 것은 당연한 일이었다.

"크아아아!"

토해지는 탁한 괴성.

진체변성을 마친 서천회랑족이 테오타신을 향해 달려든다.

원래대로라면 베르테르에게 양해를 구하는 것이 먼저였다.

공격의 대상 또한 테오타신이 아닌 이오나여야 했다.

하지만 분노로 인해 이성이 멀리 날아가 버린 지금의 그에게는 순서나 격식을 따질 여유가 없었다.

쿠아아아앙!

최초의 폭음이 길게 이어진다. 보통 사람이라면 볼 수 없을 정도의 쾌속한 공격이 연이어지고 있기 때문이다.

이오나와는 달리 상대의 힘을 흘려보내는 테오타신이었다.

그럼에도 폭음의 크기가 작지 않다. 이는 공격을 하는 서천 회랑족이 마령만을 믿었던 오트라마와는 사뭇 다르다는 사실을 증명하고 있었다. 힘의 집중과 그로 인한 파괴력은 테오타신이라 해도 쉽사리 흘려보낼 수가 없었던 것이다.

"상대의 방심을 유도한 다음 위협이 될 숫자는 줄인다… 이거지? 듣던 바 이상으로 교활하군. 산하(山下)의 유리족이란……."

불쾌한 표정으로 말하는 베르테르였다.

그녀의 말은 샤렌의 고개를 갸웃거리게 했다. 그녀에게서는 수하를 잃은 데 대한 안타까움은 조금도 엿보이지 않았다.

하지만 샤렌이 의아해하는 것은 그 때문이 아니었다.

모리엔트의 이종족들이 한패이면서도 타종족의 죽음에 미련을 두지 않는 것은 이번이 처음이 아니었다. 저 오트라마 역시 케토린이라는 묘수야족의 죽음에 대해 아무런 감정을

드러내지 않았던 것이다.

샤렌이 고개를 갸웃거린 것은 베르테르의 목소리 때문이었다. 검공과 서천회랑족이 만들어낸 격렬한 폭음이 이어지는 중이었다.

한데도 나직한 베르테르의 음성은 멀리 떨어져 있는 자신에게까지 너무나 선명하게 들렸다. 그 사실이 신기한 샤렌이었다.

"너희는… 세르마트를 도와라."

베르테르가 뒤늦게 도착한 두 서천회랑족에게 명령했다.

두 서천회랑족은 잠시 머뭇거린다. 오트라마의 패배와 죽음을 보긴 했다.

하지만 유리족을 상대로 서천회랑족 셋이 협공을 해야 하는가에 대한 의문이 들었다. 그 때문에 무의식중에 망설임을 내비친 것이다.

특히 저 유리족을 상대하는 자가 다름 아닌 세르마트였다. 마령을 소유한 오트라마 이상의 전사인 그가 나섰거늘, 어째서 자신들까지 움직여야 하는지 이해가 가질 않았던 것이다.

하지만 두 서천회랑족은 방금 전까지 봐온 것들을 기억해냈다.

패배한 오트라마, 청염에 휩싸인 유리족의 거대한 잠력, 그리고 허공을 격해 사물을 벨 수 있는 기술까지.

확실히 저 유리족은 강했다. 세르마트의 실력이라 해도 승부를 장담할 수 없을 정도였다.

뿐만 아니다.

저 유리족은 암습으로 동족을 죽음으로 몰고 갔다.

그러니 놈에게 정정당당한 대응은 필요치 않았다. 합공의 당위성은 충분했다.

거기에 더해 절대적이랄 수 있는 베르테르의 명령이 내려진 상황.

그들의 망설임은 극히 짧았다.

서천회랑족 둘은 곧 진체변성을 시작했다.

"자, 이젠 나도 그 신의 축복이란 걸 느껴보기로 할까?"

베르테르의 은안이 이오나에게 고정되었다.

"한숨 자고 있을까 생각 중이었어."

이오나의 대답에 베르테르가 짙은 미소를 걸었다. 이오나가 샤렌을 봤을 때처럼 재밌다는 표정이었다.

그와 함께 베르테르가 손을 들어 올렸다. 춤추길 청하는 신사에게 손을 내미는 숙녀의 그것처럼 우아하고 느릿한 동작이었다.

춤을 신청하는 동작과 달리 베르테르의 손은 가슴과 머리를 지나 위쪽으로 높게 들어 올려졌다.

하늘을 향해 손바닥을 펼친 베르테르.

이오나는 미간을 좁히며 그녀의 동작이 취한 저의를 살피고자 했다.

한편, 베르테르의 손을 보고 있는 샤렌의 표정이 급격히 굳어진다. 날개를 형성했던 것과 유사한 은색의 광채가 베르테르의 손바닥에 모이고 있었다.

차이가 있다면 현란한 아름다움을 간직했던 날개의 은빛과 달리 이번의 은빛은 창백하기만 한 흰색에 가까워 어딘지 모를 섬뜩함과 위험이 물씬 느껴졌다.

'이오나, 조심해!' 라는 샤렌의 외침이 터져 나오기도 전, 베르테르가 손을 아래로 뿌린다.

그녀의 손바닥에 모여들어 크기를 더해가던 백색 구체가 던져지듯 앞쪽으로 쏘아져 나간다.

동시에 어둠을 가르며 백색의 선(線)이 선명하게 그려진다.

은익의 성휘족이 펼쳐 낸 첫 번째 공격.

그 안에서 시간이 흐름이 배제된다.

이오나의 세야가 대기를 가르고 청색과 백색이 뒤섞인 섬광이 번쩍인다.

세야의 청염이 베르테르가 발출한 백색 구체를 정확히 반으로 가른 것이다.

모든 것은 멈춰진 시간 속에서 동시에 일어난 것처럼만 여겨졌다.

그러고 나서 조금 후에야 테오타신과 서천회랑족들이 만

들어낸 것과는 질적으로 다른 폭음이 터져 나온다.

쿠아아아앙!

더불어 이오나가 뒤쪽으로 세 걸음을 물러섰다. 백색 구체에 담겨진 여력을 해소하기 위함이었다.

"호오? 내 '격공(隔空)의 크레논' 이 보였다는 건가?"

베르테르가 알기로 유리족은 크레논의 운용을 볼 수 없다는 게 정설이다.

하지만 상대가 '바라카' 라 불리는, 크레논과 비슷한 힘을 운용하는 만큼 방금 전 '격공의 크레논' 이 보인 것은 충분히 이해할 수 있는 일이다.

결국 베르테르의 발언은 속도에 관한 문제였다.

격공의 크레논은 발출과 동시에 상대에게 닿기에 충분한 속도였건만, 중도에 잘라낼 정도의 안력을 가진 것에 대한 감탄인 것이다.

그러나 이오나가 받아들이기에는 달랐다. 그녀는 베르테르가 의문을 제기한 그대로 방금 전의 공격을 볼 수 없었던 것이다.

"보는 게 아니라 감지(感知)다, 뾰족귀!"

"호오!"

베르테르가 다시 한 번 감탄했다. 상대의 말에 담긴 뜻을 알고 있는 그녀다.

무투(武鬪)의 경지에 오른 자들은 시각에 의지하지 않고도 많은 것을 볼 수 있다. 그와 같은 능력의 발휘는 저 회랑족 중에서도 소수만이 가능했다. 흑랑족 정도는 되어야 대다수가 '감지' 할 정도가 되는 것이다.

그래서 베르테르는 유리족이 시계를 초월한 감각으로 염을 방어했다는 사실이 제법 신선하게만 느껴졌다.

"'동천(東天)의 업(業)' 은 생각보다 재밌겠는걸?"

의미를 알 수 없는 말을 내뱉은 베르테르가 다시금 하늘을 향해 손을 들어 올렸다.

빛무리가 그녀의 손에 맺힌다.

하지만 무조건 상대의 공격을 받아줄 이오나가 아니었다.

그녀의 우측 발이 땅을 박찬다.

흙과 모래가 강하게 튀어 오르고, 이오나의 신형이 빛살보다 빠르게 앞으로 쏘아진다.

신속의 영역에 이른 움직임은 검에만 있지 않았다.

쾌속무비의 전진.

이오나는 단 한 번의 발 디딤에 베르테르를 자신의 검격 범위에 담는다.

아직까지 베르테르의 손은 하늘을 향한 상태.

이오나에게 있어서는 더할 나위 없는 호기였다.

이오나의 몸에서 폭발하듯 청염이 인다.

그로 인해 세야가 그려내는 호선이 잔상을 남긴다.

하지만 또 한 번의 폭음은 검이 그려내야 할 궤적의 완성

이전에 발생한다.

쿠아아앙!

뒤로 튕겨지는 이오나의 신형.

예기치 못한 지점에서의 충돌로 인한 여력을 해소하기 위해 몸을 뒤로 뽑은 것이다.

그녀의 얼굴에 놀라운 심경이 드러난다. 보이지 않는 힘이 명확한 형태를 이뤄 세야의 궤적을 막아냈다. 하늘을 향했던 오른손에 모이던 어떤 힘이 공간을 뛰어넘듯 왼팔로 이동, 원형의 거력을 만들어낸 것이다.

베르테르가 언급했던 '크레논'이 만들어낸 무엇일 터.

바라카와 마찬가지인 어떤 힘이 물리적인 형태를 갖춰 세야에 마주했다는 사실이 이오나로서는 놀라울 수밖에 없었다. 어떤 식으로든 바라카를 그와 같이 운용할 수 있다는 이야기를 들어본 적이 없기 때문이다.

하지만 그도 잠시.

이오나는 곧바로 신색을 회복한다. 적의 수법이 색다르긴 했지만 그 자체에 위협을 느끼거나 긴장할 이유가 없었다.

이오나의 왼발이 뒤를 향해 강하게 뻗어진다.

퍼억억!

둔탁한 음향과 함께 이오나의 신형이 거짓말처럼 정지한다.

단숨에 몸을 멈춰 세운 그녀.

Rhapsody Of Cardinal

전신에서 피어오르는 청염의 기세가 더욱 강해진다. 짙어
지는 청염의 광채로 인해 이제는 이오나의 형체조차 희미하
게 보일 정도였다.

그 장면에 베르테르의 얼굴에도 놀라운 표정이 드러난다.

'지금까지도 모든 힘을 이끌어냈던 게 아니었다는 뜻인
가?'

베르테르의 생각을 읽기라도 한 듯 이오나가 중얼거린다.

"후후훗! 재밌네. 정말 재밌어!"

입가에는 미소를 건 채 만족스러워하는 것이다. 그것은 아
까 전 베르테르가 '동천의 업'을 언급하며 내비쳤던 표정과
흡사했다.

베르테르의 미간이 꿈틀거린다.

'아무리 강한 힘을 지녀봤자 비천한 유리족일 뿐인 것을!'

잠시나마 상대의 힘에 감탄했던 스스로에 대해 수치심을
갖는 베르테르였다.

냉정이 흐트러진다.

체내의 크레논이 걷잡을 수 없이 요동을 친다.

두 눈에서는 은백색의 광채가 쏟아진다.

그것은 살심(殺心)에서 비롯된 것.

베르테르는 유리족을 생포해 서천의 왕에게 바치려던 마
음을 버렸다.

그녀의 분노를 바라보는 샤렌은 저도 모르게 한 걸음을 물

러선다. 차갑기 이를 데 없는 은백색의 소용돌이가 베르테르의 온몸을 휘도는 것을 보았기 때문이다.

이오나가 청염에 휩싸인 모습이듯 베르테르가 은염(銀炎)에 휩싸인 것을 그는 두 눈으로 확인하고 있었던 것이다.

폭발적으로 피어오르는 은염의 소용돌이 속에서 특징적인 변화가 보인다. 베르테르의 손에 길쭉한 무엇인가가 생겨난 것이다.

샤렌의 눈동자가 움직인다.

자신의 앞에 비스듬히 꽂혀 있는 마령을 새삼스레 확인한다. 베르테르의 그것과 비교를 위해서였다.

역시 베르테르의 손에 생겨난 것은 은빛의 도(刀)였다.

"놈의 손에 쥐어진 것을 조심해!"

이번에야말로 더 늦기 전에 이오나를 향해 경고를 하는 샤렌이었다. 테오타신이 은빛의 날개를 보지 못했듯 이오나 역시 베르테르의 손에 들린 도의 형체를 보지 못할 수도 있었기 때문이다.

이오나는 샤렌을 향해 고개도 돌리지 않은 채 끄덕였다. 그의 우려대로 이오나는 베르테르의 도를 볼 수 없었다.

하지만 느낄 수는 있었다.

베르테르의 손에 맺혀진 거력이 길쭉한 형태를 갖추고, 더할 나위 없는 예기(銳氣)를 뿜어내고 있었다. 전신의 신경이 곤두설 정도의 예기였다.

그러니 이오나는 보지 않아도 그 형체를 감지할 수 있었던 것이다.

"유리족! 네게 서천의 위대함을 보여주지!"

베르테르의 외침.

그것은 더할 나위 없는 자신감이었다. 손에 쥔 '영참(靈斬)의 도'에 대한 확신과 신뢰 때문이다. 크레논이 영참의 도를 구현한 이상 그녀에게 있어 패배란 존재할 수가 없었던 것이다.

"말했지? 주절댈 거면 꺼지라고! 난 아직 졸리다니까."

격전에서도 설전(舌戰)에서도 한 치의 물러남이 없는 이오나였다.

"죽엇!"

베르테르의 뾰족한 외침.

그리고 샤렌은 다시 한 번 보게 된다.

그것은 현란함을 넘어선 은빛의 향연(饗宴).

점, 곡선, 직선, 원, 타원……. 샤렌이 알고 있는 모든 기하학적 무늬가 어둠 속에서 은백색으로 빛난다.

도형의 생성과 소멸은 붉은 광채를 쏟아내는 샤렌의 눈으로도 쫓기 힘들 정도.

그 흉험한 광채 속에 서 있는 이오나의 모습은 위태롭게만 보였다.

샤렌은 어금니를 악문다.

저도 모르게 두 주먹을 말아 쥔다.

숨 막히는 긴장감 속에서 샤렌은 미처 깨닫지 못한다. 붕대를 감은 오른팔에 잔뜩 힘을 주었음에도 아무런 고통이 느껴지지 않는다는 것을…….

Chapter 12

1

쿠아앙, 쾅, 콰르르르릉!

그것은 산이 무너져 내리는 듯한 소리였다. 이오나의 세야와 베르테르의 영참의 도가 연이어 충돌하며 만들어낸 굉음이었다.

귀를 막고 싶을 정도의 폭음은 두 눈을 뜨고 있기 버거울 정도의 광풍과 충격파를 동반한다.

공터 주변의 모든 나무들이 춤을 춘다.

가지에서 떨어져 나와 흩날리는 잎들은 소용돌이치며 하늘로 마냥 솟구친다.

테오타신과 그에 맞서는 세 회랑족의 움직임까지 둔화된

다. 이오나와 베르테르가 만들어낸 격전의 여파 때문이다.

테오타신은 침착하게 몸을 움직여 이오나와 베르테르에게서 거리를 벌린다. 방해받지 않고 서천회랑족을 상대하기 위해서였다.

충분히 멀리 이동한 후 테오타신은 다시금 서천회랑족들을 향해 검을 뿌린다.

현란하기 이를 데 없는 테오타신의 검은 세 서천회랑족을 상대로도 부족함이 없어 보였다. 단박에 승부를 결정지을 수는 없겠지만 상대의 숫자에도 불구하고 열세는 찾기 힘들다. 역시 검공이라는 칭호는 거저 얻은 게 아니었다.

한편, 작은 동산이라도 없애 버릴 듯한 베르테르의 공세는 끊임이 없다.

그와 같은 장면을 바라보는 샤렌의 시야에는 광란(狂亂)의 은선만이 가득했다.

시리도록 차가운 빛이 눈을 찔러댔다.

엄청나기만 한 베르테르의 공격에 맞서는 이오나.

그녀는 제자리에서 단 한 걸음도 움직이지 않았다. 뿌리를 박은 듯 제자리에 선 그녀는 연신 세야를 움직이며 은선의 사나운 공세를 막아내고 있었다. 얼핏 현란하고 위력 넘치는 공격에 어쩔 줄 몰라 하는 것처럼도 보였다.

하지만 샤렌은 이전에 테오타신이 일깨워 준 것을 기억했다.

Rhapsody Of Cardival

그렇기에 현재의 상황이 이오나에게 불리하지만은 않다는 것을 느낄 수 있었다.

이오나는 전체적으로 침착하고 진중한 움직임의 연속을 보였다. 그녀는 최소한의 움직임만으로 쇄도하는 베르테르의 공세를 차단하는 중인 것이다.

승패를 가를 어떤 위기도 겪지 않았고, 당황스러운 표정도, 곤란한 표정도 엿보이지 않았다.

외려 몰아붙이는 것처럼 보이는 베르테르 쪽이 불편한 기색이다. 전후좌우는 물론 상하에서까지 공격을 쏟아 붓고 있음에도 격전의 유리한 고지를 점하지 못한 탓이었다. 찌푸려진 미간이 그와 같은 심정의 단증이었다.

사실이 그랬다.

베르테르는 들끓는 노기를 점점 주체할 수가 없었다. 은익의 성휘족으로서의 자부심에 흠집이 갔다.

크레논의 다양하고 섬세한 운용 자체만을 보자면 '제천(制天)의 후예'조차 성휘족과 견줄 바가 못 된다고 베르테르는 자부해 왔다.

이 정도의 전력을 기울여 공격한다면 제천의 후예라 할지라도 곤란해해야만 한다.

그런데 고작 유리족 따위가 한 치의 물러섬도 없이 버티고 있었다. 아니, 그저 버티는 게 아니었다. 여유까지 엿보이는 동작으로 일순간 수백의 줄기로 뻗어나간 자신의 공세를 차단하는 중이다.

그러다 보니 거친 숨결을 토해내는 건 자신뿐이었다.

좋지 않다.

상대적으로 저 유리족은 표정 하나 변치 않았다.

이대로 가다간 크레논의 소진에 스스로 무너지고 말 것만 같았다.

이는 다시 말해 성휘족인 자신이 유리족과 맞서 패배한다는 뜻.

있어서는 안 되는 일이다.

아니, 결코 있을 수 없는 일이었다.

'음습한 동굴에 갇혀 무구나 갈아대는 종족 따위가 감히!'

격해진 감정의 기복을 쫓아 다시 한 번 크레논의 운용이 거칠어진다.

그러나 베르테르는 평정심의 유지를 위한 자제에 힘쓰지 않았다.

마음속 깊은 곳의 노기.

그것은 또 하나의 원동력이 되어 크레논에 반영될 것임을 그녀는 알고 있다.

은광이 강렬해지고 영참의 도가 크기를 더한다.

그것은 지금까지와는 확연히 구분되는, 새로운 도의 구현이었다.

장기전을 방지하기 위한 선택.

일격필살(一擊必殺)만이 해답이라 결론지은 베르테르인 것이다.

그녀의 의지를 쫓아 도가 움직인다.

"하압!"

절로 터져 나온 베르테르의 기합성.

수직으로 내리긋는 단순하기 짝이 없는 단 하나의 동작.

그 안에는 대지를 통째로 가를 기세가 실린다.

베르테르 자신조차 한번도 발휘해 보지 않은 총력이다.

그녀는 확신한다.

이 공세에 담겨진 역도(力度)를 감당할 유리족은 결코 존재할 수 없다.

혼신의 힘을 쏟아 부은 단 한 수.

그에 대한 결과는 이미 정해진 것이다.

불현듯 그 앞을 가로막는 청염.

청염을 바라보는 베르테르의 은안이 강렬한 빛을 쏟아낸다.

아직까지 그녀의 의지는 오직 하나로 유지된다.

벤다!

베고야 만다!

베르테르의 시야에서 은빛의 광채와 청염이 뒤섞인다.

상상을 초월한 반발력이 손끝에서부터 전해져 온다. 유리족의 것이라고는 도저히 믿을 수 없는 힘이다.

하지만 거기까지다.

순간적인 반발 이후 맞서는 힘이 급격히 사라진다.

'벴어!'

애초 베르테르의 각오대로 영참의 도는 상대의 무구마저 자르고 만 것이다.

그녀가 손끝에서 느껴지는 감각에 기인한 확신과 희열에 들뜬 그 순간, 뒤늦게 들리는 엄청난 폭발음과 함께 가공할 속도로 청염이 눈앞으로 쏘아져 온다.

틀렸다.

자신이 느꼈던 감각은 크나큰 착각에 불과했다. 믿고 있던 영참의 도는 유리족의 무구를 잘라내지 못했던 것이다.

유리족은 좌측으로 한 걸음을 크게 내딛은 상태에서 무구를 들어 올려 자신의 공격을 막았다. 거친 반발력은 그에서 비롯된 것이다.

이어 유리족은 머리 위로 들어 올렸던 무구를 대각선으로 기울였다.

총력을 기울인 영참의 도였기에 상대가 무구를 기울인 대로 빗겨 흐를 수밖에 없었다.

어찌 보면 자르지는 못했다 해도 상대의 무구를 밀어낸 것과 같은 현상.

원래라면 영참의 도는 유리족의 몸을 잘라냈을 것이다.

하지만 유리족의 몸은 발을 내딛은 만큼 그 중심이 옆으로 비켜서 있는 상태.

몸의 위치가 이미 다른 곳에 가 있는 것이다.

검의 기울기에 따라 빗나간 영참의 도가 가른 것은 결국 허공뿐이었다.

도를 흘려낸 유리족의 손목이 머리 위 상단에서 회전했다. 무구는 그 손목의 움직임을 쫓아 유리족의 머리 위에서 원을 그렸다.

그리고는 대각선으로 내리꽂혔다.

베르테르가 눈앞에서 확인한 청염은 바로 그것이었다.

정황의 설명은 길었지만 지금까지의 모든 것은 실로 단 한 순간에 이뤄졌다. 베르테르가 손끝의 감각만을 믿고 착각을 할 만큼 빠르게 진행된 것이다.

“……!”

예기치 못했던 상대의 반격에 기겁을 한 베르테르.

그녀는 거칠게 뒤쪽으로 땅을 박찬다.

그것으로도 모자라 활처럼 허리를 뒤로 젖히며, 두 손에 집중된 크레논을 얼굴로 향하게 한다.

퍼억!

베르테르의 의지를 쫓은 크레논의 반응은 다행히 느리지 않았다. ‘호면(護面)의 갑(甲)’을 구현한 크레논이 그녀의 얼굴을 보호한 것이다.

믿기 힘들 정도의 거력에 호면의 갑이 산산이 흩어졌다.

다행히 유리족의 무구는 아슬아슬한 차이로 얼굴 위를 스쳐 지나갔다.

베르테르의 가슴이 철렁하는 순간이었다. 하마터면 목숨을 잃을 뻔했던 것이다.

뒤쪽을 향한 단 한 번의 도약으로 상대와 충분한 거리를 벌렸건만 여전히 가슴이 두근거렸다.

이 유리족은 듣던 바 이상으로 영악했다. 계속해 정면으로 자신의 공세를 마주했기에 이번에도 당연히 그러리라 믿었다.

한데 결정적인 순간 힘을 빼 도를 흘려보내고는 역공을 취했다. 정면 대결만을 생각했던 자신에게 있어서는 그야말로 치명적인 노림수였던 것이다.

따지고 보자면 운이 좋았다. 자신의 반응이 조금만 늦었어도 머리가 두 쪽 났을 것이기에.

거친 호흡 속에서 베르테르는 그렇게 생각했다.

이제 그녀에게는 유리족을 경시하는 마음은 눈곱만큼도 남아 있지 않았다.

상대는 자신 이상의 무투의 기술을 익히고 있으며, 무엇보다 많은 전투 경험을 가지고 있음이 분명했다.

서천회랑족이 그랬듯 베르테르에게도 더 이상 상대의 종족이 무엇이냐는 중요치 않았다. 적이 위협적인 대상이라는 사실만이 남았을 뿐이다.

그렇게 현실을 수긍하던 베르테르의 눈이 흔들린다.

'응……?'

얼굴에서 느껴지던 둔탁한 통증이 작열감으로 변해간다. 불에 달궈진 꼬챙이가 대각선으로 얼굴을 지져 대는 것만 같다.

베르테르는 저도 모르게 얼굴에 손을 가져다 댄다.

화끈한 느낌.

지독한 통증이 얼굴을 가득 채운다.

그리고…….

축축했다.

통증을 억누르며 손을 바라보니 끈적끈적한 주홍의 액체로 젖어 있다.

출혈.

그 양마저 결코 적지 않은 출혈인 것이다.

"으, 으아아아아!"

베르테르의 입에서 터져 나온 괴성.

그제야 유리족의 검이 크레논으로 구현한 갑주를 깨고도 여력이 남아 자신의 얼굴에 깊은 상처를 남겼다는 사실을 깨달았다. 극한에 다다른 위기의 순간을 간신히 넘긴 탓에 뒤늦게 알아챈 것이다.

"훗! 감각이 그렇게 느려서야……."

주홍의 피에 젖은 베르테르의 얼굴을 보며 이오나가 흘린 한마디였다.

여전히 흥미진진한 그녀의 표정.

현재의 상황을 즐기는 이오나였다. 그녀는 승기를 잡은 지금에도 베르테르를 몰아붙일 생각이 없어 보인다. 마치 뭔가 더 보여줄 게 없냐고 묻는 것만 같은 표정이었다.

그 모습에 베르테르는 어금니를 악물었다. 치솟는 노기는 걷잡기 힘들 정도지만 자존심은 일단 뒤로했다.

베르테르는 어리석지 않았다.

이미 상대가 자신보다 우위에 있음을 인정한 상황이다. 그 안에서 그녀는 최선의 방법을 찾아야만 했다.

한순간 베르테르의 손이 하늘로 향하고 은색의 구체가 쏘아진다. 앞서와 달리 힘을 모으는 시간은 필요치 않았다.

쏘아진 구체는 높은 곳에서 확산된다. 잘게 나눠진 은색의 빛이 넓게 퍼진다.

그리고 아주 조금의 시간이 흘렀을 때.

쿠콰아아아……!

위협적인 소리와 함께 공터에 광풍이 몰아친다.

거칠기 이를 데 없는 바람에 샤렌은 균형을 잃고 앞으로 몇 걸음을 나선다. 몸을 낮춰보지만 일진광풍의 힘은 버겁기만 했다.

마침 눈앞에 마령이 보인다.

샤렌은 비스듬히 꽂혀 있는 마령의 도병(刀柄:도의 손잡이)

을 잡고서야 몸을 멈춰 세울 수 있었다.

간신히 균형을 잡은 샤렌의 시야에 하나의 길이 보인다. 수많은 나무들이 부러져 나가 만들어진 길이었다.

그는 고개를 돌린다. 숲에 새롭게 만들어진 길의 연장선을 향해서다.

그곳에는 은빛 찬란한 날개를 막 접고 있는 한 사내가 보인다. 또 다른 은익의 성휘족이 등장한 것이다.

베르테르가 쏘아올린 은광의 구체는 아무래도 원군을 요청하는 신호였던 모양이다.

"베르테르?"

나타난 성휘족의 눈에 이채가 걸린다. 그 이채의 빛이 흔들린다. 베르테르의 부상을 확인했기 때문이다.

일단 드러난 것은 노기다. 나타난 자에게 있어 베르테르는 단순한 수하 이상이다.

그를 발견한 베르테르의 커다란 은안도 흔들린다. 반가운 가운데서도 걱정이 가득한 표정이다. 찰나간 내비친 걱정은 얼굴에 남을 흉터에서 기이한 것이었다. 이 부상으로 인해 그의 마음이 변할까 두려웠다.

베르테르가 감정을 드러낸 시간은 극히 짧았다. 그녀는 곧 고개를 숙여 예를 갖춘다.

"케스트론님!"

케스트론이라 불린 성휘족은 가볍게 고개를 끄덕여 베르

테르의 예를 받아들인다.

그리고 반짝이는 은안을 움직인다.

청염에 휩싸인 유리족, 회랑족 셋과 여유있는 싸움을 벌이고 있는 또 하나의 유리족, 회랑족의 시신, 그리고 격전장에서 동떨어져 있는 붉은 머리의 마지막 유리족까지 느릿하게 살핀다.

여유 때문이 아니다. 치미는 노기를 가라앉히기 위해서다. 무조건 흥분할 상황이 아님을 그는 본능적으로 느끼는 중이었다.

"역천(逆天)의 무리… '삭월(朔月)' 들이 아니었던 건가?"

그는 먼 거리에 있었지만 격전에서 비롯된 소음은 이미 오래전부터 듣고 있었다. 소음의 크기로 미루어 당연히 베르테르가 역천의 무리인 삭월과 전투를 벌인다고 생각했다.

설마하니 유리족 둘을 상대하면서 그처럼 요란을 떨 거라고는 상상조차 할 수 없었던 것이다.

그러던 중 원군을 부르기 위한 크레논의 신호를 확인했다. 예기치 못한 강적이 등장했을 거라 추측한 케스트론은 한달음에 소음의 진원으로 향했다.

도착한 이후 정황을 파악한 그로서는 현재의 상황을 선뜻 납득하기 힘들었다. 삭월들과 맞섰던 것도 아니거늘 회랑족이 죽고 저 베르테르가 부상까지 입어 구조 요청을 했다는 사실 때문이다.

"저 유리족은 '제천의 예(藝)'에 필적하는……."

베르테르의 변명은 케스트론의 손에 의해 가로막혔다.

설명은 불필요했다.

유리족을 휩싸고 있는 청염.

크레논과는 다르지만 정순하기 이를 데 없는 힘이다.

뿐만 아니다.

저 힘 자체만으로도 이미 베르테르를 넘어서고 있다. 결코 유리족이 소유할 만한 것이 아니다.

하지만 케스트론은 눈앞의 현상을 부정할 바보가 아니었다. 청염에 휩싸인 유리족은 진정한 강자(强者)였다.

저쪽에서 회랑족 셋을 상대하고 있는 유리족 또한 만만치 않다.

그는 청염 속의 유리족처럼 크레논과 유사한 힘을 겉으로 드러내고 있지는 않다.

하지만 상식을 뛰어넘을 정도의 기와 술을 구사하고 있다. 순간순간 발하는 크레논과 유사한 힘 자체는 청염 속 유리족보다 부족해 보이지만, 서천에서조차 발군이랄 수 있는 기와 술을 사용, 회랑족 셋을 여유있게 다루고 있었다. 베르테르의 말처럼 제천의 예에 필적하다 표현할 수 있을 정도였다.

그러니 결론은 하나다.

이 두 유리족은 설명이 필요없는 강적이다.

아니, 이 정도나 되는 자들을 과연 유리족이라 칭할 수 있

을지 의문이 들 정도다. 서천에 맞서는 삭월의 구성원에 비해
전혀 손색이 없었던 것이다.

"일단은 상황을 정리하고 보지."

케스트론의 묵직한 한마디였다. 강적을 맞이한 신중한 태
도가 고스란히 드러났다.

"일부러 기다려 준 건가?"

케스트론이 이오나를 향해 물었다. 자신이 도착했을 때, 유
리족은 베르테르를 몰아붙이고 있지 않았다. 도착한 이후에
도 대화를 나눌 시간을 허용해 줬다. 기다려 주었다고밖에 생
각할 수 없는 유리족의 태도였던 것이다.

"어차피 잠자긴 그른 것 같아서 말이지……."

유리족의 뜻 모를 답변이었다.

하지만 케스트론에게 있어서 어차피 대화를 위한 질문은
아니었다.

"고맙다고 해야겠군."

케스트론은 고개를 끄덕인다.

그리고는 두 눈에서 사납고 차가운 은광을 쏟아낸다.

"하지만 이곳 서천에서 서천의 왕을 모시는 우리에게 저항
한 대가를 피할 수는 없어."

케스트론의 손에 은빛의 도가 생겨난다.

샤렌의 눈에 비친 케스트론의 도는 한눈에도 베르테르의
그것과 구분이 되었다.

도의 색은 시리도록 하얗고, 윤곽 자체가 베르테르의 도보다 훨씬 선명하다. 위험한 느낌 또한 강렬해 보는 것만으로도 가슴이 섬뜩해질 정도였다.

이오나 역시 느낄 수 있었다. 전사로서의 직감이 경종을 울리고 있다. 온몸의 신경세포가 극도로 예민해진다. 적의 손에 형성된 힘은 베르테르가 운용했던 것과 차원이 달랐던 것이다.

그렇기에…….

이오나는 웃었다.

얼마 만에 만나보는 진정한 강자이던가!

"얼마든지!"

이오나는 세야를 비스듬히 세워 내밀었다.

그녀가 자세를 갖추는 것을 보고서야 케스트론이 움직인다. 상대가 배려해 준 만큼 그도 최소한의 배려를 한 것이다.

이오나를 향한 케스트론의 공격이 시작되고, 다시금 공터는 은광으로 가득해진다.

케스트론의 손에 들린 도가 그렇듯 공격 방식도 베르테르와는 달랐다.

베르테르의 공격은 선과 선으로 가득했다.

이와는 달리 케스트론의 공격은 샐 틈 없는 막이 되어 이오나를 덮쳐 가고 있었던 것이다.

거대한 힘의 발동.

그로 인한 여파 또한 만만치 않았다.

샤렌으로서는 거친 바람에 눈을 뜨는 것조차 버거웠다. 그는 한 손을 들어 얼굴로 몰아치는 바람을 막아봤다.

하지만 바람의 세기는 시간이 지날수록 강해졌다. 이제는 제자리에 서 있기조차 힘들었다.

도에서 이는 경풍조차 날카롭기 그지없었다. 바람이 닿는 곳의 땅이 뒤집어진다.

여력을 담은 바람에라도 닿을라치면 나무들이 속절없이 쓰러진다.

샤렌은 균형을 잡기 위해 쥐고 있던 마령을 뽑아 들고 황급히 뒤로 물러선다. 예기를 머금은 바람에 휘말렸다간 자신의 몸도 동강날 수 있다는 위기감 때문이었다.

이오나와 케스트론의 격전에는 예상했던 폭음이 쉽게 터져 나오지 않았다. 둘은 서로가 서로를 가늠하며 검과 도를 휘두르는 중이기 때문이다. 서로가 직접적인 충돌을 자제하는 것이다.

그 덕에 한없이 뻗어가는 여파가 공터의 크기를 넓혀간다. 경풍에 닿을 때마다 나무들이 속절없이 잘려 나갔기 때문이다.

'이럴 수가……!'

무지막지한 바람을 피해 연신 뒷걸음질을 치는 샤렌은 경탄을 금치 못한다.

저 둘의 체구는 자신과 비슷하다.

하지만 두 사람이 만들어내는 현상은 자신으로서는 상상조차 못할 정도였다.

저들의 격전을 통해 샤렌은 어째서 이오나가 일국의 무력과 비유되는지, 모리엔트가 왜 인간의 손에서 벗어난 곳으로 유지되어 왔는지 명확히 알 수 있었다. 스치는 바람결에 아름드리나무들이 잘려 나가는 마당에 인간으로서 저들 앞에 바로 설 자는 손에 꼽힐 수밖에 없었던 것이다.

어쩐지 샤렌은 스스로가 너무나 보잘것없다는 감상에 빠져들었다.

만약 이 자리에 테오타신이나 이오나가 없었다면?

모리엔트의 이종족들에게 있어서 자신은 손끝으로 찍어 눌러 죽일 수 있는 벌레와 다르지 않았을 것이라는 생각이 들었다.

레비크를 벗어나서는…….

강자들의 앞에서는…….

무력하고 또 무력한 존재가 바로 자신인 것이다.

이 대륙에 자신이 알지 못하는 강자가 얼마나 많을 것인가?

온실 속의 화초라며 무시했던 아카데미의 모범생들.

그들을 비웃었던 자신 역시 드넓은 세상에서는 곱디곱게 자란 화초 중의 하나였던 것이다.

그때였다.

번쩍.

강렬하기 이를 데 없는 빛살이 샤렌의 눈을 찌른다.

쿠아아아앙!

엄청난 폭음과 함께 샤렌은 자신의 몸이 붕 떠오름을 느꼈다.

그리고는 저항할 수 없는 힘에 밀려 뒤로 날아간다. 깜짝 놀라 저도 모르게 이오나가 주었던 검을 놓쳐 버렸다. 손에 남은 것은 오트라마의 마령뿐이었다.

퍼억!

등판에 가해진 충격과 함께 숨이 턱 막혀온다. 온몸의 뼈가 조각나는 느낌이다.

흙과 모래, 잎사귀와 부러진 나뭇가지들이 얼굴을 때려대지 않았다면 충격에 정신을 잃었을지도 모른다.

간신히 호흡을 이은 샤렌은 자신을 날려 버린 힘의 정체를 깨달았다. 이오나와 성휘족의 첫 번째 충돌이 만들어낸 여파가 그토록 강했던 것이다.

얼마나 큰 힘이 이오나의 검과 케스트론의 영참의 도에 실렸던 건지 샤렌으로서는 가늠할 수조차 없었다.

그것은 시작에 불과했다.

천둥소리를 무색케 하는 굉음이 공터를 가득 채우고, 미친 바람이 폭음에 맞춰 춤을 춘다.

이번에는 이오나의 표정부터가 예사롭지 않다. 현란한 검의 움직임으로도, 전에 비할 바 없이 강해진 청염의 기세로도 한순간 승부를 결정짓기에는 부족했던 것이다.

하지만 그녀의 입꼬리에 맺힌 것은 미소다. 이오나는 여전히 박진감 넘치는 이 승부를 즐기고 있는 것이다.

반면 케스트론은 그럴 만한 여유를 갖지 못했다. 시간이 흐를수록 영참의 도가 그려내는 은의 장막이 줄어드는 중이다. 이오나의 세야가 물 만난 고기처럼 활개를 치기 시작한 후로 조금씩 열세를 드러내기 시작한 것이다.

무투에 있어 초보자라고 할 수 있는 샤렌이 보기에도 이오나가 승기를 잡고 있음을 느낄 수 있을 정도.

같은 장면을 보고 있는 베르테르는 샤렌보다 명확히 상황을 파악했다.

베르테르의 눈에 결연한 빛이 번득인다.

어금니를 악문 그녀가 신형을 움직인다. 빠른 만큼 은밀한 이동이었다.

다시 한 번 번쩍이는 섬광.

그것은 이오나와 케스트론의 재격돌에서 비롯된 것.

반발력에 서로 튕겨지듯 뒷걸음질을 치는 이오나와 케스트론이다.

베르테르가 은밀히 향한 곳은 튕겨 나오는 이오나의 등 뒤쪽이었다.

자신을 향해 날아드는 이오나를 확인한 베르테르의 손에 갑작스레 백광이 맺힌다.

영참의 도 재구현!

동시에 베르테르의 신형이 앞으로 쏘아진다. 그녀 전체가 하나의 시린 빛이 되어 공간을 압축해 가는 것이다.

그것은 암습이었다.

케스트론이 상대하는 유리족은 감지에 뛰어나다.

이에 베르테르는 크레논을 최소한으로 운용해 기척을 감췄다. 케스트론이 뻗어낸 크레논의 기세가 아직까지 사위를 점하고 있는 것을 이용했다. 공격의 기세에 자신의 움직임을 감춘 것이다.

베르테르의 예상대로 이오나는 지나칠 정도로 케스트론과의 싸움에 집중하고 있었다. 베르테르가 영참의 도를 구현, 몸을 날리고서야 암습을 감지하고 만 것이다.

이오나의 얼굴이 굳어진다.

좋지 못한 상황이다.

이오나의 세야는 사납게 그어지는 케스트론의 도를 막기 위해 앞으로 내밀어진 상태.

검을 돌이킬 수도, 억지로 취한 동작을 바꿀 수도 없다.

케스트론은 그렇게까지 만만한 상대가 아니다.

중도에 무리하게 수를 바꾼다면 단 한 번에 목숨을 잃을 수도 있다.

따라서 이오나는 염두에 두지 않았던 베르테르의 공격에 무방비일 수밖에 없었다.

이오나에게는 절체절명의 위기.

그녀는 어금니를 악물었다.

뒤쪽의 공격을 막을 수 없다면 결론은 하나뿐.

홀로 손해를 감내할 그녀가 아니었다.

2

알포네에 드리워진 짙은 어둠의 장막이 거침없이 찢겨 나가는 중이다. 한계를 벗어난 자들의 격전 때문이다. 그들이 휘두르는 무구에서 발한 섬광 앞의 어둠은 무력하기만 했다.

잘게 갈라지는 어둠의 조각들을 모두 보고 있는 것은 샤렌뿐이었다.

당연하게도 그의 눈에는 베르테르의 난데없는 이동과 섬뜩한 백광이 도라는 무구의 형태로 구현되는 장면이 선명하게 보였다.

베르테르의 손에 들린 무구가 대기를 가르는 순간, 샤렌은 격한 심장의 박동이 천둥처럼 들리는 현상을 겪는다.

두근!

그것은 고막이 아닌 영혼에 직접 울려오는 소리.

절대의 위기에 대한 경고다.

죽음!

그렇다.

죽음이다.

물리적 시간의 한계를 넘어 이오나의 가슴을 뚫고 나오는 백색의 도가 너무나 선명히 머릿속에 그려진다.

이에 논리적 사고에 앞선, 본능에 가까운 지독한 거부감이 샤렌을 지배한다.

원치 않는 죽음은 이미 겪었다.

그것은 어머니 하나만으로도 충분하다.

이오나를 어머니와 비교를 해야 할까에 대한 의문 따위를 떠올릴 여유는 없다.

샤렌의 의식을 지배하는 오직 하나.

이오나의 죽음을 막아야 한다는 것뿐.

사명감과는 차이가 있는 단 하나의 염원이다.

그 강렬한 염원이 체내에 기이한 현상을 유발한다.

몸의 우측이 들끓는다. 마치 반신이 커다란 솥이 된 것만 같다.

동시에 세상이 멈춰 버린다.

무엇인가 체내에서 일어나고 있다는 자각과 동시에 벌어진 일이다.

그리고 알 수 없는 체내의 기묘한 감각이 다리 쪽에 집중된다.

한순간의 폭출.

발바닥에서 무엇인가가 터져 나가는 느낌이었다.

반신을 들끓던 감각이 사라지며 다시금 시간이 제 흐름을 되찾는다.

동시에 주변이, 공간이, 아니, 세상이 일그러진다. 이오나와 케스트론의 격전조차 선명하게 볼 수 있던 동체시력임에도 사물이 형체를 잃고 선으로 이어진다.

영혼이 육체를 벗어난 듯한 해방감 속에서의 전진.

지독하다고밖에 표현할 수 없을 정도의 빠른 이동이다.

짧은 그 순간이 체감되어 의식의 표면으로 떠오르기도 전,

퍼억!

둔탁한 음향이 기이할 정도로 선명히 샤렌의 귀를 파고든다.

그 소리가 어디에서 들린 건지는 모른다. 뭔가 아득하면도 선명하기만 했다.

아직까지 무엇이 어떻게 되었는지 파악할 수 없는 샤렌이다.

그가 알 수 있는 것은 오직 하나.

뭔가 비현실적인 일이 벌어졌다는 사실뿐이다.

방금 전까지만 해도 분명 공터의 외곽에 위치했었다.

한데 지금은 이오나의 등이 코앞에 이르는 곳에 와 있다. 상식적으로는 있을 수 없는 일이 벌어진 것이다.

혼란 속에서 샤렌은 둥근 무엇이 허공으로 솟구치는 것을 본다.

반짝이는 은색의 머리카락, 그리고 허공을 캔버스 삼아 주홍의 물감을 뿌려대는 그것.

케스트론의 머리였다.

그가 죽었다. 아무리 처음 보는 이종족이라 해도 목이 잘리고서도 살 수는 없을 테니까.

케스트론의 죽음.

그게 문제가 아니다.

아직도 샤렌의 의식을 지배하는 것은 이오나를 살려야 한다는 생각뿐.

샤렌은 붉은 눈을 빛내며 이오나의 안위를 확인한다.

이오나는 자신을 향해 몸을 돌리는 중이었다. 그녀는 왼손으로 오른팔을 감싸 쥐고 있었다. 손가락 사이로 붉은 선혈이 콸콸 흐른다. 세야를 들고 있는 것조차 위태롭게 보일 정도의 출혈이었다.

그래도……!

그녀는 무사하다!

샤렌의 얼굴에서 긴장감이 사라진다. 이오나의 생명에 지장이 없다는 사실을 확인하자 다행이라는 생각밖에 들지 않는 것이다.

하지만 이오나는 달랐다. 커다란 눈을 더욱 크게 뜬 그녀는 잔뜩 인상을 찌푸렸다.

'상처 때문인가……?

샤렌은 그렇게 생각했다.

"케스트론님!"

뾰족한 외침.

그것은 등 뒤에서 들려왔다.

"샤렌!"

이번에도 뾰족한 외침.

그것은 앞에서.

이오나에게서 터져 나왔다.

"……?"

이오나의 절박한 목소리에 의문을 품는 그 순간, 샤렌은 화끈한 무엇인가를 느꼈다.

정신이 아득해질 정도의 격통.

오른쪽 가슴이다.

가슴 부위가 맹렬한 불길에 휩싸인 것만 같았다.

샤렌의 고개가 아래로 향하는 순간, 삐죽이 튀어나왔던 백광이 가슴 안쪽으로 사라지는 장면이 보인다.

"어……?"

샤렌은 이해할 수 없는, 기적에 필적하는 공간 이동이 만들어낸 결과 하나를 더 파악했다. 베르테르의 도가 자신의 우측 가슴을 관통했고, 그 결과로 주먹만 한 구멍이 뚫려 버린 것이다.

가슴에서 콸콸 솟구치는 붉은 피.

어쩐지 그 장면이 비현실적으로만 느껴진다. 말도 안 되는 이동을 했던 것처럼, 자신의 몸에 이토록 커다란 구멍이 생겼다는 게 현실로 다가오질 않는 것이다.

하지만 통증만큼은 너무도 선명하다.

결국 지금 자신이 보고 있는 붉은 피는 결코 환상도, 꿈도 아닌 것이다.

"크아아아!"

난데없는 절규가 멍한 상태인 샤렌의 귀에 울려 퍼진다.

그것은 베르테르의 벌어진 입술에서 토해진 외침이었다.

이어 베르테르의 신형이 앞쪽으로 쏘아진다.

엄청난 속도의 움직임으로 땅으로 추락 중인 케스트론의 머리를 받아 든다.

베르테르는 케스트론의 목에서 쏟아지는 주홍의 피에도 개의치 않았다. 그녀는 소중하기 이를 데 없는 물건을 안아 들 듯 케스트론의 머리를 감싸 안았다.

그사이 이오나는 샤렌만을 바라보고 있었다. 흔들리는 눈으로 샤렌을 바라보던 그녀가 하염없이 떨리고 있던 입술을 벌린다.

"그, 그대가……!"

격정을 이기지 못한 표정이었다. 그녀는 차마 말을 마칠 수가 없었다.

등 뒤의 암습을 인지한 후 단 한 수에 승부를 걸었다. 홀로 죽을 수는 없다는 생각에 자신의 팔을 희생하는 대신 케스트론의 목을 쳤다. 어차피 그의 목을 자르는 순간, 가슴에 구멍이 뚫릴 것이니 팔 하나의 부상쯤은 아무것도 아니었던 것이다.

하지만 적의 목을 잘라낸 후에도 아무런 통증이 없었다.

이상한 일이었다. 베르테르의 도가 자신에게 도달할 시간이 충분히 지났던 것이다.

이오나는 상황 파악을 위해 고개를 돌렸다.

그리고 예기치 못한 장면을 확인했다.

붉은 눈, 붉은 머리카락의 샤렌이 베르테르와 자신의 사이에 서 있었다.

가슴에 커다란 구멍이 뚫린 채로…….

정황을 파악하기란 어렵지 않았다.

샤렌이 몸을 던져 베르테르의 도를 막아낸 것이다.

그 상황은 이오나에게 있어 더없이 커다란 충격이었다.

누군가를 지키는 것은 자신의 책무다.

하지만 누군가에게 지켜지는 것은 결단코 그녀의 몫이 아니었다.

이는 평생을 두고 한 번도 겪지 못한 일이다.

함께 있어 재밌다고만 여겨온 이 남자.

그가 자신을 지켜냈다.

스스로의 목숨을 바쳐서……!

그렇다.

그가 자신을 대신해 죽어가고 있다.

이 세상 어떤 성약으로도 지금 그가 입은 상처를 치유할 수 없음을 이오나는 알고 있었다.

정의할 수 없는 격한 감정이 그녀의 내부를 휘저었다. 아직까지 그녀는 이 상황을 어떻게 받아들여야 할지 모르는 것이다.

휘청.

샤렌의 왼쪽 무릎이 꺾인다.

그의 몸이 빙글 돌아 쓰러진다.

이오나는 급격히 기운 샤렌을 부축해 안아 든다. 저도 모르게 내민 손으로…….

샤렌이 어렵사리 목에 힘을 주어 고개를 들어 올린다.

이오나는 그와 눈을 맞춘다.

그의 눈에는 더 이상 넘치는 재기도, 루비와 같은 반짝임도 없었다. 어딘가 초점이 맞지 않고 흐릿하기만 했다.

그런 샤렌의 눈을 보자 이오나는 누군가 가슴에 손을 넣어 심장을 움켜쥐는 것만 같은 느낌이 들었다.

절로 미간이 찌푸려졌다.

샤렌의 입술 끝이 꿈틀댄다. 그 결과로 파리해진 입술의 끝

Rhapsody Of Cardinal

이 어렵사리 당겨져 올라간다.

이오나는 알 수 있었다.

그는 웃고 있다. 아니, 웃음을 보여주려 한다.

웃음의 의미는 분명했다. 입을 벌려 말하지 않아도 충분히 알 수 있었다.

다행이라고.

무사해서 다행이라고 그가 말하고 있다.

하지만 이오나는 마주 웃어줄 수가 없었다.

지금 이 순간, 그에게 미소를 내비치는 것이 최선임을 안다.

하지만 표정이 뜻대로 바뀌질 않았다.

갑작스레 그를 떠받든 손에 무게감이 느껴진다. 샤렌의 다리에서 힘이 빠져나간 것이다.

억지로 들어 올려 버티던 고개 역시 맥없이 뒤로 젖혀졌다. 붉은 머리카락이 발을 드리우듯 땅으로 쏟아져 내렸다.

그 장면에 이오나의 꽃잎 같은 입술이 달싹인다. 무엇인가 말을 하고 싶었다.

하지만 여의치 않다. 떨리는 입술 때문이다. 도저히 제어할 수 없는 떨림이었다.

누군가의 죽음으로 인한 감정의 동요 따위…….

호흡 몇 번이면 가라앉힐 수 있다.

그것이 평소의 이오나다.

하지만 깊은 호흡이 반복되고 있음에도 좀처럼 격정이 식질 않는다.

입술을 흔들던, 통제를 벗어난 그 떨림은 손끝까지 이어졌다.

샤렌의 몸을 받친 손이 거칠게 흔들린다.

시야가 흐려진다.

이오나는 황급히 샤렌에게서 시선을 거둔다.

조금만 더…….

그를 바라본다면 눈물이 흐를 것임을 알기 때문이다.

울 수 없다.

더 이상 울지 않기로 수없이 맹세한 그녀다.

게다가 끝까지 자신을 향해 미소를 보이던 그의 앞이다.

수많은 사선을 넘어온 그녀.

이와 같은 죽음에 대한 예우가 어떤 것인지 누구보다 잘 알고 있었다. 미소를 내비치며 죽어간 샤렌의 앞에서는 결코 눈물을 보여선 안 되는 것이다.

대신 그녀는 부서져라 어금니를 악문다.

그리고는 조심스레, 더없이 조심스레 샤렌을 땅에 눕힌다.

이오나의 검은 눈에서 새파란 안광이 쏟아진다.

그것은 순수한 살기 자체다.

안광이 향한 곳에는 베르테르가 있었다.

베르테르 역시 케스트론의 머리를 조심스레 땅에 내려두

고 있었다. 깨지기 쉬운 도자기를 내려놓듯 품에서 내려두는 것조차 안타깝다는 듯한 동작이었다.

잠시 후, 베르테르는 눈물과 피가 뒤섞인 얼굴을 들었다.

케스트론의 머리를 바라볼 때는 슬픔만이 가득했던 그녀의 얼굴이 한순간 변했다. 샤렌을 땅에 눕힌 이오나를 본 것이다.

베르테르의 은안에는 원독만이 가득했고, 얼굴 전체에 주체할 수 없는 분노가 넘실거린다.

이오나와 베르테르.

둘의 격한 감정이 허공에서 부딪치자 불꽃이 이는 것만 같다.

그때였다.

3

콰앙!

유독 요란하게 들려오는 폭음.

그것은 테오타신이 회랑족과 격전을 벌이는 곳에서 터져 나왔다.

여태껏 상대의 힘을 마주하지 않고 흘려내던 테오타신의 화묘가 정면으로 회랑족의 도와 부딪쳤다. 테오타신이 잠시 다른 생각에 빠져 집중력을 잃은 탓이다.

사실 노련하기 이를 데 없는 검사인 테오타신이 격전 중에 흐트러진다는 것은 불가능에 가깝다.

그럼에도 불구하고 테오타신은 준비되지 않은 힘에 맞서 느라 연신 뒷걸음질을 쳤다. 혼란 때문이다.

혼란의 원인은 샤렌이다.

그의 죽음이 백전노장인 테오타신의 평정심을 송두리째 뒤흔들고 말았다.

테오타신은 설마 샤렌이라는 애송이가 저토록 허망이 죽어버릴 것이라고는 상상도 못했다.

사실 그가 서천회랑족과의 격전에서 승기를 잡은 건 이미 오래전이다. 새로운 은익의 성휘족이 등장했을 즈음에는 언제든 승패를 결정지을 수 있었다.

하지만 테오타신은 그렇게 하지 않았다. 이번이야말로 스스로 부상을 입어가면서까지 무엇인가를 감추고 있던 애송이의 실체를 볼 기회라 여겼다.

그는 좀 더 긴박한 상황이 연출되기를 원했다.

그리고 테오타신이 기대하는 순간이 찾아왔다.

이오나에게 위험한 상황이 발생하자 애송이의 몸에서 막대한 기운이 솟구쳤다.

테오타신이 지금껏 살아오면서 단 한 번도 경험해 보지 못한 거대하고 순수한 기운이었다.

경악을 금치 못하는 그 순간, 곁눈질로 보던 애송이의 신형이 흐릿해졌다.

애송이의 움직임이 자신의 안력을 넘어서 버린 것이다. 아니, 예상했던 대로 마법 종류의 어떤 능력을 발휘한 모양이다. 빠른 움직임만으로는 자신의 동체시력을 넘어설 수 없다는 게 테오타신의 생각이었던 것이다.

녀석의 모습은 이오나와 성휘족의 사이에 다시 나타났다.

테오타신은 한껏 기대했다.

과연 애송이가 어떤 능력을 보여줄 것인지에 대한 기대였다.

하지만 결과는 너무도 엉뚱했다.

녀석은 이오나의 등 뒤를 바라보고만 있었다. 뒤쪽에서 성휘족의 도가 날아들고 있음에도 몸을 돌릴 생각조차 안 했다.

그리고…….

무력하게 죽음을 맞이했다.

테오타신은 극도의 혼란에 빠졌다. 대단한 뭔가를 감추고 있다고 확신했던 만큼 애송이의 활약을 기대했다. 저토록 허망하게 죽어버릴 것이라고는 상상조차 할 수가 없었다.

그랬기에 한순간 평정심이 흔들려 버렸다.

자신의 착각과 호기심이 아니었다면, 저 애송이의 죽음은 충분히 피할 수도 있었을 것이다.

애초부터 험로를 선택했던 것을 비롯해, 여력이 있음에도 이오나를 돕지 않았던 것에 이르기까지. 모든 게 애송이의 감쳐진 뭔가를 확인하기 위해 자신이 의도했던 상황이다. 그러니 애송이의 죽음에는 자신의 책임이 작지 않았다.

그에 대한 책임감과 죄의식이 순간적으로 밀려온 것이다.

테오타신이 서천회랑족의 도에 실린 강한 힘을 흘려내지 못한 건 이런 이유에서였다.

하지만 그도 잠시.

테오타신은 검공이란 명성에 걸맞게 순간적으로 마음을 추스렸다. 죄책감은 나중의 일이었다.

살아 있는 뱀처럼 꿈틀대며 공간을 채우는 테오타신의 화묘.

기기묘묘한 변화를 머금은 그 움직임은 테오타신의 전면과 좌우 측면을 완벽하게 방어하고 있었다. 잠시의 승기를 노려 적들이 거칠게 밀어붙일 것을 예상한 동작이었다.

하지만 샤렌의 죽음에 대한 의식 탓인지 테오타신의 예상은 어긋났다. 서천회랑족 셋은 그를 향해 달려들고 있지 않았던 것이다.

“……?”

테오타신이 의아해하는 사이, 세르마트는 외려 몸을 뒤로 뺀다.

그리고는 허리춤에서 무엇인가를 꺼내 들어 끝 쪽의 줄을 잡아당긴다.

테오타신이 아차 싶었을 때는 이미 늦었다.

원통의 막대에서는 이미 붉은색의 불꽃이 튀어나왔고, 긴

꼬리만을 남긴 채 하늘로 치솟은 것이다.

신호였다.

아까 전 베르테르가 하늘을 향해 쏘아 올렸듯 이 서천회랑족도 원군을 부르는 것이다.

테오타신의 그와 같은 추측은 정확했다.

"우리로서는 당신을 이길 수 없소. 전사로서 패배는 승복하지만 정황상 이대로 물러날 수 없음을 용서하시오."

신호를 쏘아올린 세르마트가 침통한 표정으로 말했다. 표정과 달리 어조는 정중하기 이를 데 없었다. 세르마트는 강자로서의 테오타신을 존중하는 것이다.

눈앞의 유리족이 무구를 다루는 기와 술은 베르테르가 말했듯 제천의 후예가 자랑하는 '예'에 필적했다.

나머지 두 회랑족 역시 괴로운 표정을 지었다.

유리족에게 패배를 인정해야 할 상황.

그리고 패배를 자인했음에도 물러서지 않고 원군을 불러야 하는 상황이 수치스러운 것이다.

테오타신은 고개를 끄덕였다. 한눈에도 저들은 군(軍)이라 부를 수 있는 조직에 속해 있다. 병사는 개인의 승부에 집착해서는 안 되는 것이다. 서천회랑족은 듣던 바만큼의 무위를 지니지 않았으나, 무도를 걷는 자로서의 자세는 들었던 것 이상이었다.

테오타신이 무겁게 입을 연다.

"나 역시 이대로 잡혀줄 수는 없는 상황이라네."

"이곳을 벗어나기란 쉽지 않을 것이오. 케스트론님께서 이끄시는 전사들의 숫자는 적지 않으니……."

세르마트의 한마디.

그것은 진심이 담긴 경고였다. 상대의 실력을 인정하고 있음에도 벗어나기 힘들다 말했다. 개인의 실력 차를 무시할 인원이 원군으로 온다는 뜻이다.

세르마트의 경고는 테오타신에 대한 배려였다. 저 유리족이 오트라마를 죽였을 때만 해도 비겁한 암습의 결과라고만 생각했다. 하지만 맞부딪쳐 싸워본 결과는 달랐다. 암습이 아니더라도 이 유리족에게는 오트라마를 죽일 충분한 능력이 있었던 것이다.

눈앞의 유리족에게는 수차례 걸쳐 자신들을 죽일 수 있는 기회가 있었다.

그럼에도 자신들이 살아 있다는 건 상대가 손속에 자비를 두었다는 뜻.

세르마트는 방금 전 한마디 경고로 그 은혜를 갚고자 하는 것이었다.

그와 같은 세르마트의 뜻을 모를 테오타신이 아니었다. 이 회랑족에게는 정중함만이 가득했다. 허세가 아닌 진심 어린 충고임을 충분히 느낄 수 있었다.

이에 검공은 쓸쓸한 미소를 머금었다. 샤렌을 죽게 한 자신

의 엉뚱한 호기심이 이 서천회랑족에게 오해를 하게 만들었
다. 그로 인해 위기에서 벗어날 기회를 맞이하게 된 것이다.

'이래저래 애송이에게 미안해할 수밖에 없군.'

잠시 땅에 누워 있는 샤렌을 쳐다본 테오타신의 신형이 꺼
지듯 사라졌다. 한순간 이동해 이오나의 옆에 가 선 것이다.
그는 지금은 감상에 젖어 있을 때가 아님을 확신했다.

"……?"

막 베르테르를 향해 출수하려던 이오나는 테오타신의 갑
작스런 접근에 의문을 표했다.

테오타신은 한눈에 이오나의 눈에 담긴 분노와 살기를 감
지했다.

"네이 경, 적의 원군이 오고 있네."

짧고 단호한 한마디였다.

"저자를 죽이겠어요."

새파란 살기가 담긴 이오나의 시선이 베르테르를 향했다.

"자네는 부상 중이야."

이오나의 오른쪽 팔.

출혈이 적지 않다. 치료에만도 적지 않은 시간이 필요할 것
이다.

"그래도 죽일 수 있어요."

강경한 의지를 드러내는 이오나였다.

오른팔의 부상은 확실히 심각했다.

하지만 목숨과는 상관이 없다. 살아만 있다면 어떻게 해서든 저 성휘족을 죽일 수 있다.

그것이 이오나의 생각이었다.

하지만 테오타신의 생각은 달랐다. 물론 이오나라면 분명 저 성휘족을 죽일 수 있을 것이다. 자신까지 나선다면 남은 성휘족은 물론 이 자리의 적 모두를 죽일 수 있다.

문제는 시간이다. 베르테르의 신호에 다른 성휘족이 나타난 시간이 극히 짧았음을 그는 기억하고 있었다. 필경 이들을 다 죽이기도 전에 원군이 도착할 것이다.

"원군의 수가 적지 않네. 성전에서 자네가 수행해야 할 사명을 잊은 건가?"

"……!"

테오타신의 날카로운 한마디에 이오나의 눈이 흔들린다. 방금 전까지는 샤렌의 죽음 대한 대가를 치르게 해야겠다는 일념뿐이었다.

하지만 이오나는 성위로서의 사명감마저 떨쳐 낼 수는 없었다. 성전에 있어서 그녀의 역할은 막중하기 이를 데 없다. 사사로운 감정에 치우쳐 외면할 수 있는 게 아니었다.

테오타신은 이오나의 눈이 흔들리는 것을 놓치지 않았다.

"죽어!"

날카로운 외침.

원한에 사무친 것은 이오나뿐만이 아니었다.

직속상관이자 연정을 품었던 케스트론을 죽음에 이르게 한 유리족.

그에 대한 베르테르의 분노는 하늘을 찌를 듯했던 것이다.

이오나를 베어가는 영참의 도.

이에 맞선 것은 테오타신이었다.

그의 화묘가 영참의 도를 마주해 기이한 힘과 함께 이끌었다가 힘을 실어 밀어냈다.

노기에 전력을 실었던 베르테르는 허와 실이 조화된 검공의 움직임에 항거할 수 없었다. 무력하다 싶을 정도로 그녀는 쉽사리 균형을 잃고 옆쪽으로 튕겨진다.

베르테르가 고개를 돌렸을 때, 두 유리족은 이미 신형을 날리고 있었다.

백 마디의 설득보다 자신의 책무에 대한 일침이 이오나에게 효과가 있었음을 잘 알고 있는 테오타신이었다.

이에 베르테르를 튕겨내자마자 이오나의 팔을 잡고 신형을 날린 것이다.

이오나는 순순히 테오타신이 이끄는 대로 몸을 움직였다. 그녀가 짧은 시간이 흐르는 동안 결론을 내렸기 때문이다.

복수는 당장이 아니어도 된다. 스스로의 책무를 다한 이후에도 충분하다.

그것이 이오나가 쉽사리 테오타신의 뜻대로 움직인 이유였다.

테오타신과 이오나가 한순간 사라지고 있을 때, 공터에는 케스트론의 수하들이 속속들이 도착하고 있었다. 저마다의 이동속도에 따라 도착하는 시간에 차이가 났다.

"쫓아! 저놈들을 죽엿!"

피에 젖은 베르테르가 외침.

그 어떤 의문도 제기하지 않고 근 백에 달하는 서천의 전사들이 베르테르의 명을 쫓는다. 도착하자마자 상관과 동료의 죽음을 확인했기 때문이다.

무리가 한꺼번에 사라지면서 일으킨 바람에 원래에 비해 배는 넓어진 공터 자체가 춤을 춘다. 모래와 흙먼지의 춤이었다.

그 춤이 점차 가라앉자 격전에서 비롯된 소음으로 충만했던 공간이 상대적인 적막에 잠긴다.

깊고 짙게 드리워진 고요.

평화와 함께 찾아온 고요는 수줍게 찾아오는 새벽과 너무도 잘 어울렸다.

『카디날 랩소디』 3권에 계속…

Rhapsody Of Cardinal

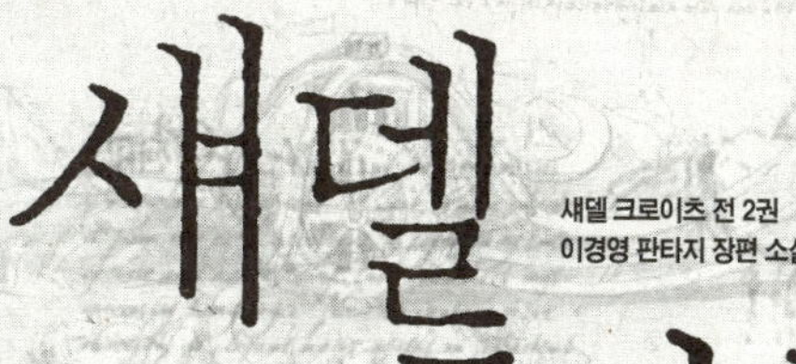